大理三塔——大理國以佛教為國教，寺廟、寶塔等建築甚多。

雲南石林——怪石林立，森然奇絕，入石林中，如至武俠小說境界。石林於宋代屬大理國國境。

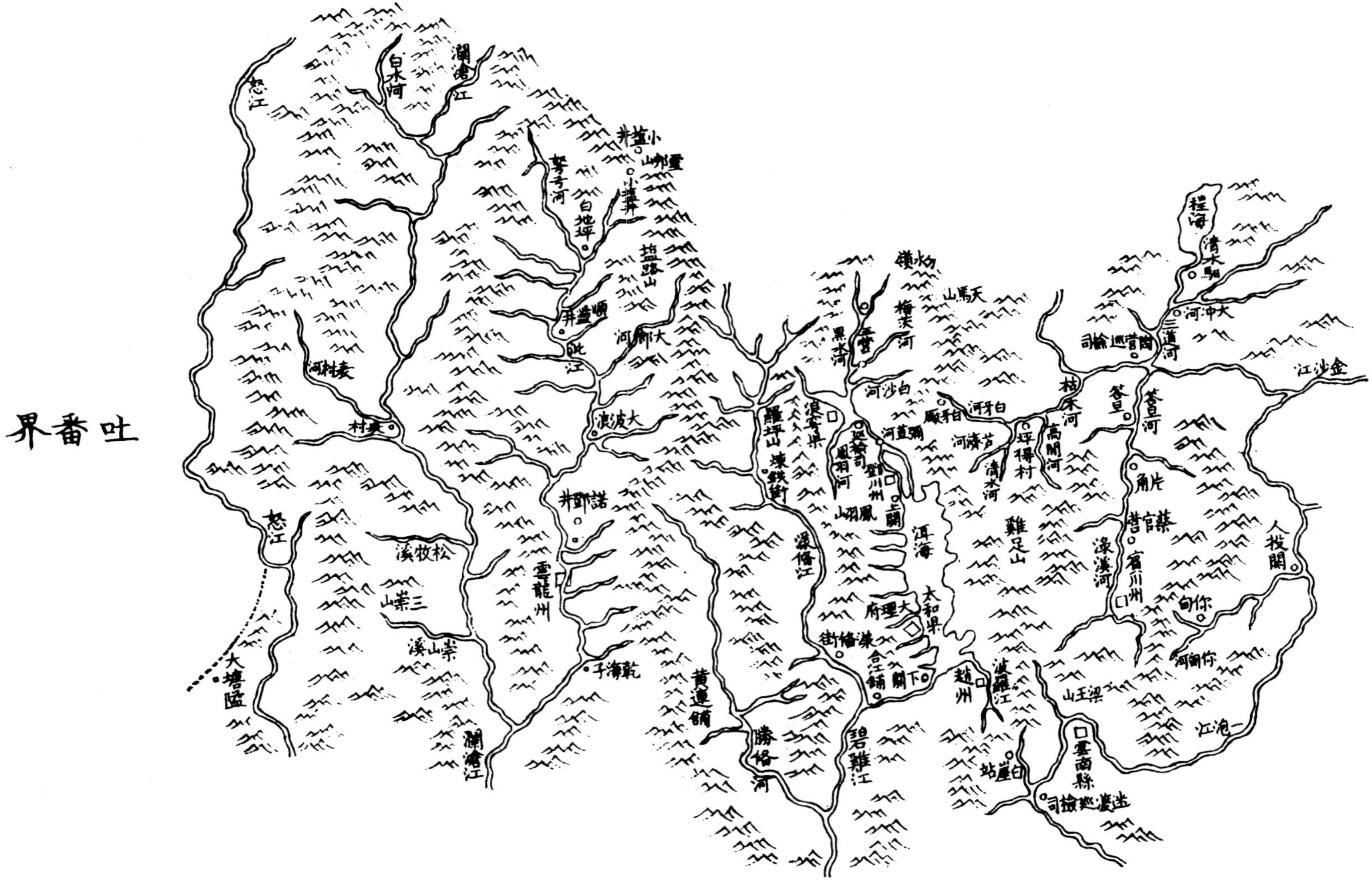

「雲南大理附近形勢圖」——錄自《古今圖書集成》。

張勝溫「文殊請問，維摩大士」——大理國畫師張勝溫所繪長卷之部分。本圖故事出於《維摩詰經》，維摩居士有病，釋迦牟尼派文殊菩薩率觀音菩薩、舍利弗羅漢等去問病。

張勝溫「南無釋迦牟尼佛會」——中為釋迦牟尼，其旁年老的羅漢是迦葉尊者，年輕的是阿羅尊者，騎青獅的是文殊菩薩，騎白象的是普賢菩薩，最旁的奇形人物是天龍八部等護法。

張光宇「洛神」——張光宇，近代畫家。圖中洛神衣帶飄揚，畫家以白描手法，承襲吳道子「吳帶當風」的中國畫傳統，描繪洛神翩若驚鴻、婉若遊龍的神態。

敦煌石窟的天龍八部壁畫——五代時所繪，印度神話中的角色已中國化了。

敦煌壁畫「太子逾城」——初唐壁畫，描繪悉達多太子（釋迦牟尼成佛前的名字）半夜騎馬逾城出家，有龍、天神、樂神、夜叉等天龍八部護持。

大字版 天龍八部

① 無量玉壁

金庸

天龍八部(大字版)/金庸作. -- 二版.
-- 臺北市：遠流，2017.10
冊； 公分.--(大字版金庸作品集；41-50)

ISBN 978-957-32-8133-7 (全套：平裝).

857.9 106016855

大字版金庸作品集㊶

天龍八部 (1)無量玉壁 「公元2005年金庸新修版」

The Semi-gods and the Semi-devils, Vol. 1

作　者／金　庸

封面設計／唐壽南　內頁插畫／王司馬

發 行 人／王 榮 文
出版・發行／遠流出版事業股份有限公司
臺北市中山北路一段11號13樓
電話／2571-0297　**傳真**／2571-0197　**郵撥**／0189456-1

□2005年11月16日　初版一刷
□2022年3月16日　二版五刷

大字版　每冊380元（本作品全十冊，共3800元）
〔另有典藏版共36冊（不分售），平裝版共36冊，新修版共36冊，新修文庫版共72冊〕

ISBN 978-957-32-8133-7（套：大字版）
ISBN 978-957-32-8123-8（第一冊：大字版）
Printed in Taiwan

YLib 遠流博識網
http://www.ylib.com E-mail:ylib@ylib.com

「金庸作品集」新序

金庸

小說是寫給人看的。小說的內容是人。

小說寫一個人、幾個人、一羣人、或成千成萬人的性格和感情。他們的性格和感情從橫面的環境中反映出來，從縱面的遭遇中反映出來，從人與人之間的交往與關係中反映出來。長篇小說中似乎只有《魯濱遜飄流記》，才只寫一個人，寫他與自然之間的關係，但寫到後來，終於也出現了一個僕人「星期五」。只寫一個人的短篇小說多些，尤其是近代與現代的新小說，寫一個人在與環境的接觸中表現他外在的世界、內心的世界，尤其是內心世界。有些小說寫動物、神仙、鬼怪、妖魔，但也把他們當作人來寫。

西洋傳統的小說理論分別從環境、人物、情節三個方面去分析一篇作品。由於小說作者不同的個性與才能，往往有不同的偏重。

基本上，武俠小說與別的小說一樣，也是寫人，只不過環境是古代的，主要人物是有武功的，情節偏重於激烈的鬭爭。任何小説都有它所特別側重的一面。愛情小説寫男女之間與性有關的感情和行動，寫實小説描繪一個特定時代的環境與人物，《三國演義》與《水滸》一類小説敘述大羣人物的鬭爭經歷，現代小説的重點往往放在人物的心理過程上。

小説是藝術的一種，藝術的基本內容是人的感情和生命，主要形式是美，廣義的、美學上的美。在小説，那是語言文筆之美、安排結構之美，關鍵在於怎樣將人物的內心世界通過某種形式而表現出來。甚麼形式都可以，或者是作者主觀的剖析，或者是客觀的敘述故事，從人物的行動和言語中客觀的表達。

讀者閱讀一部小説，是將小説的內容與自己的心理狀態結合起來。同樣一部小説，有的人感到強烈的震動，有的人卻覺得無聊厭倦。讀者的個性與感情，與小説中所表現的個性與感情相接觸，產生了「化學反應」。

武俠小説只是表現人情的一種特定形式。作曲家或演奏家要表現一種情緒，用鋼琴、小提琴、交響樂、或歌唱的形式都可以，畫家可以選擇油畫、水彩、水墨、或版畫的形式。問題不在採取甚麼形式，而是表現的手法好不好，能不能和讀者、聽者、觀賞者的心靈相溝通，能不能使他的心產生共鳴。小説是藝術形式之一，有好的藝術，也有不好的藝術。

好或者不好，在藝術上是屬於美的範疇，不屬於眞或善的範疇。判斷美的標準是美，是感情，不是科學上的眞或不眞（武功在生理上或科學上是否可能），道德上的善或不善，也不是經濟上的值錢不值錢，政治上對統治者的有利或有害。當然，任何藝術作品都會發生社會影響，自也可以用社會影響的價值去估量，不過那是另一種評價。

在中世紀的歐洲，基督教的勢力及於一切，所以我們到歐美的博物院去參觀，見到所有中世紀的繪畫都以聖經故事爲題材，表現女性的人體之美，也必須通過聖母的形象。直到文藝復興之後，凡人的形象才大量在繪畫和文學中表現出來，所謂文藝復興，是在文藝上復興希臘、羅馬時代對「人」的描寫，而不再集中於描寫天使與聖人。

中國人的文藝觀，長期以來是「文以載道」，那和中世紀歐洲黑暗時代的文藝思想是一致的，用「善或不善」的標準來衡量文藝。《詩經》中的情歌，要牽強附會地解釋爲諷刺君主或歌頌后妃。對於陶淵明的〈閒情賦〉，司馬光、歐陽修、晏殊的相思愛戀之詞，或惋惜地評之爲白璧之玷，或好意地解釋爲另有所指。他們不相信文藝所表現的是感情，認爲文字的唯一功能只是爲政治或社會價值服務。

我寫武俠小說，只是塑造一些人物，描寫他們在特定的武俠環境（中國古代的、缺乏法治的、以武力來解決爭端的不合理社會）中的遭遇。當時的社會和現代社會已大不相同，人的性格和感情卻沒有多大變化。古代人的悲歡離合、喜怒哀樂，仍能在現代讀者的心靈中引起相應的情緒。讀者們當然可以覺得表現的手法拙劣，技巧不夠成熟，描寫殊不深刻，以美學觀點來看是低級的藝術作品。無論如何，我不想載甚麼道。我在寫武俠小說的同時，也寫政治評論，也寫與歷史、哲學、宗教有關的文字，那與武俠小說完全不同。涉及思想的文字，是訴諸讀者理智的，對這些文字，才有是非、眞假的判斷，讀者或許同意，或許只部份同意，或許完全反對。

對於小說，我希望讀者們只說喜歡或不喜歡，只說受到感動或覺得厭煩。我最高興的是讀者喜愛或憎恨我小說中的某些人物，如果有了那種感情，表示我小說中的人物已和讀者的心靈發生聯繫了。小說作者最大的企求，莫過於創造一些人物，使得他們在讀者心中變成活生生的、有血有肉的人。藝術是創造，音樂創造美的聲音，繪畫創造美的視覺形象，小說是想創造人物、創造故事，以及人的內心世界。假使只求如實反映外在世界，那麼有了錄音機、照相機，何必再要音樂、繪畫？有了報紙、歷史書、記錄電視片、社會調查統計、醫生的病歷紀錄、黨部與警察局的人事檔案，何必再要小說？

武俠小說雖說是通俗作品，以大衆化、娛樂性強爲重點，但對廣大讀者終究是會發生影響的。我希望傳達的主旨，是：愛護尊重自己的國家民族，也尊重別人的國家民族；和平友好，互相幫助；重視正義和是非，反對損人利己；注重信義，歌頌純眞的愛情和友誼；歌頌奮不顧身的爲了正義而奮鬥；輕視爭權奪利、自私可鄙的思想和行爲。武俠小說並不單是讓讀者在閱讀時做「白日夢」而沉緬在偉大成功的幻想之中，而希望讀者們在幻想之時，想像自己是個好人，要努力做各種各樣的好事，想像自己要愛國家、愛社會、幫助別人得到幸福，由於做了好事、作出積極貢獻，得到所愛之人的欣賞和傾心。

武俠小說並不是現實主義的作品。有不少批評家認定，文學上只可肯定現實主義一個流派，除此之外，全應否定。這等於是說：少林派武功好得很，除此之外，甚麼武當派、崆峒派、太極拳、八卦掌、彈腿、白鶴派、空手道、跆拳道、柔道、西洋拳、泰拳等等全部應當廢除取消。我們主張多元主義，既尊重少林武功是武學中的泰山北斗，而覺得別的小門派也不妨並存，它們或許並不比少林派更好，但各有各的想法和創造。愛好廣東菜的人，不必主張禁止京菜、川菜、魯菜、徽菜、湘菜、維揚菜、杭州菜、法國菜、意大利菜等等派別，所謂「蘿蔔青菜，各有所愛」是也。不必把武俠小說提得高過其應有之份，也不必一筆抹殺。甚麼東西都恰如其份，也就是了。

我寫這套總數三十六冊的《作品集》，是從一九五五年到七二年，前後約十五、六年，包括十二部長篇小說，兩篇中篇小說，一篇短篇小說，一篇歷史人物評傳，以及若干篇歷史考據文字。出版的過程很奇怪，不論在香港、臺灣、海外地區，還是中國大陸，都是先出各種各樣翻版盜印本，然後再出版經我校訂、授權的正版本。在中國大陸，在「三聯版」出版之前，只有天津百花文藝出版社一家，是經我授權而出版了《書劍恩仇錄》。他們校印認真，依足合同支付版稅。我依足法例繳付所得稅，餘數捐給了幾家文化機構及支助圍棋活動。這是一個愉快的經驗。除此之外，完全是未經授權的，直到正式授權給北京三聯書店出版。「三聯版」的版權合同到二○○一年年底期滿，以後中國內地的版本由廣州出版社出版，主因是港粵鄰近，業務上便於溝通合作。

翻版本不付版稅，還在其次。許多版本粗製濫造，錯訛百出。還有人借用「金庸」之名，撰寫及出版武俠小說。寫得好的，我不敢掠美；至於充滿無聊打鬥、色情描寫之作，可不免令人不快了。也有些出版社翻印香港、臺灣其他作家的作品而用我筆名出版發行。我收到過無數讀者的來信揭露，大表憤慨。也有人未經我授權而自行點評，除馮其庸、嚴家炎、陳墨三位先生功力深厚、兼又認眞其事，我深爲拜嘉之外，其餘的點評大都與作者原意相去甚遠。好在現已停止出版，出版者道歉賠償，糾紛已告結束。

有些翻版本中，還說我和古龍、倪匡合出了一個上聯「冰比冰水冰」徵對，眞正是大開玩笑了。漢語的對聯有一定規律，上聯的末一字通常是仄聲，以便下聯以平聲結尾，但「冰」字屬蒸韻，是平聲。我們不會出這樣的上聯徵對。大陸地區有許許多多讀者寄了下聯給我，大家浪費時間心力。

爲了使得讀者易於分辨，我把我十四部長、中篇小說書名的第一個字湊成一副對聯：「飛雪連天射白鹿，笑書神俠倚碧鴛」。（短篇《越女劍》不包括在內，偏偏我的圍棋老師陳祖德先生說他最喜愛這篇《越女劍》。）我寫第一部小說時，根本不知道會不會再寫第二部；寫第二部時，也完全沒有想到第三部小說會用甚麼題材，更加不知道會用甚麼書名。所以這副對聯當然說不上工整，「飛雪」不能對「笑書」，「連天」不能對「神俠」，「白」與「碧」都是仄聲。但如出一個上聯徵對，用字完全自由，總會選幾個比較有意思而合規律的字。

有不少讀者來信提出一個同樣的問題：「你所寫的小說之中，你認爲哪一部最好？最喜歡哪一部？」這個問題答不了。我在創作這些小說時有一個願望：「不要重複已經寫過的人物、情節、感情，甚至是細節。」限於才能，這願望不見得能達到，然而總是朝著這方向努力，大致來說，這十五部小說是各不相同的，分別注入了我當時的感情和思想，主要是感情。我喜愛每部小說中的正面人物，爲了他們的遭遇而快樂或惆悵、悲傷，有時會非常悲傷。至於寫作技巧，後期比較有些進步。但技巧並非最重要，所重視的是個性和感情。

這些小說在香港、臺灣、中國內地、新加坡曾拍攝爲電影和電視連續集，有的還拍了三、四個不同版本，此外有話劇、京劇、粵劇、音樂劇等。跟著來的是第二個問題：「你認爲哪一部電影或電視劇改編演出得最成功？劇中的男女主角哪一個最符合原著中的人物？」電影和電視的表現形式和小說根本不同，很難拿來比較。電視的篇幅長，較易發揮；電影則受到更大限制。再者，閱讀小說有一個作者和讀者共同使人物形象化的過程，許多人讀同一部小說，腦中所出現的男女主角卻未必相同，因爲在書中的文字之外，又加入了讀者自己的經歷、個性、情感和喜憎。你會在心中把書中的男女主角和自己或自己的情人融而爲一，而每個讀者性格不同，他的情人肯定和你的不同。電影和電視卻把人物的形象固定了，觀衆沒有自由想像的餘地。我不能說那一部最好，但可以說：把原作改得面目全非的最壞，最自以爲是，最瞧不起原作者和廣大讀者。

武俠小說繼承中國古典小說的長期傳統。中國最早的武俠小說，應該是唐人傳奇的《虬髯客傳》、《紅線》、《聶隱娘》、《崑崙奴》等精彩的文學作品。其後是《水滸傳》、《三俠五義》、《兒女英雄傳》等等。現代比較認眞的武俠小說，更加重視正義、氣節、捨己爲人、鋤強扶弱、民族精神、中國傳統的倫理觀念。讀者不必過份推究其中某些誇張的武功描寫，有些事實上是不可能的，只不過是中國武俠小說的傳統。聶隱娘縮小身體潛入別人的肚腸，然後從他口中躍出，誰也不會相信是真事，然而聶隱娘的故事，千餘年來一直爲人所喜愛。

我初期所寫的小說，漢人皇朝的正統觀念很強。到了後期，中華民族各族一視同仁的觀念成爲基調，那是我的歷史觀比較有了些進步之故。這在《天龍八部》、《白馬嘯西風》、《鹿鼎記》中特別明顯。韋小寶的父親可能是漢、滿、蒙、回、藏任何一族之人。即使在第一部小說《書劍恩仇錄》中，主角陳家洛後來也對回教增加了認識和好感。每一個種族、每一門宗教、某一項職業中都有好人壞人。有壞的皇帝，也有好皇帝；有很壞的大官，也有眞正愛護百姓的好官。書中漢人、滿人、契丹人、蒙古人、西藏人……都有好人壞人。和尚、道士、喇嘛、書生、武士之中，也有各種各樣的個性和品格。有些讀者喜歡把人一分爲二，好壞分明，同時由個體推論到整個羣體，那決不是作者的本意。

歷史上的事件和人物，要放在當時的歷史環境中去看。宋遼之際、元明之際、明清之際，漢族和契丹、蒙古、滿族等民族有激烈鬬爭；蒙古、滿人利用宗教作爲政治工具。小說所想描述的，是當時人的觀念和心態，不能用後世或現代人的觀念去衡量。我寫小說，旨在刻畫個性，抒寫人性中的喜愁悲歡。小說並不影射甚麼，如果有所斥責，那是人性中卑污陰暗的品質。政治觀點、社會上的流行理念時時變遷，不必在小說中對暫時性的觀念作價值判斷。人性卻變動極少。

在劉再復先生與他千金劉劍梅合寫的《父女兩地書》（共悟人間）中，劍梅小姐提到她曾和李陀先生的一次談話，李先生說，寫小說也跟彈鋼琴一樣，沒有任何捷徑可言，是一級一級往上提高的，要經過每日的苦練和積累，讀書不夠多就不行。我很同意這個觀點。我每日讀書至少四五小時，從不間斷，在報社退休後連續在中外大學中努力進修。這些年來，學問、知識、見解雖有長進，才氣卻長不了，因此，這些小說雖然改了三次，相信很多人看了還是要嘆氣。正如一個鋼琴家每天練琴二十小時，如果天份不夠，永遠做不了蕭邦、李斯特、拉赫曼尼諾夫、巴德魯斯基，連魯賓斯坦、霍洛維茲、阿胥肯那吉、劉詩昆、傅聰也做不成。

這次第三次修改，改正了許多錯字訛字、以及漏失之處，多數由於得到了讀者們的指正。有幾段較長的補正改寫，是吸收了評論者與研討會中討論的結果。仍有許多明顯的缺點無法補救，限於作者的才力，那是無可如何的了。讀者們對書中仍然存在的失誤和不足之處，希望寫信告訴我。我把每一位讀者都當成是朋友，朋友們的指教和關懷，自然永遠是歡迎的。

二〇〇二年四月　於香港

目錄

（本書第一集及第二集十回回目，十句調寄〈少年遊〉．本意。）

釋名

「天龍八部」這名詞出於佛經。許多大乘佛經敘述佛陀向諸菩薩、比丘等說法時，常有天龍八部參與聽法。如《法華經・提婆達多品》：「天龍八部、人與非人，皆遙見彼龍女成佛。」「非人」是形貌似人而實際不是人的衆生。「天龍八部」都是「非人」，包括八種神道怪物，因爲以「天」及「龍」爲首，所以稱爲「天龍八部」。八部者，一天，二龍，三夜叉，四乾達婆，五阿修羅，六迦樓羅，七緊那羅，八摩呼羅迦。

「天」是指天神。在佛教中，天神的地位並非至高無上，只不過比人能享受到更大、更長久的福報而已。佛教認爲一切事物無常，天神的壽命終了之後，也是要死的。天神臨死之前有五種徵狀：衣裳垢膩、頭上花萎、身體臭穢、腋下汗出、不樂本座（第五個徵狀或說是「玉女離散」），這就是所謂「天人五衰」，是天神最大的悲哀。帝釋是衆天神的領袖。

「龍」是指龍神。佛經中的龍，和我國傳說中的龍大致差不多，不過沒有腳，有時大蟒蛇也稱爲龍。事實上，中國人對龍和龍王的觀念，一部分從佛經中而來。佛經中有五龍王、七龍王、八龍王等等名稱。古印度人對龍很尊敬，認爲水中生物以龍的力氣最大，陸上生物以象的力氣最大，因此對德行崇高的人尊稱之爲「龍象」，如「西來龍象」，那是指從西方來的高人、高僧。古印度人以爲下雨是龍從大海中取水而洒下人間。中國人也接受了這種說法，曆本上注明幾龍取水，表示今年雨量的多寡。龍王之中，有一位叫做沙竭羅龍王，他的幼女八歲時到釋迦牟尼所說法的靈鷲山前，轉爲男身，現成佛之相（**印度人重男輕女，認爲女身不能成佛，女子要成佛，須先轉男身**）。她成佛之時，爲人及天龍八部所見。

「夜叉」是佛經中的一種鬼神，有「夜叉八大將」、「十六大夜叉將」等名詞。「夜叉」的本義是能吃鬼的神，又有敏捷、勇健、輕靈、秘密等意思。《維摩經》註：「什曰：『夜叉有三種：一、在地，二、在空虛，三、天夜叉也。』」現在我們說到「夜叉」都是指惡鬼。但在佛經中，有很多夜叉是好的，夜叉八大將的任務是「維護衆生界」。

「乾達婆」是一種不吃酒肉、只尋香氣作爲滋養的神，是服侍帝釋的樂神之一，身上發出濃冽的香氣。「乾達婆」在梵語中又是「變幻莫測」的意思，魔術師也叫「乾達婆」，海市蜃樓叫做「乾達婆城」。香氣和音樂都是縹緲隱約，難以捉摸。

「阿修羅」這種神道非常特別，男的極醜陋，而女的極美麗。阿修羅王常常率部和帝釋戰鬥，因爲阿修羅有美女而無美好食物，帝釋有美食而無美女，互相妒忌搶奪，每有惡戰，總是打得天翻地覆。我們常稱慘遭轟炸、屍橫遍地的大戰場爲「修羅場」，就是由此而來。大戰的結果，阿修羅王往往打敗，有一次他大敗之後，上天下地，無處可逃，於是化身潛入蓮藕的絲孔中。阿修羅王性子暴躁、執拗而善妒。釋迦牟尼說法，說「四念處」，阿修羅王也說法，說「五念處」；釋迦牟尼說「三十七道品」，阿修羅王偏又多一品，說「三十八道品」。佛經中的神話故事大都是譬喻。阿修羅王權力很大，能力很大，就是愛搞「老子不信邪」、「天下大亂，越亂越好」的事。阿修羅又疑心病很重，《大智度論．卷三十五》：「阿修羅其心不端故，常疑於佛，謂佛助天。佛爲說『五衆』，謂有六衆，不爲說一；若說『四諦』，謂有五諦，不說一事。」「五衆」即「五蘊」，五蘊、四諦是佛法中的基本觀念。阿修羅聽佛說法，疑心佛偏袒帝釋，故意少說了一樣。從「六道輪迴」的觀點來分，天是神道，較人爲高，其餘七部都類似阿修羅，具有神通，處境介於人與畜生之間，惡性較人爲重而較畜生爲輕。

「迦樓羅」是一種大鳥，翅有種種莊嚴寶色，頭上有一個大瘤，是如意珠。此鳥鳴聲悲苦，以龍爲食。舊說部《精忠岳傳》中說岳飛是「大鵬金翅鳥」投胎轉世，迦樓羅就是大鵬金翅鳥。牠每天要吃一個龍王及五百條小龍。到牠命終時，諸龍吐毒，無法再吃，於是上下翻飛七次，飛到金剛輪山頂上命終。因爲牠一生以龍（大毒蛇）爲食物，體內積蓄毒氣極多，臨死時毒發自焚。肉身燒去後只餘一心，作純青琉璃色。

「緊那羅」在梵語中爲「人非人」之意。他形狀和人一樣，但頭上生一隻角，所以稱爲「人非人」，善於歌舞，是帝釋的歌舞神。

「摩呼羅迦」是大蟒神，人身而蛇頭。

這部小說以「天龍八部」爲名，寫的是北宋時宋、遼、大理等國的故事。

大理國在唐宋時是位於現今雲南省中部的一個小國，是佛教國家，皇帝都崇信佛教，往往放棄皇位，出家爲僧，是我國歷史上一個十分奇特的現象。據歷史記載，大理國的皇帝中，聖德帝、孝德帝、保定帝、宣仁帝、正廉帝、神宗等都避位爲僧。《射鵰英雄傳》中所寫的南帝段皇爺，就是大理國的皇帝。《天龍八部》的年代在《射鵰英雄傳》之前。本書故事發生於北宋哲宗元祐、紹聖年間，公元一〇九四年前後。

天龍八部這八種神道精怪，各有奇特個性和神通，雖是人間之外的衆生，卻也有塵世的歡喜和悲苦。這部小說裏沒有神道精怪，只是借用這個佛經名詞，以象徵一些現世人物，就像《水滸》中有母夜叉孫二娘、摩雲金翅歐鵬。

佛教認爲：世間一切無常，衆生（包括天、人、阿修羅、畜生、餓鬼、地獄）除非修成

「阿羅漢」，否則心中都有「貪、嗔、痴」三毒，難免無常之苦。本書所敘的人物都是常人（喜、怒、哀、樂、愛、惡、悲、愁等感情不異常人），書中所述史事大致正確，人物有眞有假，故事則爲虛構，人物的感情力求眞實。但書中人物很多身具特異武功或內功（有許多是超現實的，實際人生中所不可能的），又頗有超現實的遭遇（有些人性格極奇極怪），因此以「天龍八部」爲書名，強調這不是現實主義的，而是帶有魔幻性質、放縱想像力的作品（許多武俠小說都是這樣）。

「天龍八部」本來就是神話性的，佛陀說法也多半以神話性的人物作譬喻，有一種比較抽象的含義。抽象則內容較爲廣泛，包含的範圍較大，不像具體之人與事有特定所指。

本書內容常涉及佛教，但不是宗教性小說，主旨也不在宣揚佛教。因書中角色信仰佛教者甚多，且有出家之僧侶，因之故事不能不帶到佛教。大乘佛教含義極廣，不單以人世爲然，天上地下，無所不包。做人固然苦，做牛做馬、做鬼做神也都苦。大乘佛法原是從印度部派佛法的「大衆部」演變而來，其中包含了不少古印度民間的原始傳說和信仰，現代人或覺其若干部分爲迷信而不可信，但古老信仰常爲象徵，往往含有更廣泛的眞義。

左子穆道：「快跳下來！」那少女道：「我不下來。」左子穆道：「你不下來，我可要上來拉了。」那少女格格一笑，道：「你試試看，拉得我下來，算你本事！」左子穆手執長劍，無可奈何。

一　青衫磊落險峯行

青光閃動，一柄青鋼劍倏地刺出，指向中年漢子左肩，使劍少年不待劍招用老，腕抖劍斜，劍鋒已削向那漢子右頸。那中年漢子豎劍擋格，錚的一聲響，雙劍相擊，嗡嗡作聲，震聲未絕，雙刃劍光霍霍，已拆了三招。中年漢子長劍猛地擊落，直斬少年頂門。那少年避向右側，左手劍訣斜引，青鋼劍疾刺那漢子大腿。

兩人劍法迅捷，全力相搏。

練武廳東邊坐著二人。上首是個四十左右的中年道姑，鐵青著臉，嘴唇緊閉。下首是個五十餘歲的老者，右手撚著長鬚，神情甚是得意。兩人的座位相距一丈有餘，身後各站著二十餘名男女弟子。西邊一排椅子上坐著十餘位賓客。東西雙方的目光都集注於場中二人的相鬥。

眼見那少年與中年漢子已拆到七十餘招，劍招越來越緊，兀自未分勝敗。突然中年漢子長劍揮出，用力猛了，身子微晃，似欲摔跌。西邊賓客中一個身穿青衫的年輕男子忍不住「嗤」的一聲笑。他隨即知道失態，忙伸手按住了口。

便在這時，場中少年左手揮掌拍出，擊向那漢子後心。那漢子跨步避開，手中長劍驀地圈轉，喝一聲：「著！」那少年左腿中劍，一個踉蹌，長劍在地下一撐，站直身子待欲再鬥，那中年漢子已還劍入鞘，笑道：「褚師弟，承讓，承讓，傷得不厲害麼？」那少年臉色蒼白，咬著嘴唇道：「多謝龔師兄劍下留情。」

那長鬚老者滿臉得色，微微一笑，說道：「東宗已勝了三陣，看來這『劍湖宮』又要讓東宗再住五年了。辛師妹，咱們還得比下去麼？」坐在他上首的那中年道姑強忍怒氣，說道：「左師兄果然調教得好徒兒。但不知左師兄對『無量玉壁』的鑽研，這五年來可已大有心得麼？」長鬚老者向她瞪了一眼，正色道：「師妹怎地忘了本派的規矩？」那道姑哼了一聲，便不再說下去了。

這老者姓左，名叫子穆，是「無量劍」東宗的掌門。那道姑姓辛，道號雙清，是「無量劍」西宗掌門。其地是大理國無量山中，其時是大宋元祐年間。

「無量劍」原分東、北、西三宗，北宗近數十年來已趨式微，東西二宗卻均人材鼎盛。「無量劍」於五代後漢年間在南詔無量山創派，掌門人居住無量山劍湖宮。自於大宋仁宗年間分爲三宗之後，每隔五年，三宗門下弟子便在劍湖宮中比武鬥劍，獲勝的一宗可在劍湖宮居住五年，至第六年上重行比試。五場鬥劍，贏得三場者爲勝。這五年之中，敗者固極力鑽研，以圖在下屆劍會中洗雪前恥，勝者也絲毫不敢鬆懈。北宗於數十年前獲勝而入住劍湖宮，五年後敗陣出宮，掌門人率領門人遷往山西，此後即不再參預比劍，與東西兩宗也不通音問。數十年來，東西二宗互有勝負。東宗勝過五次，西宗勝過三次，這次是第九次比劍。那龔姓中年漢子與褚姓少年相鬥，已是本次比劍中的第四場，姓龔的漢子既勝，東宗四賽三勝，第五場便不用比了。

西首錦櫈上所坐的則是別派人士，其中有的是東西二宗掌門人共同出面邀請的公證人，其餘則是前來觀禮的嘉賓。這些人都是雲南武林中的知名之士。坐在最下首的那個青衣少年卻是個無名之輩，偏是他在那龔姓漢子佯作失足時失聲發笑。

這少年乃隨滇南普洱老武師馬五德而來。馬五德是大茶商，豪富好客，頗有孟嘗之風，江湖上落魄的武師前去投奔，他必竭誠相待，因此人緣甚佳，武功卻是平平。左子穆聽馬五德引見之時說這少年姓段，段姓是大理國的國姓，大理境內姓段的成千成萬，左子穆當時聽了也不以爲意，心想他多半是馬五德的弟子，這馬老兒功夫稀鬆平常，教出來的弟子還高得到那裏去，連「久仰」兩字也懶得說，只拱了拱手，便肅賓入座。不料這年輕人不知天高地厚，當左子穆的得意弟子出招誘敵之時，竟失笑譏諷。

左子穆笑道：「辛師妹今年派出的四名弟子，劍術上的造詣著實可觀，尤其這第四場我們贏得更加僥倖。褚師姪年紀輕輕，居然練到了這般地步，前途不可限量，五年之後，只怕咱們東西兩宗得換換位了，呵呵，呵呵！」說著不住大笑，突然眼光一轉，瞧向那段姓青年，說道：「我那劣徒適才以虛招『跌撲步』獲勝，這位段世兄似乎頗不以爲然。便請段世兄下場指點小徒一二如何？馬五哥威震滇南，強將手下無弱兵，段世兄的手段定是挺高的。」

馬五德臉上微微一紅，忙道：「這位段兄弟不是我的弟子。你老哥哥這幾手三腳貓的把式，怎配做人家師父？左賢弟可別當面取笑。這位段兄弟來到普洱舍下，聽說我正要到無量山來，便跟著同來，說道無量山山水清幽，要來賞玩風景。」

左子穆心想：「他若是你弟子，礙著你的面子，我也不能做得太絕了，既是尋常賓客，那可不能客氣了。有人竟敢在劍湖宮中譏笑『無量劍』東宗的武功，若不教他鬧個灰頭土臉的下山，姓左的顏面何存？」冷笑一聲，說道：「請教段兄大號如何稱呼，是那一位高人門下？」他見那青年眉清目秀，似是個書生，不像身有高明武功。

那姓段青年微笑道：「在下單名一譽字，從來沒學過甚麼武藝。我看到別人摔交，不論他眞摔還是假摔，忍不住總是要笑的。」左子穆聽他言語中全無恭敬之意，不禁心中有氣，道：「那有甚麼好笑？」段譽輕搖手中摺扇，輕描淡寫的道：「一個人站著坐著，沒甚麼好笑，躺在床上，也不好笑，要是躺在地下，哈哈，那就可笑得緊了。除非他是個三歲娃娃，那又作別論。」左子穆聽他說話越來越狂妄，不禁氣塞胸臆，向馬五德道：「馬五哥，這位段兄是你的好朋友麼？」

馬五德和段譽也是初交，全不知對方底細，他生性隨和，段譽要一同來無量山，他不便拒卻，便帶著來了，此時聽左子穆的口氣甚爲著惱，勢必出手便極厲害，大好一個青年，何必讓他吃個大虧？便道：「段兄弟和我雖無深交，咱們總是結伴來的。我瞧段兄弟斯斯文文的，未必會甚麼武功，適才這一笑定是出於無意。這樣罷，老哥哥肚子也餓了，左賢弟趕快整治酒席，咱們賀你三杯。今日大好日子，左賢弟何必跟年輕晚輩計較？」

左子穆道：「段兄既不是馬五哥的好朋友，那麼兄弟如有得罪，也不算是掃了馬五哥的金面。光傑，剛才人家笑你呢，你下場請教請教罷。」

那中年漢子龔光傑巴不得師父有這句話，抽出長劍，往場中一站，倒轉劍柄，拱手向段譽道：「段朋友，請！」段譽道：「很好，你練罷，我瞧著。」仍坐在椅中，並不起身。龔光傑臉皮紫脹，怒道：「你……你說甚麼？」段譽道：「你手裏拿了一把劍這麼東晃來西晃去，想是要練劍，那麼你就練罷。我向來不愛瞧人家動刀使劍，可是既來之，則安之，那也不妨瞧著。」

龔光傑喝道：「我師父叫你這小子也下場來，咱們比劃比劃。」段譽輕揮摺扇，搖了搖頭，說道：「你師父是你的師父，你師父可不是我的師父。你師父差得動你，你師父可差不動我。你師父叫你跟人家比劍，你已經跟人家比過了。你師父叫我跟你比劍，我一來不會，二來怕輸，三來怕痛，四來怕死，因此是不比的。我說不比，就是不比。」

他這番話甚麼「你師父」「我師父」的，說得猶如繞口令一般，練武廳中許多人聽著，忍不住都笑了出來。「無量劍」西宗門下男女各佔其半，好幾名女弟子格格嬌笑。練武廳上莊嚴肅穆的氣象，霎時間一掃無遺。

龔光傑大踏步過來，伸劍指向段譽胸口，喝道：「你到底是眞的不會，還是裝傻？」段譽見劍尖離胸不過數寸，只須輕輕一送，便刺入了心臟，臉上卻絲毫不露驚慌之色，說道：「我自然眞的不會，裝傻有甚麼好裝？」龔光傑道：「你到無量山劍湖宮中來撒野，想必是活得不耐煩了。你是誰的門下？受了誰的指使？若不直說，莫怪大爺劍下無情。」

段譽道：「你這位大爺，怎地如此狠霸霸的？我平生最不愛瞧人打架。貴派叫做無量劍，住在無量山中。佛經有云：『無量有四：一慈、二悲、三喜、四捨。』這『四無量』麼，衆位當然明白：與樂之心爲慈，拔苦之心爲悲，喜衆生離苦獲樂之心曰喜，於一切衆生捨怨親之念而平等一如曰捨。旣爲無量劍派，自當有慈悲喜捨之心，無量壽佛者，阿彌陀佛也。阿彌陀佛，阿彌陀佛……」

他嘮嘮叨叨的說佛唸經，龔光傑長劍回收，突然左手揮出，啪的一聲，結結實實的打了他一個耳光。段譽將頭略側，待欲閃避，對方手掌早已打過縮回，一張俊秀雪白的臉頰登時腫了起來，五個指印甚是清晰。

這一來衆人都吃了一驚，眼見段譽漫不在乎，滿嘴胡說八道，料想必是身負絕藝。那知龔光傑隨手一掌，他竟不能避開，看來當眞全然不會武功。武學高手故意裝傻，玩弄敵手，那是常事，但決無不會武功之人如此膽大妄爲的。龔光傑出掌得手，也不禁一呆，隨即抓住段譽胸口，提起他身子，喝道：「我還道是甚麼了不起的人物，那知竟是個膿包！」將他重重往地下摔落。段譽滾將出去，砰的一聲，腦袋撞在桌子腳上。

馬五德心中不忍，搶過去伸手扶起，說道：「原來老弟果然不會武功，那又何必到這裏來廝混？」段譽摸了摸額角，說道：「我本是來遊山玩水的，誰知道他們要比劍打架了？這樣你砍我殺的，有甚麼好看？還不如瞧人家耍猴兒戲好玩得多。馬五爺，再見，再見，我這可要走了。」

左子穆身旁一名青年弟子縱身躍出，攔在段譽身前，說道：「你既不會武功，就這麼夾著尾巴而走，那也罷了，怎麼又說看我們比劍，還不如看耍猴兒戲？我給你兩條路走，要麼跟我比劃比劃，叫你領教一下比耍猴兒也還不如的劍法；要麼跟我師父磕八個響頭，自己說三聲『放屁』！」段譽笑道：「你放屁？不怎麼臭啊！」

那人大怒，伸拳便向段譽面門擊去，這一拳勢夾勁風，段譽不識避讓，眼見要打得他面青目腫，不料拳到中途，突然半空中飛下一件物事，纏住了那青年手腕。這東西冷冰冰、滑膩膩，一纏上手腕，隨即蠕蠕而動。那青年吃了一驚，急忙縮手時，只見纏在腕上的竟是一條尺許長的赤練蛇，青紅斑斕，甚是可怖。他大聲驚呼，揮臂力振，但那蛇牢牢纏在腕上，說甚麼也甩不脫。忽然龔光傑大聲叫道：「蛇，蛇！」臉色大變，伸手揷入自己衣領，到背心掏摸，但掏不到甚麼，只急得雙足亂跳，手忙腳亂的解衣。

這兩下變故古怪之極，衆人正驚奇間，忽聽得頭頂有人噗哧一笑。衆人抬起頭來，只見一個少女坐在樑上，雙手抓的都是蛇。

那少女約莫十六七歲年紀，一身青衫，圓臉大眼，笑靨如花，顯得甚爲活潑，手中握著十來條尺許長小蛇。這些小蛇或青或花，頭呈三角，均是毒蛇。但這少女拿在手上，便如是玩物一般，毫不懼怕。衆人向她仰視，也只一瞥，聽到龔光傑與他師弟大叫大嚷的驚呼，隨即又都轉眼去瞧那二人。

段譽卻仍抬起了頭望她，見那少女雙腳盪啊盪的，似乎這麼坐在樑上甚是好玩，問道：「姑娘，是你救我的麼？」那少女道：「那惡人打你，你爲甚麼不還手？」段譽搖頭道：「我不會還手……」

忽聽得「啊」的一聲，衆人齊聲叫喚，段譽低下頭來，只見左子穆手執長劍，劍鋒上微帶血痕，一條赤練蛇斷成兩截，鮮血淋漓的掉在地下，顯是本來纏在那青年弟子手腕上而爲他揮劍斬死。龔光傑上身衣服已然脫光，赤了膊亂蹦亂跳，一條小青蛇在他背上遊走，他反手欲捉，抓了幾次都抓不到。

左子穆喝道：「光傑，站著別動！」龔光傑一呆，只見白光閃動，青蛇已斷爲兩截，左子穆出劍如風，衆人大都沒瞧清楚他如何出手，青蛇已然斬斷，而龔光傑背上絲毫無損。衆人都高聲喝采。

樑上少女叫道：「喂，喂！長鬍子老頭，你幹麼弄死了我兩條蛇兒，我可要跟你不客氣了。」

左子穆怒道：「你是誰家女娃娃，到這兒來幹甚麼？」心下暗暗納罕，不知這少女何時爬到了樑上，竟然誰也沒察覺，雖說各人都在凝神注視東西兩宗比劍，但總不能不知頭頂上伏得有人，這件事傳將出去，「無量劍」的人可丟得大了。但見那少女雙腳前後一盪一盪，穿著雙蔥綠色鞋兒，鞋邊繡著幾朵小小黃花，純然是小姑娘的打扮，左子穆又道：「快跳下來！」

段譽忽道：「這麼高，跳下來可不摔壞了麼？你快叫人去拿架梯子來！」此言一出，又有幾人忍不住笑了起來。西宗門下幾名女弟子均想：「此人一表人才，卻原來是個大獃子。這少女既能神不知鬼不覺的上得樑去，輕功自然不弱，怎麼會要用梯子才爬得下來。」

那少女道：「你先賠了我的蛇兒，我再下來跟你說話。」左子穆道：「兩條小蛇，有甚麼打緊？隨便那裏都可去捉兩條來。」他見這少女玩弄毒物，若無其事，她本人年紀幼小，自不足畏，但她背後的師長父兄卻只怕大有來頭，因此言語中對她居然忍讓三分。那少女笑道：「你倒說得容易，你去捉兩條來給我瞧瞧！」

左子穆道：「快跳下來！」那少女道：「我不下來。」左子穆道：「你不下來，我可要上來拉了。」那少女格格一笑，道：「你試試看，拉得我下來，算你本事！」左子穆以一派宗師，終不能當著許多武林好手、門人弟子之前，跟一個小女孩鬧著玩，便向辛雙清道：「辛師妹，請你派一名女弟子上去抓她下來罷。」

辛雙清道：「西宗門下，沒這麼好的輕功。」左子穆臉色微沉，正要發話，那少女忽道：「你不賠我蛇兒，我給你個厲害的瞧瞧！」從左腰皮囊裏掏出一團毛茸茸的物事，向龔光傑擲去。

龔光傑只道是件古怪暗器，不敢伸手去接，忙向旁避開，不料這團毛茸茸的東西竟是活的，在半空中一扭身，撲在龔光傑背上，衆人這才看清，原來是隻灰白色的小貂。這貂兒靈活已極，在龔光傑背上、胸前、臉上、頸中，迅捷無倫的奔行來去。龔光傑雙手急抓，他出手雖快，貂兒卻比他快了十倍，他每一下抓打都落了空。旁人但見他雙手急揮，在自己背上、胸前、臉上、頸中亂抓亂打，響聲不絕，貂兒卻仍遊走不停。

段譽笑道：「妙啊，妙啊，這貂兒有趣得緊。」

這隻小貂身長不滿一尺，眼射紅光，四腳爪子甚是銳利，片刻之間，龔光傑赤裸的上身已布滿了一條條給貂爪抓出來的細血痕。忽聽得那少女口中噓噓噓的吹了幾聲。白影閃動，那貂兒撲到了龔光傑臉上，毛鬆鬆的尾巴向他眼上掃去。龔光傑雙手急抓，貂兒早已奔到了他頸後，龔光傑的手指險些便揷入了自己眼中。

左子穆踏上兩步，長劍倏地遞出，這時那貂兒又已奔到龔光傑臉上，左子穆挺劍便向貂兒刺去。貂兒身子扭動，早奔到了龔光傑後頸，左子穆的劍尖及於徒兒眼皮而止。這一劍雖沒刺到貂兒，旁觀衆人無不嘆服，只須劍尖多遞得半寸，龔光傑這隻眼睛便即毀了。辛雙淸暗服：「左師兄劍術了得，單這招『金針渡刧』，我怎能有如此造詣？」

唰唰唰唰，左子穆連出四劍，劍招雖迅捷異常，那貂兒終究還是快了一步。那少女叫道：「長鬍子老頭，你劍法很好。」口中尖聲噓噓兩下，那貂兒往下一竄，忽地不見了。左子穆一呆之際，只見龔光傑雙手往大腿上亂抓亂摸，原來那貂兒已從褲腳管中鑽入他褲中。

段譽哈哈大笑，拍手說道：「今日當眞大開眼界，嘆爲觀止了。」

龔光傑手忙腳亂的除下長褲，露出兩條生滿了黑毛的大腿。那少女叫道：「你這惡人愛欺侮人，叫你全身脫得淸光，瞧你羞也不羞！」又是噓噓兩聲尖呼，那貂兒也眞聽話，爬上龔光傑左腿，立時鑽入了他襯褲之中。練武廳上有不少女子，龔光傑這條襯褲是無論如何不肯脫的，雙足亂跳，雙手在自己小腹、屁股上拍了一陣，大叫一聲，跌跌撞撞的往外直奔。

他剛奔到廳門，忽然門外搶進一人，砰的一聲，兩人撞了個滿懷。這一出一入，勢道都是奇急，龔光傑踉蹌後退，門外進來那人卻仰天一交，摔倒在地。

左子穆失聲叫道：「容師弟！」龔光傑也顧不得褲中那隻貂兒兀自從左腿爬到右腿、又從右腿爬上屁股，忙搶上將那人扶起，貂兒突然爬到了他前陰的要緊所在。他「啊」的一聲大叫，雙手忙去抓貂，那人又即摔倒。

樑上少女格格嬌笑，說道：「整得你也夠了！」「嘶」的一下長聲呼叫。貂兒從龔光傑褲中鑽了出來，沿牆直上，奔到樑上，白影閃動，回到了那少女懷中。那少女讚道：「乖貂兒！」右手兩根手指抓著一條小蛇的尾巴，倒提起來，在貂兒面前晃動。那貂兒前爪抓住，張口便吃，原來那少女手中這許多小蛇都是餵貂的食料。

段譽前所未見，看得津津有味，見貂兒吃完一條小蛇，鑽入了那少女腰間的皮囊。

龔光傑再次扶起那人，驚叫：「容師叔，你……怎麼啦？」左子穆搶上前去，見師弟容子矩雙目圓睜，滿臉憤恨之色，口鼻中卻已沒了氣息。左子穆大驚，忙施推拿，已無法救活。左子穆知他武功雖較己爲遜，比龔光傑卻高得多了，這麼一撞，他竟沒能避開，而一撞之下便即斃命，定是進來之前已然身受重傷，忙解他上衣查傷。衣衫解開，只見他胸口赫然寫著八個黑字：「神農幫誅滅無量劍」。衆人不約而同的大聲驚呼。

這八個黑字深入肌理，既非墨筆書寫，也不是用尖利之物刻劃而致，竟是以劇毒的藥物寫就，腐蝕之下，深陷肌膚。

左子穆略一凝視，不禁大怒，手中長劍振動，嗡嗡作響，喝道：「且瞧是神農幫誅滅無量劍，還是無量劍誅滅神農幫。此仇不報，何以爲人？」再看容子矩身子各處，並無其他傷痕，喝道：「光豪、光傑，外面瞧瞧去！」

干光豪、龔光傑兩名大弟子各挺長劍，應聲而出。

這一來廳上登時大亂，各人再也不去理會段譽和那樑上少女，圍住了容子矩的屍身紛紛議論。此事連無量劍西宗也牽涉在內，辛雙淸臉色鐵靑，不作一聲。

馬五德沉吟道：「左賢弟，不知神農幫如何跟貴派結下了樑子？」

左子穆心傷師弟慘亡，哽咽道：「那是爲了採藥。去年秋天，神農幫四名香主來劍湖宮求見，要到我們後山採幾味藥。採藥本來沒甚麼大不了，神農幫原是以採藥、販藥爲生，跟我們無量劍雖沒甚麼交情，卻也沒樑子。但馬五哥想必知道，我們這後山輕易不讓外人進入，別說神農幫跟我們只泛泛之交，便是各位好朋友，也從來沒去後山遊玩過。這是祖師爺傳下的規矩，我們小輩不敢違犯而已，其實也沒甚麼打緊……」

樑上那少女將手中十幾條小蛇放入腰間的一個小竹簍裏，從懷裏摸出一把瓜子來吃，兩隻腳仍一盪一盪的，忽將一粒瓜子往段譽頭上擲去，正中他額頭，笑道：「喂，你吃不吃瓜子？上來罷！」段譽道：「沒梯子，我上不來。」

那少女道：「這個容易！」從腰間解下一條綠色綢帶，垂了下來，道：「你抓住帶子，我拉你上來。」段譽道：「我身子重，你拉不動的。」那少女笑道：「試試看嘛，摔你不死的。」段譽見衣帶掛到面前，伸手便握住了。那少女道：「抓緊了！」輕輕一提，段譽身子離地。那少女力氣不小，雙手相互拉扯，幾下便將他拉上橫樑。

段譽道：「你這隻貂兒眞好玩，這麼聽話。」那少女從皮囊中摸出小貂，雙手捧著。段譽見貂兒皮毛潤滑，一雙紅眼精光閃閃的瞧著自己，甚是可愛，問道：「我摸摸牠不打緊嗎？」那少女道：「你摸好了。」段譽伸手在貂背上輕輕撫摸，只覺著手輕軟溫暖。

突然之間，那貂兒嗤的一聲，鑽入了少女腰間的皮囊。段譽沒提防，向後急縮，一個沒坐穩，險些摔跌下去。那少女抓住他後領，拉他靠近自己身邊，笑道：「你當眞一點兒也不會武功，那可就奇了。」段譽道：「有甚麼奇怪？」那少女道：「你不會武功，卻單身到這兒來，定會給這些惡人欺侮了。你來幹甚麼？」

段譽正要相告，忽聽得腳步聲響，干光豪、龔光傑兩人奔進大廳。

這時龔光傑已穿回長褲，上身卻仍光著膀子。兩人神色間頗顯驚惶，走到左子穆跟前。干光豪道：「師父，神農幫在對面山上聚集，把守了山道，說道誰也不許下山。咱們見敵方人多，不得師父號令，沒敢隨便動手。」左子穆道：「嗯，來了多少人？」干光豪道：「大約七八十人。」左子穆嘿嘿冷笑，道：「七八十人，便想誅滅無量劍了？只怕也沒這麼容易。」

龔光傑道：「他們用箭射過來一封信，封皮上寫得好生無禮。」說著將信呈上。

左子穆見信封上寫著「字諭左子穆」五個大字，便不接信，說道：「你拆來瞧瞧。」龔光傑道：「是！」拆開信封，抽出信箋。

那少女在段譽耳邊低聲道：「打你的這個惡人便要死了。」段譽奇道：「爲甚麼？」那少女低聲道：「信封信箋上都有毒。」段譽道：「那有這麼厲害？」

只聽龔光傑讀道：「神農幫字諭左……聽者（他不敢直呼師父之名，讀到「左」字時，便將下面「子穆」二字略過了不唸）：限爾等所有人衆一個時辰之內，自斷右手，折斷兵刃，退出無量山劍湖宮，否則無量劍鷄犬不留。」

無量劍西宗掌門辛雙清冷笑道：「神農幫是甚麼東西，誇下好大的海口！」

突然間砰的一聲，龔光傑仰天便倒。干光豪站在他身旁，忙叫：「師弟！」伸手欲扶。左子穆搶上兩步，伸臂攔在他胸前，勁力微吐，將他震出三步，喝道：「只怕有毒，別碰他身子！」只見龔光傑臉上肌肉不住抽搐，拿信的一隻手掌霎時間便成深黑，雙足挺了幾下，便已死去。

前後只一頓飯功夫，「無量劍」東宗接連死了兩名好手，衆人無不駭然。

段譽低聲道：「你也是神農幫的麼？」那少女嗔道：「呸！我才不是呢，你胡說八道甚麼？」段譽道：「那你怎知信上有毒？」那少女笑道：「這下毒功夫粗淺得緊，一眼便瞧出來了。這等笨法兒只能傷害無知之徒。」她這幾句話廳上衆人都聽見了，一齊抬起頭來，只見她兀自咬著瓜子，穿著花鞋的一雙腳不住前後晃盪。

左子穆向龔光傑手中拿著的那信瞧去，不見有何異狀，側過了頭再看，果見信封和信箋上都隱隱有磷光閃動，心中一凜，抬頭向那少女道：「姑娘尊姓大名？」那少女道：「我的尊姓大名，可不能跟你說，這叫做天機不可洩漏。」在這當口還聽到這兩句話，左子穆怒火直冒，強自忍耐，才不發作，說道：「那麼令尊是誰？尊師是那一位？」那少女笑道：「哈哈，我才不上你的當呢。我跟你說我令尊是誰，你便知道我的尊姓了。你既知我尊姓，便查得到我的大名了。我的尊師便是我媽。我媽的名字，更加不能跟你說。」

左子穆聽她語聲既嬌且糯，是雲南本地人無疑，尋思：「雲南武林之中，有那一對擅於輕功的夫婦會是她父母？」那少女沒出過手，沒法從她武功家數上推想，便道：「姑娘請下來，一起商議對策。神農幫說誰也不許下山，連你也要殺了。」

那少女笑道：「他們不會殺我的，神農幫只殺無量劍的人。我在路上聽到了消息，因此趕著來瞧瞧殺人的熱鬧。長鬍子老頭，你們劍法不錯，可是不會使毒，鬥不過神農幫的。」這幾句正說中了「無量劍」的弱點，若憑眞實功夫廝拚，無量劍東西兩宗，再加上八位聘請前來作公證的各派好手，決不會敵不過神農幫，但說到用毒解毒，各人卻都一竅不通。

左子穆聽她口吻中全是幸災樂禍之意，似乎「無量劍」越死得人多，她越加看得開心，冷哼一聲，問道：「姑娘在路上聽到甚麼消息？」他一向頤指氣使慣了，隨便一句話，似乎都是叫人非好好回答不可。

那少女忽問：「你吃瓜子不吃？」左子穆臉色微微發紫，若不是大敵在外，早已發作，當下強忍怒氣，道：「不吃！」

段譽揷口道：「你這是甚麼瓜子？桂花？玫瑰？還是松子味的？」那少女道：「啊喲！瓜子還有這許多講究麼？我可不知道了。我這瓜子是媽媽用蛇膽炒的，常吃眼目明亮，你試試看。」說著抓了一把，塞在段譽手中，又道：「吃不慣的人，覺得有點兒苦，其實很好吃的。」段譽不便拂她之意，拿了一粒瓜子送入口中，入口果覺辛澀，但略加辨味，便似諫果回甘，舌底生津。他將吃過的瓜子殼一片片的放在樑上，那少女卻肆無忌憚，順口便往下吐出。瓜子殼在衆人頭頂亂飛，許多人都皺眉避開。

左子穆又問：「姑娘在道上聽到甚麼消息，若能見告，在下……在下感激不盡。」他為了探聽消息，只得言語客氣幾分。那少女道：「我聽神農幫的人說到甚麼『無量玉璧』，那是甚麼玩意兒？」左子穆一怔，說道：「無量玉璧？難道無量山中有甚麼寶玉、寶璧麼？倒沒聽見過。辛師妹，你聽人說過麼？」辛雙清還未回答，那少女搶著道：「她自然沒聽說過。你倆不用一搭一檔做戲，不肯說，那就乾脆別說。哼，好希罕麼？」

左子穆神色尷尬，說道：「啊，我想起來了，神農幫所說的，多半是無量山白龍峯畔的鏡面石。這塊石頭平滑如鏡，能照見毛髮，有人說是塊美玉，其實呢，只是一塊又白又光的大石頭罷了。」

那少女道：「你早些說了，豈不是好？你怎麼跟神農幫結的怨家啊？幹麼他們要將你無量劍殺得鷄犬不留？」

左子穆眼見反客為主之勢已成，要想這少女透露甚麼消息，非得自己先說不可，目下事勢緊迫，又當著這許多外客，總不能抓下這小姑娘來強加拷問，便道：「姑娘請下來，待我詳加奉告。」那少女雙腳盪了盪，說道：「詳加奉告，那倒不用，反正你的話有真有假，我也只信得了這麼三成四成，你隨便說一些罷。」

左子穆雙眉一豎，臉現怒容，隨即收歛，說道：「去年神農幫要到我們後山採藥，我沒答允。他們便來偷採。我師弟容子矩和幾名弟子撞見了，出言責備。他們說道：

『這裏又不是金鑾殿、御花園，外人爲甚麼來不得？難道無量山是你們無量劍買下的麼？』雙方言語衝突，便動起手來。容師弟手下沒留情，殺了他們二人。樑子便是這樣結下的。後來在瀾滄江畔，雙方又動了一次手，再欠下了幾條人命。」那少女道：「嗯，原來如此。他們要採的是甚麼藥？」左子穆道：「這個倒不大清楚。」

那少女得意洋洋的道：「諒你也不知道。你已跟我說了結仇的經過，我也就跟你說兩件事罷。那天我在山裏捉蛇，給我的閃電貂吃……」段譽道：「你的貂兒叫閃電貂？」那少女道：「是啊，牠奔跑起來，可不快得像閃電一樣？」段譽讚道：「正是，閃電貂，這名字取得好！」左子穆向他怒目而視，怪他打岔，但那少女正說到要緊當口，自己倘若斥責段譽，只怕她生氣，就此不肯說了，當下只陰沉著臉不作聲。

那少女向段譽道：「閃電貂愛吃毒蛇，別的甚麼也不吃。牠是我從小養大的，今年四歲啦，就只聽我一個兒的話，連我爹爹媽媽的話也不聽。我叫牠嚇人就嚇人，咬人就咬人。這貂兒眞乖。」說著左手伸入皮囊，撫摸貂兒。

段譽道：「這位左先生等得好心焦了，你就跟他說了罷。」

那少女一笑，低頭向左子穆道：「那時候我正在草叢裏找蛇，聽得有幾個人走過來。一個說道：『這一次若不把無量劍殺得鷄犬不留，佔了他的無量山、劍湖宮，咱們神農幫人人便抹脖子罷。』我聽說要殺得鷄犬不留，倒也好玩，便蹲著不作聲。聽得他們接著談論，說甚麼奉了縹緲峯靈鷲宮的號令，要佔劍湖宮，爲的是要查明『無量玉壁』的眞相。」她說到這裏，左子穆與辛雙淸對望了一眼。

那少女問道：「縹緲峯靈鷲宮是甚麼玩意兒？爲甚麼神農幫要奉他號令？」左子穆道：「縹緲峯靈鷲宮甚麼的，還是此刻第一遭從姑娘嘴裏聽到。我實不知神農幫原來還是奉了別人號令，才來跟我們爲難。」想到神農幫既須奉令行事，則那縹緲峯甚麼的自然厲害之極，雲南千山萬峯，可從來沒聽說有座縹緲峯，憂心更增，不由得皺起了眉頭。

那少女吃了兩粒瓜子，說道：「那時又聽得另一人說道：『幫主身上這病根子，既然無量山中的通天草或能解得，衆兄弟拚著身受千刀萬劍，也要去採這通天草到手。』先一人嘆了口氣，說道：『我身上這「生死符」，除了天山童姥她老人家本人，誰也沒法解得。通天草雖藥性靈異，也只是在「生死符」發作之時，稍稍減輕些求生不得、求死不能的苦楚而已……』他們幾個人一面說，一面走遠。我說得夠淸楚了嗎？」

左子穆不答，低頭沉思。辛雙淸道：「左師兄，那通天草也沒甚麼了不起，神農幫幫主司空玄要用此草治病止痛，給他一些，不就是了？」左子穆怒道：「給他些通天草有甚打緊？但他們存心要佔無量山劍湖宮，你沒聽見嗎？」辛雙淸哼了一聲，不再言語。

那少女伸出右臂，穿在段譽腋下，道：「下去罷！」一挺身便離樑躍下。段譽「啊」的一聲驚呼，身子已在半空。那少女帶著他輕輕落地，右臂仍挽著他左臂，說道：「咱們外面瞧瞧去，看神農幫是怎生模樣。」

左子穆搶上一步，說道：「且慢，還有幾句話要請問。姑娘說道司空玄那老兒身上中了『生死符』，發作起來求生不得，求死不能，那是甚麼東西？『天山童姥』又是甚麼人？」那少女道：「第一，你問的兩件事我都不知道。第二，你這麼狠霸霸的問我，就算我知道了，也決不會跟你說。」

此刻「無量劍」大敵壓境，左子穆實不願又再樹敵，但聽這少女的話中含有不少重大關節，關連到「無量劍」此後存亡榮辱，不能不詳細問個明白，當下身形晃動，攔在那少女和段譽身前，說道：「姑娘，神農幫惡徒在外，姑娘貿然出去，倘若有甚閃失，我無量劍可過意不去。」那少女微笑道：「我又不是你請來的客人，再說呢，你也不知我尊姓大名。倘若我給神農幫殺了，我爹爹媽媽決不會怪你保護不周。」說著挽了段譽的手臂，向外便走。

左子穆右臂微動，自腰間拔出長劍，說道：「姑娘，請留步。」那少女道：「你要動武麼？」左子穆道：「我只要你將剛才的話再說得仔細明白些。」那少女一搖頭，說道：「要是我不肯說，你就要殺我了？」左子穆道：「那我也就沒法可想了。」長劍斜橫胸前，攔住了去路。

那少女向段譽道：「這長鬚老兒要殺我呢，你說怎麼辦？」段譽搖了搖手中摺扇，道：「姑娘說怎麼辦便怎麼辦。」那少女道：「如果他一劍殺死了我，那便如何是好？」段譽道：「咱們有福共享，有難同當，瓜子一齊吃，刀劍一塊挨。」那少女道：「這幾句話說得挺好，你這人很夠朋友，也不枉咱們相識一場，走罷！」拉著他手，跨步便往門外走去，對左子穆手中青光閃爍的長劍恍如不見。

左子穆長劍一抖，指向那少女左肩，他倒並無傷人之意，只不許她走出練武廳。旁邊無量劍一名中年弟子搶上前來，抓住那少女手臂。

那少女在腰間皮囊上一拍，嘴裏噓噓兩聲，忽然白影閃動，閃電貂驀地躍出，撲向那弟子右臂。那人忙伸手去抓，可是閃電貂當眞動若閃電，喀的一聲，已在他右腕上咬了一口，隨即鑽入了那少女腰間皮囊。

那手腕遭咬的中年弟子大叫一聲，一膝跪地，頃刻之間，便覺右腕麻木，叫道：「毒，毒！你……你這鬼貂兒有毒！」左手用力抓緊右腕，生怕毒性上行。

無量劍東宗衆弟子紛紛搶上，兩個人去扶那同門師兄，其餘的各挺長劍，將那少女和段譽團團圍住。左子穆叫道：「快，快拿解藥來，否則亂劍刺死了小丫頭。」

那少女笑道：「我沒解藥。你們只須去採些通天草來，濃濃的煎上一碗，給他喝下去就沒事了。不過三個時辰之內，可不能移動身子，否則毒入心臟，那就糟糕。你們大夥兒攔住我幹麼？也想叫這貂兒來咬上一口嗎？」說著從皮囊中摸出閃電貂來，捧在左手，右臂挽了段譽向外便走。

左子穆見到那弟子的狼狽模樣，心知憑自己功夫，也決避不開那小貂迅如電閃的撲咬，一時彷徨無策，只好眼睜睜的瞧著他二人走出練武廳。

來到劍湖宮的衆賓客眼見閃電貂靈異迅捷，均自駭然，誰也不敢出頭。

那少女和段譽並肩出了大門。無量劍衆弟子有的在練武廳內，有的在外守禦，以防神農幫來攻。兩人出得劍湖宮來，竟沒遇上一人。

那少女低聲道：「閃電貂這一生之中不知已吃了幾千條毒蛇，牙齒毒得很，那個兇霸霸的大漢給牠咬了一口，當時就該立刻把右臂斬斷，只消再拖延得幾個時辰，那便活不到第八天上了。」段譽道：「你說只須採些通天草來，濃濃煎上一大碗，服了就可解毒？」那少女笑道：「我騙騙他們的。否則的話，他們怎肯放我們出來？」段譽驚道：「你等我一會兒，我進去跟他說。」那少女一把拉住，嗔道：「傻子，你這一說，咱們還有命嗎？我這貂兒雖然厲害，可是他們一齊擁上，我又怎抵擋得了？你說過的，瓜子一齊吃，刀劍一塊挨。我可不能拋下了你，自個兒逃走。」

段譽搔頭道：「那你就給他些解藥罷。」那少女道：「唉，你這人婆婆媽媽的，人家打你，你還這麼好心。」段譽摸了摸臉頰，說道：「給他打了一下，早就不痛了，還儘記著幹麼？唉，可惜打我的人卻死了。孟子曰：『惻隱之心，仁之端也。』佛家說：『救人一命，勝造七級浮屠。』他們的師父左子穆左先生雖然兇狠，對你說話倒也客客氣氣的，他生了這麼一大把鬍子，對你這小姑娘卻自稱『在下』。」

那少女格的一笑，道：「那時我在樑上，他在地下，自然是『在下』了。你儘說好話幫他，要我給解藥。可是我眞的沒有啊。解藥就只爹爹有。再說，他們無量劍轉眼就會給神農幫殺得鷄犬不留。我去跟爹爹討了解藥來，那大漢腦袋都不在脖子上了，一個無頭人身上有毒無毒，只怕也沒多大相干了罷？」

段譽搖了搖頭，只得不說解藥之事，眼見明月初升，照在她白裏泛紅的臉蛋上，更映得她容色嬌美，說道：「你的尊姓大名不能跟那長鬚老兒說，可能跟我說麼？」那少女笑道：「甚麼尊姓大名了？我姓鍾，爹爹媽媽叫我作『靈兒』。尊姓是有的，大名可就沒了，只有個小名。咱們到那邊山坡上坐坐，你跟我說，你到無量山來幹甚麼。」

兩人並肩走向西北角的山坡。段譽一面走，一面說道：「我是從家裏逃出來的，四處遊蕩，到普洱時身邊沒錢了，聽人說那位馬五德馬五爺很好客，就到他家裏吃閒飯去。他正要上無量山來，我早聽說無量山風景清幽，便跟著他來遊山玩水。」鍾靈點了點頭，問道：「你幹麼要從家裏逃出來？」段譽道：「爹爹要教我練武功，我不肯練。他逼得緊了，我只得逃走。」

鍾靈睜著圓圓的大眼向他上下打量，甚是好奇，問道：「你為甚麼不肯學武，怕辛苦麼？」段譽道：「辛苦我才不怕呢。我只是想來想去想不通，不聽爹爹的話。爹爹生氣了，他和媽媽又吵了起來……」鍾靈微笑道：「你媽總是護著你，跟你爹爹吵，是不是？」段譽道：「是啊。」鍾靈嘆了口氣，道：「我媽也是這樣。」眼望西方遠處，出了一會神，又問：「你甚麼事想來想去想不通？」

段譽道：「我從小受了佛戒。爹爹請了一位老師教我唸四書五經、詩詞歌賦，請了一位高僧教我唸佛經。十多年來，我學的都是儒家的仁人之心，推己及人，佛家的戒殺戒嗔，慈悲為懷，忽然爹爹教我練武，學打人殺人的法子，我自然覺得不對頭。爹爹跟我接連辯了三天，我始終不服。他把許多佛經的句子都背錯了，解得也不對。」

鍾靈道：「於是你爹爹大怒，就打了你一頓，是不是？」

段譽搖頭道：「我爹爹不是打我一頓，他伸手點了我兩處穴道。一霎時間，我全身好像有一千一萬隻螞蟻在咬，又像有許許多多蚊子同時在吸血。爹爹說：『這滋味好不好受？我是你爹爹，待會自然跟你解了穴道。但若你遇到的是敵人，那時可教你死不了，活不成。你倒試試自殺看。』我給他點了穴道後，要抬起一根手指頭也不能，那裏還能自殺。再說，我活得好好地，又幹麼要自殺？後來我媽媽跟爹爹爭吵，爹爹解了我的穴道。第二天我便偷偷的溜了。」

鍾靈呆呆的聽著，突然大聲道：「原來你爹爹會點穴，點了之後人會痲癢，那是天下一等一的點穴功夫。是不是伸根手指在你身上甚麼地方一戳，你就動彈不得，痲癢難當？」段譽道：「是啊，那有甚麼奇怪？」鍾靈臉上充滿驚奇的神色，道：「你說那有甚麼奇怪？你竟說那有甚麼奇怪？武林之中，倘若有人能學到幾下你爹爹的點穴功夫，你叫他磕一萬個頭、求上十年二十年他也願意，你卻偏偏不肯學，當眞奇怪之極了。」

段譽道：「這點穴功夫，我看也沒甚麼了不起。」鍾靈嘆了口氣，道：「你這話千萬不能說，更加不能讓人家知道了。」段譽奇道：「爲甚麼？」

鍾靈道：「你不會武功，江湖上許多壞事又不懂。你段家的點穴功夫天下無雙，叫做『一陽指』。學武的人聽到『一陽指』三字，個個垂涎三尺，羨慕得十天十夜睡不著覺。要是有人知道你爹爹會這功夫，說不定便起下歹心，將你綁架了去，要你爹爹用『一陽指』的穴道譜訣來換。那怎麼辦？」

段譽曾聽父母說過，他爹爹所會的確是「一陽指」，便搔頭道：「我爹爹惱起來，就得跟那人好好的打上一架了。」鍾靈道：「是啊。要跟你段家相鬥，旁人自然不敢，可是爲了『一陽指』的武功秘訣，那也就說不得了。何況你落在人家手裏，事情就挺難辦。這樣罷，你以後別對人說自己姓段。」

段譽道：「咱們大理國姓段的人成千上萬，也不見得個個都會『一陽指』。我不姓段，你叫我姓甚麼？」鍾靈微笑道：「那你便暫且跟我的姓罷！」段譽笑道：「那也好，那你得叫我做大哥了。你幾歲？」鍾靈道：「十六！你呢？」段譽道：「我大你三歲。」

鍾靈摘起一片草葉，一段段的扯斷，忽然搖了搖頭，說道：「你居然不願學『一陽指』的功夫，我眞不信。你在騙我，是不是？」

段譽笑了起來，道：「你將一陽指說得這麼神妙，眞能當飯吃麼？我看你的閃電貂就厲害得多，只不過牠一下子便咬死人，我可又不喜歡了。」鍾靈嘆道：「閃電貂要是不能一下子便咬死人，還有甚麼用？」段譽道：「你小小一個女孩兒，儘想著這些打架殺人的事幹甚麼？」鍾靈道：「你是眞的不知，還是在裝腔作勢？」段譽奇道：「甚麼？」鍾靈手指東方，道：「你瞧！」

段譽順著她手指瞧去，只見東邊山腰裏冒起一條條嬝嬝青煙，共有十餘叢之多，不知是甚麼意思。鍾靈道：「你不想殺人打架，可是旁人要殺你打你，你總不能伸出脖子來讓他殺罷？這些青煙是神農幫在煮煉毒藥，待會用來對付無量劍的。我只盼咱們能悄悄溜了出去，別受到牽累。」

段譽搖了搖摺扇，大不以爲然，道：「這種江湖上的兇殺鬥毆，越來越不成話了。無量劍中有人殺了神農幫的人，現今那容子矩給神農幫害了，還饒上了那龔光傑，一報還一報，已經抵過數啦。就算還有甚麼不平之處，也當申明官府，請父母官稟公斷決，怎可動不動的便殺人放火？咱們大理國難道沒王法了麼？」

鍾靈嘖、嘖、嘖的三聲，臉現鄙夷之色，道：「聽你口氣倒像是甚麼皇親國戚、官府大老爺似的。我們老百姓才不來理你呢！」抬頭看了看天色，指著西南角上，低聲道：「待得有黑雲遮住了月亮，咱們悄悄從這裏出去，神農幫的人未必見到。」段譽道：「不成！我要去見他們幫主，曉諭一番，不許他們這麼胡亂殺人。」

鍾靈眼中露出憐憫的神色，道：「段大哥，你這人太也不知天高地厚。神農幫陰險狠辣，善於使毒，剛才連殺二人的手段，你是親眼見到了的，再殺你一個，他們也不會在乎。咱們別生事了，快些走罷！」段譽道：「不成，這件事我非管一管不可，你倘若害怕，便在這裏等我。」說著站起身來，向東走去。

鍾靈待他走出數丈，忽地縱身追去，右手探出，往他肩頭拿去。段譽聽到了背後腳步聲音，待要回頭，右肩已給抓住。鍾靈跟著腳下一勾，段譽站立不住，向前撲倒，鼻子撞上山石，登時流出鼻血。他氣沖沖的爬起身來，怒道：「你幹麼如此惡作劇？摔得我好痛。」鍾靈道：「我要再試你一試，瞧你是假裝呢，還是眞的不會武功，我這是爲你好。」

段譽忿忿的道：「好甚麼？」伸手背在鼻上一抹，只見滿手是血，鮮血跟著流下，沾得他胸前殷紅一攤。他受傷其實甚輕，但見血流得這麼多，不禁「哎喲、哎喲」的叫了起來。鍾靈倒有些躭心了，忙取出手帕給他抹血。

段譽心中氣惱，伸手一推，說道：「不用你來討好，我不睬你。」他不會武功，出手全無部位，隨手推出，手掌正對向她胸膛。鍾靈不及思索，自然而然的反手勾住他手腕，順勢一帶一送，段譽登時直摔出去，砰的一聲，後腦撞在石上，便即暈倒。

鍾靈見他一動不動的躺在地下，喝道：「快起來，我有話跟你說。」待見他始終不動，心下有些慌了，過去俯身看時，只見他雙目上翻，氣息微弱，已暈了過去，忙伸手捏他人中，又用力搓揉他胸口。

過了良久，段譽才悠悠醒轉，只覺背心所靠處甚是柔軟，鼻中聞到一陣淡淡的幽香，慢慢睜開眼來，但見鍾靈一雙明淨的眼睛正焦急的望著自己。鍾靈見他醒轉，長長舒了口氣，道：「幸好你沒死。」段譽見自己身子倚靠在她懷中，後腦枕在她腰間，不禁心中一蕩，隨即覺到後腦撞傷處陣陣劇痛，忍不住「哎喲」一聲大叫。

鍾靈嚇了一跳，道：「怎麼啦？」段譽道：「我……我痛得厲害。」鍾靈道：「你又沒死，哇哇大叫些甚麼？」段譽道：「要是我死了，還能哇哇大叫麼？」

鍾靈噗哧一笑，扶起他頭來，只見他後腦腫起了老大一個血瘤，足足有鷄蛋大小，雖不流血，想來也必甚痛楚，嗔道：「誰叫你出手輕薄下流，要是換作了別人，我當場便即殺了，叫你這麼摔一交，可還便宜了你呢。」

段譽坐起身來，奇道：「我……我輕薄下流了？那有此事？眞是天大冤枉！」

鍾靈於男女之事似懂非懂，聽了他的話，臉上微微一紅，道：「我不跟你說了，總之是你自己不好，誰叫你伸手推我這裏……這裏……」指了指自己胸口。段譽登時省悟，便覺不好意思，要說甚麼話解釋，又覺不便措辭，只道：「我……我當眞不是故意的，對不住！」說著站起身來。

鍾靈也跟著站起，道：「不是故意，便饒了你罷。總算你醒了過來，可害我急得甚麼似的。」段譽道：「適才在劍湖宮中，若不是你出手相助，我定會多吃兩記耳光。現下你摔了我兩次，咱們大家扯了個直。總之是我命中注定，難逃此劫。」鍾靈道：「你這麼說，那是在生我的氣了？」段譽道：「難道你打了我，還要我歡歡喜喜的說：『姑娘打得好，打得妙？』還要我多謝你嗎？」鍾靈拉著他手，歉然道：「從今而後，我再也不打你啦。這一次你別生氣罷。」段譽道：「除非你給我狠狠的打還兩下。」

鍾靈很不願意，但見他怒氣沖沖的轉身欲行，便仰起頭來，說道：「好，我讓你打還兩下就是。不過……不過你出手不要太重。」段譽道：「出手不重，那還算甚麼報仇？我是非重不可。要是你不給打，那就算了。」

鍾靈嘆了口氣，閉了眼睛，低聲道：「好罷！你打還之後，可不能再生氣了。」

過了半晌，沒覺得段譽的手打下，睜開眼來，只見他似笑非笑的瞧著自己，鍾靈奇道：「你怎麼還不打？」段譽彎起右手小指，在她左右雙頰上分別輕彈一下，笑道：「就是這麼兩下重的，可痛得厲害麼？」鍾靈大喜，笑道：「我早知你這人很好。」

段譽見她站在自己身前，相距不過尺許，吹氣如蘭，越看越美，一時捨不得離開，隔了良久，才道：「好啦，我的大仇也報過了，我要找那個司空玄幫主去了。」

鍾靈急道：「傻子，去不得的！江湖上的事你一點兒也不懂，犯了人家忌諱，我可救不得你。」段譽搖頭笑道：「不用為我躭心，我一會兒就回來，你在這兒等我。」說著大踏步便向青煙升起處走去。

鍾靈大叫阻止，段譽只是不聽。鍾靈怔了一陣，道：「好，你說過有瓜子同吃，有刀劍齊挨！」追上去和他並肩而行，不再勸說。

兩人走不到一盞茶時分，只見兩名黃衣漢子快步迎上，左首一個年紀較老的喝道：「甚麼人？來幹甚麼？」段譽見這兩人都肩懸藥囊，手執一柄刃身極闊的短刀，便道：「在下段譽，有事求見貴幫司空幫主。」那老漢道：「有甚麼事？」段譽道：「待見到貴幫主後，自會陳說。」那老漢道：「閣下屬何門派？尊師上下如何稱呼？」

段譽道：「我沒門派。我受業師父姓孟，名諱上述下聖，字繼儒。我師父專研易理，於說卦、繫辭之學有頗深的造詣。」他說的師父，是教他讀經作文的師父。可是那老漢聽到甚麼「易理」、「說卦、繫辭」，還道是兩門特異的武功，又見段譽摺扇輕搖，頗似身負絕藝、深藏不露之輩，倒也不敢怠慢了，雖想不起武林中有那一號叫做「孟述聖」的人物，但對方既說他「有頗深的造詣」，想來也不見得是信口胡吹，便道：「既是如此，段少俠請稍候，我去通報。」

鍾靈見他匆匆而去，轉過了山坡，問道：「你騙他易理、難理的，那是甚麼功夫？待會司空玄要是考較起來，只怕不易搪塞得過。」段譽道：「《周易》我是讀得很熟的，其中的微言大義，司空玄若要考較，未必便難得倒我。」鍾靈瞠目不知所對。

只見那老漢鐵青著臉回來，說道：「你胡說八道甚麼？幫主叫你去！」瞧他模樣，顯是受了司空玄的申斥。段譽點點頭，和鍾靈隨他而行。

三人片刻間轉過山坳，只見一大堆亂石之中團團坐著二十餘人。段譽走近前去，見人叢中一個瘦小的老者坐在一塊高巖之上，高出旁人，頦下一把山羊鬍子，神態甚是倨傲，料來便是神農幫的幫主司空玄了，於是拱手一揖，說道：「司空幫主請了，在下段譽有禮。」

司空玄點點頭，卻不站起，問道：「閣下到此何事？」

段譽道：「聽說貴幫跟無量劍結下了冤仇，在下適才眼見無量劍中二人慘死，心下不忍，特來勸解。要知冤家宜解不宜結，何況兇毆鬥殺，有違國法，若教官府知道，大大的不便。請司空幫主懸崖勒馬，急速歸去，不可再向無量劍尋仇了。」

司空玄冷冷的聽他說話，待他說完，始終默不作聲，只斜眼側睨，不置可否。

段譽又道：「在下這番話是金玉良言，還望幫主三思。」司空玄仍滿臉好奇的瞧著他，突然仰天打個哈哈，說道：「你這小子是誰，卻來尋老夫的消遣？是誰叫你來的？」段譽道：「有誰教我來麼？我自己來跟你說的。」

司空玄哼了一聲，道：「老夫行走江湖四十年，從沒見過你這等膽大妄爲的胡鬧小子。阿勝，將這兩個小男女拿下了。」旁邊一條大漢應聲而出，伸手抓住了段譽右臂。

鍾靈叫道：「且慢！司空幫主，這位相公好言相勸，你不允那也罷了，何必動蠻？」轉頭向段譽道：「大哥，神農幫不聽你的話，咱們不用管人家的閒事了，走罷！」

那阿勝伸出大手，早將段譽的雙手反在背後，緊緊握住，瞧著司空玄，只待他示下。司空玄冷冷的道：「神農幫最不喜人家多管閒事。兩個小娃娃來向我囉裏囉唆，這中間多半另有蹊蹺。阿洪，把這女娃娃也綁了起來。」另一名大漢應了，伸手來抓鍾靈。

鍾靈斜退三步，說道：「司空幫主，我可不是怕你。只不過我爹媽不許我在外多惹是非。你快叫這人放了我大哥，莫要逼得我非出手不可，那就多有不便。」

司空玄哈哈大笑，道：「女娃娃胡吹大氣。阿洪，還不動手？」阿洪應道：「是！」伸手便向鍾靈手臂握去。鍾靈右臂疾縮，左掌倏出，掌緣如刀，已在阿洪的頸中斬了下去。阿洪低頭避過，鍾靈右手拳斗地上擊，砰的一聲，正中阿洪下頦，打得他仰天摔出。

司空玄淡淡的道：「這女娃娃還眞的有兩下子，可是要到神農幫來撒野，卻還不夠。」斜目向身旁一個高身材的老者使個眼色，右手輕揮。這老者立即站起，兩步跨近，他比鍾靈幾乎高了二尺，居高臨下，雙手伸出，十指如鳥爪，抓向鍾靈肩頭。

鍾靈見來勢兇猛，急於向旁閃避。那高老者左手五指從她臉前五寸處急掠而過，鍾靈只感勁風凌厲，心下害怕，叫道：「司空幫主，你快叫他住手。否則的話，我可要不客氣了。將來爹爹罵我，你也沒甚麼好。」她說話之間，那高老者已連續出手三次，每一次都給鍾靈急閃避過。司空玄厲聲道：「抓住她！」高老者左手斜引，右手劃了個小小圓圈，陡地五指翻轉，已抓住了鍾靈右臂。

鍾靈「啊」的一聲驚呼，痛得花容失色，左手一抖，口中噓噓兩聲，突然間白光閃動，高老者悶哼一聲，放脫她手臂，坐倒在地。閃電貂已在他手背上咬了一口，躍回鍾靈手中。

司空玄身旁一名中年漢子急忙搶上前去，伸手扶起高老者，只覺他全身發顫，手背上黑漆一片。鍾靈又是兩聲尖哨，閃電貂躍將出去，竄向抓住段譽的阿勝面門。阿勝伸手欲格，閃電貂就勢一口，咬中了他掌緣。阿勝武功不及高老者，更加抵受不住，縮作一團，大聲叫嚷。鍾靈挽了段譽的手臂，轉身便走，低聲道：「禍已闖下，快走！」

圍在司空玄身旁的都是神農幫中的好手，這些人一生採藥使藥，可說甚麼毒物都見識過了，但這閃電貂來去如電，又如此劇毒，卻誰都不識其名。司空玄叫道：「快抓住這女娃娃，莫讓她走了。」四條漢子應聲躍起，分從兩側包抄了上來。

鍾靈連聲唿哨，閃電貂從這人身上躍到那一人身上，只一霎眼間，已將四條漢子一一咬過。每條漢子不是滾倒在地，便縮成了一團。

神農幫幫衆雖見這小貂甚爲可怖，但在幫主之前誰也不敢退縮，又有七八人呼嘯追來。鍾靈叫道：「要性命的便別過來！」那七八人各執兵刃，有的是藥鋤，有的是闊身短刀，只盼用兵刃擋得住閃電貂的襲擊。但那小貂快過世間任何暗器，只後足在刀背上一點，一彈之下便已咬中敵人，剎那間七八人又皆滾倒。

司空玄撩起長袍，從懷中急速取出一瓶藥水，倒在掌心，匆匆在手掌及下臂塗抹了，兩三個起落，已攔在鍾靈及段譽的身前，沉聲喝道：「站住了！」

閃電貂從鍾靈掌心彈起，竄向司空玄鼻樑。司空玄豎掌一立，心下暗自發毛，不知自己這秘製蛇藥是否奈何得了這隻從所未見的毒貂，倘若無效，自己的性命和神農幫可都就此毀了。那貂兒剛張口往他掌心咬去，突然在空中一個轉折，後足在他手指上一點，借力躍回。閃電貂體內聚集諸般蛇毒，司空玄的秘製蛇藥極具靈效，善剋蛇毒，閃電貂聞到藥氣強烈，立時抵受不住。司空玄大喜，左掌急拍而出，掌風凌厲，鍾靈閃避不及，腳下踉蹌，險些摔倒。司空玄掌風餘勢所至，噗的一聲，將段譽擊得仰天便倒。

鍾靈大驚，連聲唿哨，催動閃電貂攻敵。閃電貂再度竄出，但司空玄掌上蛇藥正是牠的剋星，要待咬他頭臉大腿，司空玄雙掌飛舞，逼得牠難以近前。

司空玄見這貂兒縱跳若電，心下也覺害怕，不住口的連發號令。

數十名幫眾從四面八方圍將上來，手中各持一綑藥草，點燃了火，濃煙直冒。段譽剛從地下爬起，突然一陣頭暈，又即摔倒，迷迷糊糊之中只見鍾靈不住搖晃，跟著也即跌倒。兩名幫眾奔上來想揪住鍾靈，閃電貂護主，跳過去在兩人身上各咬了一口。眾人大駭倒退，四下裏團團圍住，叫嚷吆喝，卻無從下手。

司空玄叫道：「東方燒雄黃，南方燒麝香，西方北方人人散開。」

諸幫眾應命燒起麝香、雄黃。神農幫無藥不備，藥物更是無一而非上等精品。這麝香、雄黃質純性勁，一經燒起，登時發出氣味辛辣的濃煙，順著東南風向鍾靈吹去。不料閃電貂卻不怕藥氣，仍然矯矢靈活，霎時間又咬倒了五名幫眾。

司空玄眉頭一皺，計上心來，叫道：「鏟泥掩蓋，將女娃娃連毒貂一起活埋了。」幫眾手上有的是挖掘藥物的鋤頭，當即在山坡上挖起大塊泥土，紛向鍾靈身上拋去。

段譽心想禍事由己而起，鍾靈慘遭活埋，自己豈能獨活，奮身躍起，撲在鍾靈身上，抱住了她，叫道：「左右是同歸於盡。」只覺土石如雨，當頭蓋落。

司空玄聽到他「左右是同歸於盡」這句話，心中一動，見四下裏滾倒在地的有二十餘名幫衆，其中七八名更是幫中重要人物，連自己兩個師弟亦在其內，若將這女娃娃殺了，雖出了口惡氣，但這貂兒毒性大異尋常，如不得她獨門解藥，只怕難以救活衆人，便道：「留下二人活口，別蓋住頭臉。」

片刻之間，土石已堆到二人頸邊。鍾靈只覺身上沉重之極，感到段譽抱住了自己，雖然兩人身子都給埋在土裏，只露出了兩個頭，倒也不怎樣害怕。

只聽段譽低聲道：「是我不聽你的話，累得你這樣，眞正對不住了。」鍾靈道：「你對我倒挺講義氣，趕過來跟我同生共死，你是個好人。」段譽道：「跟你這樣美麗的小姑娘一起死了，倒也挺快活。」鍾靈嘻嘻一笑，低聲道：「你是眞的心裏說我美麗呢，還是騙我開心說的？」段譽道：「自然眞心不過了。如果咱二人這次可以不死，以後你做我的好朋友，好不好？」鍾靈嫣然一笑，道：「好啊。不過過得幾天，你就忘記我了。」段譽道：「我永遠不會忘記你。」摟著她的雙臂緊了一緊。此時兩人臉頰相距不過寸許，段譽見她粉臉紅潤，小嘴微張，甚是可愛，伸過嘴去，在她臉上輕輕一吻。鍾靈登時羞得滿面通紅。

司空玄冷笑道：「喂，你們兩個要出來做小夫妻呢？還是就這樣埋在土裏，做對陰世冤家？」段譽道：「自然是出來的好！」司空玄道：「好！女娃娃，你快取解治貂毒的藥物出來，我便饒你一命。」鍾靈搖頭道：「饒我一命不夠，須得饒我們二人兩命。」司空玄道：「好罷！饒你兩人小命，那也可以。解藥呢？」

鍾靈道：「我身上沒解藥。這閃電貂的劇毒只我爹爹能治。我早跟你說過，你別逼我動手，否則必定惹得我爹爹罵我，你又有甚麼好處？」司空玄厲聲道：「小娃娃這時候還在胡說八道，老爺子一怒之下，讓你兩個活生生的餓死在這裏。」

鍾靈道：「我跟你說的全是實話，你偏不信。唉，總而言之，這件事糟糕之極，只怕瞞不過我爹爹，那便如何是好？」司空玄道：「你爹爹叫甚麼名字？」鍾靈道：「你這人年紀也不小啦，怎地如此不通情理？我爹爹的名字，怎能隨便跟你說？」

司空玄行走江湖數十年，在武林中也算頗有名聲，今日遇到了鍾靈和段譽這兩個活寶，也眞束手無策。他牙齒一咬，說道：「拿火把來，待我先燒了這女娃娃的頭髮，瞧她說也不說。」一名幫衆遞過火把，司空玄拿在手裏，走上兩步。

鍾靈在火光照耀之下見到他猙獰的眼色，心中害怕，叫道：「喂，喂，你別燒我頭髮，這頭髮一燒光，頭上可有多痛！你不信，先燒燒你自己的鬍子看。」司空玄獰笑道：「我當然知道很痛，又何必燒我鬍子才知。」舉起火把，在鍾靈臉前一晃。鍾靈嚇得尖聲叫了起來。

段譽將她緊緊摟住，叫道：「山羊鬍子，這事是我惹起的，你來燒我的頭髮罷！」

鍾靈道：「不行！你也痛的。」

司空玄道：「你既怕痛，那就快取解藥出來，救治我衆兄弟。」鍾靈道：「你這人眞笨得可以啦。我早跟你說，只有我爹爹能治閃電貂的毒，連我媽媽也不會。這閃電貂世所罕見，是天生神物，牙齒上的劇毒怪異之極，你道好容易治麼？」

司空玄聽得四週遭閃電貂咬過的人不住口怪聲呻叫，料想這貂毒確是難當已極，否則這些人都是極要面子的好漢，縱使給人斫斷一手一腳，也不能哼叫一聲。他們早已由旁人敷上了解治蛇毒的藥物，但聽著這呻吟之聲，顯然本幫素有靈驗的蛇藥並不生效，更有人取出治蝎毒、治蜈蚣毒、治毒蜘蛛毒的諸般藥物，在給閃電貂咬過的小輩幫衆身上試用，那些人只有叫得更加慘厲。

司空玄怒目瞪著鍾靈，喝道：「你老子是誰？快說他名字！」鍾靈道：「你眞的要我說？你不害怕麼？」

司空玄大怒，舉起火把，便要往鍾靈頭髮上燒去，突然間後頸中一下劇痛，給甚麼東西咬了一口。司空玄大駭，忙提一口氣護住心頭，抛下火把，反手至頸後去抓，突覺手背上又是一痛。原來閃電貂給埋在土中之後，悄悄鑽了出來，乘著司空玄不防，忽施奇襲。司空玄出手之前，曾在掌心及下臂搽了蛇藥，但後頸和手背卻沒搽上，他接連讓閃電貂咬了兩口，只嚇得心膽俱裂，當即盤膝坐地，運功驅毒。諸幫衆忙鏟沙土往閃電貂身上蓋去。閃電貂跳起來咬倒兩人，黑暗中白影閃了幾閃，逃入草叢中不見了。

司空玄手下急忙取過蛇藥，外敷內服，服侍幫主，又將一枚野山人參塞入他口中。司空玄同時運功抗禦兩處貂毒，不到一盞茶時分，便已支持不住，一咬牙，左手從腰間抽出一柄短刀，唰的一下，將右手齊腕斬落。正所謂毒蛇螫腕，壯士斷臂，但後頸中了蛇毒，總不成將腦袋也砍了下來。諸幫眾心下慄慄，忙倒金創藥替他敷上，可是斷手處血如泉湧，金創藥一敷上去便給血水沖掉。有人撕下衣襟，用力紮緊他臂彎，血才漸止。

鍾靈看到這等慘象，嚇得臉也白了，不敢再作一聲。司空玄沉聲問道：「給這鬼毒貂咬了，活得幾日？」鍾靈顫聲道：「我爹爹說，可活得七天，不過……不過你司空幫主內力深厚，武功了不起，只怕……定能多活幾天。」

司空玄哼了一聲，道：「拉這小子出來。」諸幫眾答應了，將段譽從土石中拉了出來。鍾靈急叫：「喂，喂，這不干他的事，可別害他！」手足亂撐，想乘機爬出。諸幫眾忙用泥土填塞段譽先前容身的洞穴，鍾靈隨即轉動不得，不禁放聲大哭。

段譽也甚害怕，但強自鎮定，微笑道：「鍾姑娘，大丈夫視死如歸，在這些惡人之前不可示弱。」鍾靈哭道：「我不是大丈夫！我不要視死如歸！我偏要示弱！」

司空玄沉聲道：「給這小子服了斷腸散。用七日的份量。」一名幫眾從藥瓶中倒了半瓶紅色藥末，逼段譽吞服。鍾靈大叫：「這是毒藥，吃不得的！」段譽一聽「斷腸散」

之名，便知是厲害毒藥，但想身落他人之手，又豈能拒不服藥？當即慨然吞下，咂了咂滋味，笑道：「味道甜滋滋的，司空幫主，你也吃半瓶麼？」

司空玄怒哼一聲。鍾靈破涕爲笑，隨即又哭了起來。

司空玄道：「這斷腸散七日之後毒發，肚腸寸斷而亡。你快去取貂毒解藥，若在七日之內趕回，我給你解毒，再放了這小姑娘。」鍾靈道：「單是解藥還不夠，尚須我爹爹運使獨門內功，才解得了這閃電貂之毒。」司空玄道：「那麼叫他請你爹爹來此救你。」鍾靈道：「你這人話倒說得容易，我爹爹是不肯出谷的。」司空玄沉吟不語。

段譽道：「這樣罷，咱們大夥兒齊去鍾姑娘府上，請她爹爹醫治解毒，不是更快捷麼？」鍾靈道：「不成，不成！我爹爹有言在先，不論是誰，只要踏進我家谷中一步，便非死不可。」

司空玄心想：「此間無量劍之事未了，也不能離此他去。倘若誤了這裏的事，天山童姥怎能饒我？只有死得更慘。」後頸上貂咬之處越來越痲癢，忍不住呻吟了幾聲。

鍾靈道：「司空幫主，對不住了！」司空玄怒喝：「對不住個屁！」段譽道：「司空幫主，你對鍾姑娘口出污言，未免有失君子風度。」

司空玄怒道：「君子你個奶奶！」心想：「我身上給種下了『生死符』，發作之時苦楚難熬，不如就此死了，一乾二淨。」向鍾靈道：「我管不了這許多，你不去請你爹爹也成，咱們同歸於盡便了。」言語中竟有悽惻自傷之意。

鍾靈想了想，說道：「你放我出來，待我寫封信給爹爹，求他前來救你。你派個不怕死的人送去。」司空玄道：「我叫這姓段的小子去，爲甚麼另行派人？」鍾靈道：「你怎知他姓段？」司空玄道：「剛才他自己說的。」鍾靈急道：「可是不論是誰踏進我家谷中一步，便非死不可。我早說過了的。我不願段大哥死了，你知不知道？」司空玄陰沉沉的道：「他不能死，難道我手下的人便該死了？不去便不去，大家都死好了。瞧是你先死，還是我先死。」

鍾靈嗚嗚咽咽的又哭了起來，叫道：「你老頭兒好不要臉，只管欺侮我小姑娘！這會兒江湖上人人都知道啦！大家都在說神農幫司空幫主聲名掃地，不是英雄好漢的行逕！」司空玄自管運功抗毒，不去理她。

段譽道：「由我去好了。鍾姑娘，令尊見我是去報訊，請他前來救你，想來也不致於害我。」鍾靈忽然面露喜色，道：「有了！我教你個法兒，你別跟我爹爹說我在這裏，他如殺了你，就不知我在甚麼地方了。不過你一帶他到這兒，馬上便得逃走，否則他定要殺你。」段譽點頭道：「這法子倒也使得。」

鍾靈對司空玄道：「司空幫主，段大哥一到便即逃走，你這斷腸散的解藥如何給他？」司空玄指著遠處西北角的一塊大巖石，道：「我派人拿了解藥，候在那邊。段君逃到那塊巖石之後，便能得到解藥。」他要段譽請人前來救命，稱呼上便客氣些了，於是傳下號令，命幫眾將鍾靈掘了出來，先用鐵銬銬住她雙手，再掘開蓋住她下身的泥土。

鍾靈道：「你不放開我雙手，怎能寫信？」司空玄道：「你這小妮子刁鑽古怪，要是寫甚麼信，多半又要弄鬼。你拿一件身邊的信物，叫段君去見令尊便了。」

鍾靈笑道：「我最不愛寫字，你叫我不用寫信，再好也沒有。我有甚麼信物呢？嗯，段大哥，你將我這雙鞋子脫下來，我爹爹媽媽見了自然認得。」

段譽點點頭，俯身去除她鞋子，左手拿住她足踝，只覺入手纖細，不盈一握，心中微微一蕩，抬起頭來，和鍾靈相對一笑。段譽在火光之下，見到她臉頰上亮晶晶地兀自掛著幾滴淚珠，目光中卻蘊滿笑意，不由得看得痴了。

司空玄看得老大不耐煩，喝道：「快去，快去，兩個小娃娃儘是你瞧我、我瞧你的幹甚麼？段兄弟，你趕快請了人回來，我自然放這小姑娘給你做老婆。你要摸她的腳，將來日子長著呢。」

段譽和鍾靈都不禁滿臉飛紅。段譽忙除下鍾靈腳上一對花鞋，揣入懷中，情不自禁的又向鍾靈瞧去。鍾靈格的一聲，笑了出來。

司空玄道：「段兄弟，早去早歸！大家命在旦夕，倘若道上有甚耽擱，誰都沒了性命。鍾姑娘，此間前往尊府，幾日可以來回？」鍾靈道：「走得快些，兩天能到，最多四天，也便回來了。」司空玄稍覺放心，催道：「快快去罷！」

鍾靈道：「我說道路給段大哥聽，你們大夥兒走開些，誰都不許偷聽。」司空玄揮了揮手，諸幫衆都走得遠遠地。鍾靈道：「你也走開。」司空玄暗暗切齒，心想；「待我傷愈之後，若不狠狠擺布你這小娃娃，我司空玄枉自爲人了。」當下站起身來，也走了開去。

鍾靈嘆了口氣，道：「段大哥，咱二人今日剛會面，便要分開了。」段譽笑道：「來回四天，也快得很，只是我有點兒捨不得跟你分開。」

鍾靈一雙大眼向他凝視半晌，又嘆了口氣，才道：「你先去見我媽媽，跟她說知情由，再讓我媽去跟我爹說，事情就易辦得多。」於是伸出腳尖，在地下劃明道路。原來鍾靈所居是在瀾滄江西岸一處山谷之中，路程倒也不遠，但地勢隱秘，入口處又設有機關暗號，若非指明，外人萬難進谷。段譽記心極佳，鍾靈所說的道路東轉西曲，南彎北繞，他聽過之後便記住，待鍾靈說完，道：「好，我去啦。」轉身便走。

鍾靈待他走出十餘步，忽然想起一事，道：「喂，你回來！」段譽道：「甚麼？」又轉身回來。鍾靈道：「你別說姓段，更加不可說起你爹爹會使一陽指。因爲……因爲我爹爹說不定會起別樣心思。」段譽一笑，道：「是了！」心想這姑娘小小年紀，心眼兒卻多，當下哼著曲子，揚長而去。

山崖上一條大瀑布如玉龍懸空，滾滾而下，傾入一座大湖之中。瀑布注入處湖水翻滾，只離得瀑布十餘丈，湖水便一平如鏡，清澈異常。月亮照入湖中，湖心也有個皎潔明淨的圓月。

二　玉壁月華明

折騰了這許久，月亮已漸到中天。段譽逕向西行。他雖不會武功，但年輕力壯，腳下也甚迅捷，走出十餘里，已繞到無量山主峯的後山，只聽得水聲淙淙，前面有條山溪。他正感口渴，尋聲來到溪旁，月光下見溪水清澈異常，剛伸手入溪，忽聽得遠處地下枯枝格的一響，跟著有兩人的腳步之聲，段譽忙俯伏溪邊巖石之後，不敢稍動。

只聽得一人說道：「這裏有溪水，喝些水再走罷。」聲音有些熟悉，隨即想起，便是左子穆的弟子干光豪，段譽更加不敢動彈。只聽兩人走到溪水上游，跟著便有掬水和飲水之聲。過了一會，干光豪道：「葛師妹，咱們已脫險境，你走得累了，咱們歇一會兒再趕路。」一個女子聲音嗯了一聲。溪邊悉卒有聲，想是二人坐了下來。

只聽那女子道：「你料得定神農幫不會派人守在這裏嗎？」語音微微發顫，顯得頗爲害怕。干光豪安慰道：「你放心。這條山道再隱僻不過，連我們東宗弟子來過的人也不多，神農幫決不會知道。」那女子問道：「你又怎麼知道這條小路？」干光豪道：「師父每隔五天，便帶衆弟子來鑽研『無量玉壁』上的秘奧，這麼多年下來，大夥兒儘呆呆瞪著這塊大石頭，甚麼也瞧不出來。師父老是說甚麼『成大功者，須得有恆心毅力』，又說甚麼『有志者事竟成』。可是我實在瞧得忒煞膩了，有時假裝要大解，便出來到處亂走，才發見了這條小路。」

那女子輕輕一笑，道：「原來你不用功，偷懶逃學。你衆同門之中，該算你最沒恆心毅力了。」干光豪笑道：「葛師妹，五年前劍湖宮比劍，我敗在你劍下之後……」那女子道：「別再說你敗在我劍下。當時你假裝內力不濟，故意讓我，別人雖瞧不出來，難道我自己也不知道？」

段譽聽到這裏，心道：「原來這女子是無量劍西宗的。」

只聽干光豪道：「我一見你面，心裏就發下了重誓，說甚麼也要跟你終身廝守。幸好今日碰上了千載難逢的良機，神農幫突然來攻，又有兩個小狗男女帶了一隻毒貂來，鬧得劍湖宮中人人手忙腳亂，咱們便乘機逃了出來，這不是有志者事竟成嗎？」那女子輕輕一笑，柔聲道：「我也是有志者事竟成。」干光豪道：「葛師妹，你待我這樣，我一生一世，永遠聽你的話。」語音中顯得喜不自勝。

那女子嘆了口氣，說道：「咱們這番背師私逃，武林中是再也不能立足了。該當逃得越遠越好，總得找個十分隱僻的所在，悄悄躲了起來，別讓咱們師父與同門發見了蹤跡才好。想起來我可眞害怕。」干光豪道：「那倒不用躭心。我瞧這次神農幫有備而來，咱們東西兩宗，除了咱二人之外，只怕誰也難逃毒手。」那女子又嘆了口氣，道：「但願如此。」

段譽只聽得氣往上沖，尋思：「你們要結爲夫婦，見到師門有難，乘機自行逃走，那也罷了，怎地反盼望自己師長同門盡遭毒手？用心忒也狠毒。」想到他二人如此險狠，自己若讓他們發覺，必定會給殺了滅口，當下更連大氣也不敢喘上一口。

那女子道：「這『無量玉壁』到底有甚麼希奇古怪，你們在這裏已住了十年，難道當眞連半點端倪也瞧不出嗎？」

干光豪道：「咱們是一家人了，我怎麼還會瞞你？師父說，許多年之前，那時是我太師父當東宗掌門。他在月明之夜，常見到玉壁上出現舞劍的人影，有時是男子，有時是女子，有時更是男女對使，互相擊刺。玉壁上所顯現的劍法之精，我太師父別說生平從所未見，連做夢也想像不到。劍光有時又紅又綠，現出彩色，那自是仙人使劍了。我太師父只盼能學到幾招仙劍，可是壁上劍影實在太快太奇，又淡淡的若有若無，說甚麼也看不清楚，連學上半招也是難能。仙劍的影子又不是時時顯現，有時晚晚看見，有時隔上一兩個月也不顯現一次。太師父沉迷於玉壁劍影，反將本門劍法荒疏了，也不用心督率弟子練劍，因此後來比劍便敗給你們西宗。葛師妹，你太師父帶同弟子入住劍湖宮，可見到了甚麼？」

那女子道：「聽我師父說，這壁上劍影我太師父也見到了，可是後來便只見到一個女子使劍，那男劍仙卻不見了。想來因爲我太師父是女子，是以便只女劍仙現身指點。但過得兩年，連那女劍仙也不見了。太師父也說，玉壁上顯現的仙影，身法劍法固奇妙之極，然而太過模糊矇矓，又實在太快，說甚麼也看不清。這玉壁隔著深谷和劍湖，又不能飛渡天險，走近去看。太師父明明遇上了仙緣，偏沒福澤學上一招半式，得以揚威武林，心中這份難受也就可想而知。仙影隱沒之後，我太師父日日晚晚只在山峯上徘徊，對著玉壁出神，越來越憔悴，過不上半年就病死了。她老人家是倒在山峯上死的，便在奄奄一息之時，仍不許弟子們移她回入劍湖宮。我師父說，太師父斷氣之時，雙眼還呆呆的望著玉壁。」她頓了一頓，問道：「干師哥，你說世上當眞有仙人？還是你我兩位太師父都說來騙人的？」

干光豪道：「要說你我兩位太師父都編造這樣一套話來欺騙弟子，想來不會，騙了人也沒甚麼好處啊。再說，我聽沈師伯說，他小時候就親眼見到過這劍仙的影子。但世上是不是眞有仙人，我就不知道了。」那女子道：「會不會有兩位武林高人在玉壁之前使劍，影子映上了玉壁？」干光豪道：「太師父當時也想到了。但玉壁之前就是劍湖，湖西又是深谷，那兩位高人就算能凌波踏水，在湖面上使劍，太師父也必瞧得見。要說是在劍湖這一邊的山上使劍，隔得這麼遠，影子也決計照不上玉壁去。」

那女子道：「我太師父去世後，衆弟子每晚在玉壁之前焚香禮拜，祝禱許願，只盼劍仙的仙影再現，但始終就沒再看到一次。我師父只盼能再來瞧瞧，偏偏十年來兩次比劍，都輸了給你們東宗。」

干光豪道：「自今而後，咱二人再也不分甚麼東宗西宗啦。我倆東宗西宗聯姻，合爲一體……」只聽那女子鼻中唔唔幾聲，低聲道：「別……別這樣。」顯是干光豪有甚親熱舉動，那女子卻在推拒。干光豪道：「你依了我，倘若我日後負心，就掉在這水裏，變個大王八。」那女子格格嬌笑，膩聲道：「你做王八，可不是罵我不規矩嗎？」

段譽聽到這裏，忍不住嗤的一聲，笑了出來，這一笑既出，便知不妙，立即跳起身來，發足狂奔。只聽得背後干光豪大喝：「甚麼人？」跟著腳步聲響，急步追來。

段譽暗暗叫苦，沒命價急奔，一瞥眼間，西首白光閃動，一個女子手執長劍，從山坡邊奔來，顯是要攔住他去路。段譽叫聲：「啊喲！」折而向東，心中只叫：「南無救苦救難觀世音菩薩，保祐弟子段譽得脫大難！」耳聽得干光豪不停步的追來，過不多時，段譽跑得氣也喘不過來了，只聽干光豪叫道：「葛師妹，你攔住了那邊山口！」

段譽心想：「我送了命不打緊，累得鍾姑娘也活不成，還害死了神農幫這許多條人命，那當眞罪過，阿彌陀佛，觀世音菩薩！」心中又道：「段譽啊段譽，他們變王八也好，不規矩也好，跟你又有甚麼相干了？爲甚麼要沒來由的笑上一聲？這一笑豈不是笑去幾十條人命？人家是絕色美女，才一笑傾國，一笑傾城，你段譽又是甚麼東西了？也來這麼笑上一笑，傾他幾十條人命？」心中自怨自艾，腳下卻未敢稍慢，慌不擇路，只管往林木深密處鑽去。

又奔出一陣，雙腿酸軟，氣喘吁吁，猛聽得水聲響喨，轟轟隆隆，便如潮水大至一般，抬頭看時，只見西北角上猶如銀河倒懸，一條大瀑布從高崖上直瀉下來。只聽得背後干光豪叫道：「前面是本派禁地，任何外人不得擅入。你再向前數丈，干犯禁忌，可叫你死無葬身之地。」段譽心想：「我就算不闖你無量劍的禁地，難道你就能饒我了？最多也不過是死有葬身之地而已。有無葬身之地，似乎也沒多大分別。」腳下加緊，跑得更加快了。干光豪大叫：「快停步，你不要性命了嗎？前面是……」

段譽笑道：「我要性命，這才逃走……」一言未畢，突然腳下踏了個空。他不會武功，急奔之下，如何收勢得住？身子登時直墮了下去。他大叫：「啊喲！」身離崖邊失足之處已有數十丈了。

他身在半空，雙手亂揮，只盼能抓到甚麼東西，這麼亂揮一陣，又下墮了百餘丈，突然間蓬的一聲，屁股撞上了甚麼物事，身子向上彈起，原來恰好撞到崖邊伸出的一株古松。喀喇喇幾聲響，古松粗大的枝幹登時斷折，但下墮的巨力卻也消了。

段譽再次落下，雙臂伸出，牢牢抱住了古松的另一根樹枝，登時掛在半空，不住搖晃，只覺屁股撞上古松處一陣陣劇烈疼痛。向下望去，深谷中雲霧瀰漫，兀自不見盡頭。便在此時，身子一晃，已靠到了崖壁，忙伸出左手，牢牢揪住了崖旁短枝，雙足也找到了站立之處，這才驚魂略定，慢慢的移身崖壁，向那株古松道：「松樹老爺子，虧得你今日大顯神通，救了我段譽一命。當年你的祖先爲秦始皇遮雨，秦始皇封他爲『五大夫』。救人性命，又怎是遮蔽風雨之可比？我要封你爲『六大夫』，不，『七大夫』、『八大夫』。」

細看山崖中裂開一條大縫，勉強可攀援而下。他喘息了一陣，心想：「干光豪和他那個葛師妹，定然以爲我已摔成了肉漿，萬萬料不到有『八大夫』救命。他們必定逃下山去，卿卿我我，東宗西宗聯宗爲一去了。這谷底只怕凶險甚多，我這條性命反正是撿來的，送在那裏都一樣。」

於是沿著崖縫，慢慢爬落。崖縫中儘多砂石草木，倒也不致一溜而下。但山崖似乎無窮無盡，爬到後來，衣衫早給荊刺扯得東破一塊，西爛一條，手腳上更到處破損，也不知爬了多少時候，仍然未到谷底，幸好這山崖越到底下越傾斜，不再是危崖筆立，到得後來他伏在坡上，半滾半爬，慢慢溜下，便已無凶險。

耳聽得轟隆轟隆的聲音越來越響，不禁又吃驚起來：「這下面若是怒濤洶湧的激流，可糟糕之極了。」只覺水珠如下大雨般濺到頭臉之上，隱隱生疼。

這當兒也不容他多所思量遲疑，片刻間便已到了谷底，站直身子，不禁猛喝一聲采，只見左邊山崖上一條大瀑布如玉龍懸空，滾滾而下，傾入一座大湖之中。大瀑布不斷注入，湖水卻不滿溢，想來另有洩水之處。瀑布注入處湖水翻滾，只離得瀑布十餘丈，湖水便一平如鏡，清澈異常。月亮照入湖中，湖心也有個皎潔明淨的圓月。

面對這造化的奇景，只瞧得目瞪口呆，驚歎不已，一斜眼，只見湖畔生著一叢叢茶花，在月色下搖曳生姿。雲南茶花甲於天下，段譽素所喜愛，這時竟沒想到身處危地，走過去細細品賞起來，喃喃的道：「此處茶花雖多，品類也只寥寥，只有這幾本『羽衣霓裳』，倒比我家的長得好。這幾本『步步生蓮』，品種就不純了。」

賞玩了一會茶花，走到湖邊，抄起幾口湖水吃了，入口清冽，甘美異常，一條冰涼的水線直通入腹中。定了定神，沿湖走去，尋覓出谷的通道。

這湖作橢圓之形，大半部隱在花樹叢中，他自西而東、又自東向西，兜了個圈子，約有三里遠近，東南西北盡是懸崖峭壁，絕無出路，只有他滑下來的山坡稍斜，其餘各處決計無法攀上，仰望高崖，白霧封谷，下來已這般艱難，再想上去，自是絕無這等能耐，心道：「就算武功絕頂之人，也未必能夠上去，可見有無武功，倒也沒甚分別。」

這時天將黎明，但見谷中靜悄悄地，別說人跡，連獸蹤也無半點，唯聞鳥語間關，遙相和呼。他見了這等情景，又發起愁來，心想我餓死在這裏不打緊，累了鍾姑娘的性命，那可太也對不起人家，爹爹媽媽又必天天憂愁記掛，我段譽當眞不孝之極了。

坐在湖邊，空自煩惱，沒半點計較處。失望之中，心生幻想：「倘若我變作一條游魚，從瀑布中逆水而上，便能游上峭壁。」眼光逆著瀑布自下而上的看去，只見瀑布之右一片石壁光潤如玉，料想千萬年前瀑布比今日更大，不知經過多少年的沖激磨洗，將這半面石壁磨得如此平整，後來瀑布水量減少，才露了這片如琉璃、若明鏡的石壁出來。

突然之間，干光豪與他葛師妹的一番說話在心頭湧起，尋思：「看來這便是他們所說的『無量玉壁』了。他們說，當年無量劍東宗、西宗的掌門人，常在月明之夕見到玉壁上有舞劍的仙人影子。這玉壁貼湖而立，仙人的影子要映到玉壁上，確是非得在湖中舞劍不可。要是在我這邊湖東舞劍，影子倒也能照映過去，可是東邊高崖筆立，擋住了月光，沒有月光，便無人影。啊，是了，定是湖面上有水鳥飛翔，影子映到山壁上去，遠遠望來，自然身法靈動，又快又奇。他們心中先入爲主，認定是仙人舞劍，矇矇矓矓的卻又瞧不出個所以然來，終於入了魔道。」

想明白此節，不禁啞然失笑。自從在劍湖宮中吃了酒宴，到此刻已有七八個時辰，早餓得狠了，見崖邊一大叢小樹上生滿了青紅色的野果，便去採了一枚，咬了一口，入口酸澀，飢餓之下，也不加理會，一口氣吃了十來枚，飢火少抑，但渾身筋骨酸痛，臀部尤其痛得厲害，躺在草地上休憩少時，便沉沉睡去。

這一覺睡得甚酣，待得醒轉，日已偏西，湖上幻出一條長虹，艷麗無倫。段譽知道有瀑布處水氣映日，往往便現彩虹，心想我臨死之時，還得目睹美景，福緣不小，而葬身於湖畔花下，倒也風雅得緊，明湖絕麗，就可惜茶花並非佳種，略嫌美中不足。

睡了這覺之後，精神大振，心想：「說不定山谷有個出口，隱在花木山石之後。昨晚黑夜之中，又走得匆忙，是以未曾發見。」當即口中唱著曲子，興高采烈的沿湖尋去。一路上所有隱蔽之處都細細探尋到了，但花樹草叢之後盡是堅巖巨石，每塊巖石都連在高插入雲的峭壁上，別說出路，連蛇穴獸窟也沒一個。

他口中曲聲越唱越低，心頭也越來越沉重，待得回到睡覺之處，腳也軟了，頹然坐倒，心想：「鍾姑娘為了救我，卻枉自送了性命。」想到鍾靈，伸手入懷，摸出她那對花鞋來在手中把玩，想像她足踝纖細，面容嬌美，不自禁將鞋子拿到口邊親了幾下，又揣入懷中，心想：「我這番定是沒命的了，鍾姑娘自也活不成。要是她也在這裏，咱二人一起雙雙死在這碧湖之畔，倒也是件美事。只可惜她此刻伴著那山羊鬍子司空玄，實在無味得緊。這當兒我正在想她，她多半也在想我罷。」

百無聊賴之中，又去摘酸果來吃，忽想：「甚麼地方都找過了，反是這裏沒找過。別要遠在天邊，近在眼前。」撥開酸果樹叢，登時便搖了搖頭。樹叢後光禿禿地一大片石壁，爬滿了藤蔓，那裏又有甚麼出路？但見這片石壁平整異常，宛然似一面銅鏡，只是比之湖西的山壁卻小得多了，心中一動：「莫非這才是眞正的『無量玉壁』？」當即拉去石壁上的藤蔓。但見這石壁也只平整光滑而已，別無他異。

忽然動念：「我死在這深谷之中，永遠無人得知，不妨在這片石壁上刻下幾個字，嗯，就刻『大理段譽畢命於斯』八字，倒也好玩。」

於是將石壁上的藤蔓撕得乾淨，除下長袍，到湖中浸濕了，把湖水絞在石壁上，再拔些青草來洗刷一番，那石壁更顯得瑩白如玉。

在地下揀了一塊尖石，便在石壁上劃字，石壁堅硬異常，累了半天，「大理」兩字刻得既淺且斜，殊無半點間架筆意，心想：「後人倘若見到，還道我段譽連字也不會寫，這八個字刻下來，委實遺臭萬年。」又覺手腕酸痛，便抛下尖石不刻了。

到得天黑，吃了些酸果，躺倒又睡。睡夢中只見一對花鞋在眼前飛來飛去，綠鞋黃花，正是鍾靈那對花鞋，忙伸手去捉，可是那對花鞋便如蝴蝶一般，上下飛舞，始終捉不到。過了一會，花鞋越飛越高，段譽大叫：「鞋兒別飛走了！」一驚而醒，才知是做夢，揉了揉眼睛，伸手摸時，一對花鞋好端端便在懷中，站起身來，抬頭見月亮正圓，清光在湖面上便如鍍了一層白銀一般，眼光順著湖面一路伸展出去，突然間全身一震，只見對面玉壁上赫然有個人影。

這一驚當眞非同小可，隨即喜意充塞胸臆，大叫：「仙人，救我！仙人，救我！」那人影微微晃動，卻不答話。段譽定了定神，凝神看去，那人影淡淡的看不清楚，然而長袍儒巾，顯是個男子。他向前急衝幾步，便到了湖邊，又叫：「仙人，救我！」只見玉壁上的人影晃動幾下，卻大了一些。段譽立定腳步，那人影也即不動。

他一怔之下，便即省悟：「是我自己的影子？」身子左晃，壁上人影跟著左晃，身子向右側去，壁上人影跟著側右，此時已無懷疑，但兀自不解：「月亮掛於西南，卻如何能將我的影子映到對面石壁上？」

回過身來，但見日間刻過「大理」兩字的那石壁上也有個人影，只是身形既小，影子也濃得多，登即恍然：「原來月亮先將我的影子映在這塊小石壁上，再映到隔湖的大石壁上。我便如站在兩面鏡子之間，大鏡子照出了小鏡子中的我。」

微一凝思，只覺這迷惑了「無量劍」數十年的「玉壁仙影」之謎，更無絲毫神奇之處：「當年確有人站在這裏使劍，人影映上玉壁。本來有一男一女，後來那男的不知是走了還是死了，只賸下一個女的，她在這幽谷中寂寞孤單，過不了兩年也就死了。」想像佳人失侶，獨處幽谷，鬱鬱而終，不禁黯然。

既明白了這個道理，心中先前的狂喜自即無影無蹤，百無聊賴之際，便即手舞足蹈，拳打足踢，心想：「最好左子穆、辛雙清他們這時便在崖頂，見到玉壁上忽現『仙影』，認定這是仙人在演示神奇武功，於是將我這套『武功』用心學了去，拚命鑽研，傳之後世。哈哈，哈哈！」越想越有趣，忍不住縱聲狂笑。

驀地裏笑聲斗止，心中想到了一事：「這兩位前輩既時時在此舞劍，那麼若不是住在這谷中，便是有條出入此谷的路徑。否則他們武功再高，若須時時攀山到這裏來舞劍，終究也太麻煩了。偶一爲之則可，總不能『時時』。」登時眼前出現一線光明，心道：「明天我再好好尋找出路。那個干光豪不是說『有志者事竟成』麼？哈哈，哈哈。他立志要娶他葛師妹爲妻，我則立志要逃出生天。」

抱膝坐下，靜觀湖上月色，四下裏淸冷幽絕，心想：「『有志者事竟成』，這話雖不錯，可是孔夫子言道：『知之者不如好之者，好之者不如樂之者。』這話更合我脾胃。爹爹媽媽常叫我『痴兒』，說我從小對喜愛的事物痴痴迷迷，說我七歲那年，對著一株『十八學士』茶花從朝瞧到晚，半夜裏也偷偷起床對著它發獃，吃飯時想著它，讀書時想著它，直瞧到它謝了，接連哭了幾天。後來我學下棋，又是廢寢忘食，日日夜夜，心中想著的便是一副棋枰，別的甚麼也不理。這一次爹爹叫我開始練武，恰好我正在研讀

《易經》，連吃飯時筷子伸出去夾菜，也想著這一筷的方位是『大有』呢還是『同人』。我不肯學武，到底是為了不肯拋下《易經》不理呢，還是當眞認定不該學打人殺人的法子？爹爹說我『強辭奪理』，只怕我當眞有點強辭奪理，也未可知。媽最明白我的脾氣，勸我爹爹說：『這痴兒那一天愛上了武功，你就是逼他少練一會兒，他也不會聽。他此刻既不肯學，硬揿著牛頭喝水，終究不成。』唉，要我立志做甚麼事可難得很，倒盼望我那一天迷上了練武，爹爹、媽媽，還有伯父，自然歡喜得很。我練好了武功，不打人、不殺人就是了，練武也不是非殺人不可。伯父武功這樣高強，他性子仁慈，只怕從來沒出手殺過一個人。只不過他要殺人，又怎用得著親自動手？」

坐在湖邊，思如走馬，不覺時光之過，一瞥眼間，忽見身畔石壁上隱隱似有色彩流動，凝神瞧去，只見所刻的那個「理」字之下，赫然有一把長劍的影子，劍影清晰異常，劍柄、護手、劍身、劍尖、無一不是似到十足，劍尖斜指向下，而劍影中更發出彩虹一般的暈光，閃爍流動，遊走不定。

心下大奇：「怎地影子中會有彩色？」抬頭向月亮瞧去，卻已見不到月亮，原來皓月西沉，已落到了西首峭壁之後，峭壁上有個洞孔，月光自洞孔彼端照射過來，洞孔中隱隱有光彩流動。登時省悟：「是了，原來這峭壁中懸有一劍，劍上鑲嵌了諸色寶石，月光將劍影與寶石映到玉壁之上，無怪如此艷麗不可方物！」

又想：「須得鑿空劍身，鑲上寶石，月光方能透過寶石，映出這彩色影子。倘若劍刃上不鑿出空洞，寶石便沒法透光了。打造這柄怪劍，倒也費事得緊。那干光豪說玉壁上偶有彩色劍光，便是此故了。」見寶劍所在的洞孔距地高達數十丈，沒法上去瞧個明白，從下面望將上去，也只隱約見到寶石微光，但照在石壁上的影子卻奇幻極麗，觀之神爲之奪。

看不到一盞茶時分，月亮移動，影子由濃而淡，由淡而無，石壁上只餘一片灰白。尋思：「這柄寶劍，想來便是那兩位使劍的男女高人放上去的。山谷這麼深險，無量劍中那些人任誰也沒膽子爬下來探查，而站在高崖之上，既見不到小石壁，也見不到峭壁中的洞孔與所懸寶劍，這個秘密，無量劍的人就算再在高崖上對著石壁呆望一百年，也決計不會發見。不過就算得到了寶劍，又有甚麼了不起了？彩光由無而顯，頃刻間便即隱沒，此所謂『無常』。」出了一會神，便又睡去。

睡夢之中，突然間一跳醒轉，心道：「要將這寶劍懸上峭壁，可也大大的費事，縱有極高強的武功，也不易辦到。如此費力的安排，其中定有深意。多半這峭壁的洞孔之中，還藏著甚麼武學秘笈之類。」一想到武功，登時興味索然：「這些武學秘笈，無量劍的人當作寶貝，可是便掉在我面前，我也不屑去拾起來瞧上幾眼。」

次日在湖畔周圍漫步遊蕩，肚子餓了，便以酸澀的青果爲食，算來墮入谷中已是第三日，心想再過得四天，肚中斷腸散劇毒發作，便再找到出路也沒用了。

當晚睡到半夜，便即醒轉，等候月亮西沉。到四更時分，月亮透過峭壁洞孔，又將那彩色繽紛的劍影映到小石壁上。只見壁上的劍影斜指向北，劍尖剛好對準了一塊大巖石，段譽心中一動：「難道這塊巖石有點道理？」走到巖邊伸手推去，手掌沾到巖上青苔，但覺滑膩膩地，那塊巖石竟似微微搖晃。他雙手出力狠推，搖晃之感更甚，巖高齊胸，沒二千斤也有一千斤，按理決計推之不動，伸手到巖石底下摸去，原來巨巖是凌空置於一塊小巖石之頂，也不知是天生還是人力所安。他心中怦的一跳：「這裏有古怪！」

雙手齊推巖石右側，巖石又晃了一下，但一晃即回，石底發出藤蘿之類斷絕聲音，心知大小巖石之間藤草纏結，其時月光漸隱，瞧出來一切都已模模糊糊，心想：「今晚瞧不明白了，等天亮了再細細推究。」

於是躺在巖邊又小睡片刻，直至天色大明，站起身來察看那大巖周遭情景，俯身將大小巖石之間的蔓草葛藤盡數拉去，撥淨了泥沙，然後伸手再推，果然那巖石緩緩轉動，便如一扇大門相似，只轉到一半，便見巖後露出一個三尺來高的洞穴。

大喜之下，也沒去多想洞中有無危險，便彎腰走進洞去，走得十餘步，洞中已沒絲毫光亮。他雙手伸出，每一步跨出都先行試過虛實，但覺腳下平整，便似走在石板路上一般，料想洞中道路必曾經過人工修整，欣喜之意更盛，只是道路不住向下傾斜，顯然越走越低。突然之間，右手碰到一件涼冰冰的圓物，觸碰之下，那圓物噹的一下，發出響聲，聲音清亮，伸手再摸，原來是個門環。

既有門環，必有大門，他雙手摸索，當即摸到十餘枚碗大的門釘，心中驚喜交集：「這門裏倘若住得有人，那可奇怪之極了。」提起門環噹噹噹的連擊三下，過了一會，門內沒人答應，他又擊了三下，仍無人應門，於是伸手推門。那門似是用銅鐵鑄成，甚是沉重，但裏面並未閂上，手勁推將上去，那門便緩緩開了。他朗聲說道：「在下段譽，擅闖貴府，還望主人恕罪。」停了一會，不聽得門內有何聲息，便舉步跨了進去。

他睜大眼睛，仍然看不到任何物事，只覺霉氣刺鼻，似乎洞內已久無人居。他繼續向前，突然間砰的一聲，額頭撞上了甚麼東西。幸好他走得甚慢，這一下碰撞也不如何疼痛，伸手摸去，原來前邊又是一門。他手上使勁，慢慢推開了門，眼前陡然光亮。

他立刻閉眼，心中怦怦亂跳，過了片刻，才慢慢睜眼，只見所處之地是座圓形石室，光亮從左邊透來，但朦朦朧朧地不似天光。

走向光亮之處，忽見一隻大蝦在窗外游過。這一下心下大奇，再走上幾步，又見一條花紋斑斕的鯉魚在窗外悠然而過。細看那窗時，原來是鑲在石壁上的一塊大水晶，約有銅盆大小，光亮便從水晶中透入。

雙眼貼著水晶向外瞧去，只見碧綠水流不住晃動，魚蝦水族來回游動，極目所至，竟無盡處。他恍然大悟，原來處身之地竟在水底，當年建造石室之人花了偌大心力，將外面的水光引了進來，這塊大水晶更是極難得的寶物。定神凝思，暗暗叫苦：「糟糕，糟糕。我這可走到劍湖的湖底來啦！一路上在黑暗之中摸索，已不知轉了幾個彎，既深入湖底，那還是逃不出去。」

回過身來，見室中放著一隻石桌，桌前有凳，桌上豎著一面銅鏡，鏡旁放著些梳子釵釧之屬，看來竟是閨閣所居。銅鏡上生滿了銅綠，桌上也是塵土寸積，不知已有多少年無人來此。

他瞧著這等情景，不由得呆了，心道：「許多年之前，定是有個女子在此幽居，不知她爲了何事，如此傷心，竟遠離人間，退隱於斯！嗯，多半便是那個在石壁前使劍的女子。」出了一會神，再看那石室時，只見壁上東一塊、西一塊的鑲滿了銅鏡，隨便一數，便已有三十餘面，尋思：「想來這女子定是絕世麗質，愛侶既逝，獨守空閨，每日裏惟有顧影自憐。此情此景，當眞令人神傷。」

在室中走去，一會兒書空咄咄，一會兒喟然長嘆，憐惜這石室的舊主人。過了好一陣，突然動念：「唉！我只顧得爲古人難過，卻忘了自己身陷絕境。」自言自語：「我段譽是個臭男子，倘若死在此處，不免唐突佳人，該當死在門外湖邊才是。否則後人來到，見到我的遺骸，還道是佳人的枯骨，豈不是……豈不是……」還沒想到「豈不是」甚麼，忽見東首一面斜置的銅鏡反映光亮，照向西南隅，石壁上似有一道縫隙。

他忙搶將過去，使力推那石壁，果然是一道門，緩緩移開，露出一個洞來。向洞內望去，見有一道石級。他拍手大叫，手舞足蹈一番，這才順著石級走下。石級向下十餘級後，面前隱隱約約的似有一門，伸手推門，眼前陡然一亮，失聲驚呼：「啊喲！」

眼前一個宮裝美女，手持長劍，劍尖對準了他胸膛。

過了良久，只見那女子始終一動不動，他定睛看時，見這女子雖儀態萬方，卻似乎並非活人，大著膽子再行細看，才瞧出是座白玉彫成的玉像。這玉像與生人一般大小，身上一件破舊的淡黃色綢衫微微顫動；更奇的是一對眸子瑩然有光，神采飛揚。

段譽口中只說：「對不住，對不住！我這般瞪眼瞧著姑娘，忒也無禮。」明知無禮，眼光卻始終沒法避開她這對眸子，也不知呆看了多少時候，才知這對眼珠乃以黑寶石彫成，只覺越看越深，眼裏隱隱有光彩流轉。這玉像所以似極了活人，主因當在眼光靈動之故。玉像臉上白玉的紋理中隱隱透出暈紅之色，更與常人肌膚無異。

段譽側過身子看那玉像時，只見她眼光跟著轉將過來，便似活了一般。他大吃一驚，側頭向右，玉像的眼光似乎也對著他移動。不論他站在那一邊，玉像的眼光始終向著他，眼光中的神色更加難以捉摸，似怨似愁，似是喜悅無限，又似有所盼望期待。瞧她容貌約莫十八九歲，眉梢眼角，頗有天眞稚氣，嘴角邊微露笑容，說不盡的嫵媚可親，上唇處有一點細細黑痣，更增淡雅。

他呆了半晌，深深一揖，說道：「神仙姊姊，小生段譽今日得睹芳容，死而無憾。姊姊在此離世獨居，不也太寂寞了麼？」玉像目中寶石神光變幻，竟似聽了他的話而深有所感。

此時段譽神馳目眩，竟如著魔中邪，眼光再也離不開玉像，說道：「不知神仙姊姊如何稱呼？」心想：「且看一旁是否留有姊姊芳名。」

四周打量，見東壁上寫著許多字，但無心多看，隨即回頭去看那玉像，這時發見玉像頭上的頭髮是眞的人髮，雲鬢如霧，鬆鬆挽著一髻，鬢邊插著一隻玉釧，上面鑲著兩粒小指頭般大的明珠，瑩然生光。又見壁上也是鑲滿了明珠鑽石，寶光交相輝映，西邊壁上鑲著六塊大水晶，水晶外綠水隱隱，映得石室中比第一間石室明亮了數倍。

他又向玉像獃望良久，這才轉頭，見東壁上刮磨平整，刻著數十行字，都是《莊子》中的句子，大都出自〈逍遙遊〉、〈養生主〉、〈秋水〉、〈至樂〉幾篇，筆法飄逸，似以極強腕力使利器刻成，每一筆都深入石壁幾近半寸。文末題著一行字云：「無崖子爲秋水妹書。洞中無日月，人間至樂也。」

段譽瞧著這行字出神半晌，尋思：「這『無崖子』和『秋水妹』，想來便是數十年前在谷底舞劍的那兩位男女高人了。這座玉像多半便是那位『秋水妹』，無崖子得能伴著她長居幽谷密洞，的的確確是人間至樂。其實豈僅是人間至樂而已，天上又焉有此樂？」

眼光轉到石壁的幾行字上：「藐姑射之山，有神人居焉，肌膚若冰雪，綽約若處子，不食五穀，吸風飲露。」當即轉頭去瞧那玉像，心想：「莊子這幾句話，拿來形容這位神仙姊姊，當眞再也貼切不過。」走到玉像面前，痴痴呆看，瞧著她那有若冰雪的肌膚，說甚麼也不敢伸出一根小指頭去輕輕觸摸一下，心中著魔，鼻端竟似隱隱聞到蘭麝般馥郁馨香，由愛生敬，由敬成痴。

過了良久，禁不住大聲說道：「神仙姊姊，你若能活過來跟我說一句話，我便爲你死一千遍、一萬遍，也如身登極樂，歡喜無限。」突然雙膝跪倒，拜了下去。

跪下便即發覺，原來玉像前本有兩個蒲團，似是供人跪拜之用，他雙膝跪著的是個較大蒲團，玉像足前另有一較小蒲團，想是讓人磕頭用的。他一個頭磕下去，只見玉像雙腳的鞋子內側似乎繡得有字。凝目看去，認出右足鞋上繡的是「磕首千遍，供我驅策」八字，左足鞋上繡的是「遵行我命，百死無悔」八個字。

這十六個字比蠅頭還小，鞋子是湖綠色，十六個字以蔥綠細絲繡成，只比底色略深，石室中光影朦朧，若非磕下頭去，又再凝神細看，決計不會見到。只覺磕首千遍，原是天經地義之事，若能供其驅策，更是求之不得，至於遵行這位美人的命令，不論赴湯蹈火，自然百死無悔，絕無絲毫猶豫，神魂顛倒之下，當即「一五、一十、十五、二十……」口中數著，恭恭敬敬的向玉像磕起頭來。

他磕到五六百個頭，已覺腰酸背痛，頭頸漸漸僵硬，但想無論如何必須支持到底，要磕滿一千個頭才罷。連神仙姊姊第一個命令也不遵行，還說甚麼「百死無悔」？待磕到八百餘下，小蒲團面上一層薄薄的蒲草已然破裂，露出內層有物。他也不加理會，仍畢恭畢敬的磕足一千個頭，待要站起，驀覺腰間酸軟，仰天一交摔倒。

他就此躺著休息，只覺已遵玉像之命而做成了一件大事，全身越疲累酸疼，心中越感快慰。過了好一會，慢慢爬起，伸手到小蒲團的破裂處去掏摸，觸手柔滑，裏面是個綢包，心想：「原來神仙姊姊早有安排，我若非磕足一千個頭，小蒲團不會破裂，她賜給我的寶貝就不會出現了。」他於珠玉珍寶向來不放在心上，但這綢包既是神仙姊姊所賜，即使其中所包的只是樹葉枯草、爛布碎紙，那也是無價的寶物。右手一經取出綢包，左手便即伸過去也拿住了，雙手捧到胸前。

這綢包一尺來長，白綢上寫著幾行細字：

「汝既磕首千遍，自當供我驅策，終身無悔。此卷為我逍遙派武功精要，每日卯午酉三時，務須用心修習一次，若稍有懈惰，余將蹙眉痛心矣。神功既成，可至瑯嬛福地遍閱諸般典籍，天下各門派武功家數盡集於斯，亦即盡為汝用。勉之勉之。學成下山，爲余殺盡逍遙派弟子，有一遺漏，余於天上地下耿耿長恨也。」

他捧著綢包的雙手不禁劇烈顫抖，只想：「那是甚麼意思？我不要學武功，殺盡逍遙派弟子的事，更加決計不做。但神仙姊姊的命令焉可不遵？我向她磕足一千個頭，便是答允供她驅策，奉行她的命令。可是她教我學武殺人，這便如何是好？」

腦海中一團混亂，又想：「她叫我學她的逍遙派武功，卻又吩咐我去殺盡逍遙派弟子，這就眞正奇了。嗯，想來她逍遙派的師兄弟、師姊妹們害苦了她，因此她要報仇。她直到臨終，此仇始終未報，於是想收個弟子來完成遺志。這些人既害得神仙姊姊這般傷心，自是大大的壞人惡人，盡數殺了也是該的。孔夫子教導：『以直報怨』，就是這個道理。爹爹也說，遇上壞人惡人，你不殺他，他便要殺你，倘若不會武功，惟有任其宰割。這話其實也是不錯的。」他父親逼他練武之時，他搬出大批儒家、佛家的大道理來，堅稱不可學武，他父親於書本子上的學問頗不如他，難以辯駁。他此刻爲玉像著迷，便覺父親之言有理了。又想：「神仙姊姊仙去多年，世上也不知還有沒有逍遙派之人。常言道：惡有惡報，最好他們早已個個惡貫滿盈，再不用我動手去殺。世上既已沒了逍遙派弟子，神仙姊姊的心願已償，她在天上地下，也不用耿耿長恨了。」

言念及此，登時心下坦然，默默禱祝：「神仙姊姊，你吩咐下來的事，段譽自當遵行不誤，但願你法力無邊，逍遙派弟子早已個個無疾而終。」戰戰兢兢的打開綢包，裏面是個捲成一捲的帛卷。

展將開來，第一行寫著「北冥神功」四字。字跡娟秀而有力，便與綢包外所書的筆致相同。其後寫道：

「莊子〈逍遙遊〉有云：『窮髮之北有冥海者，天池也。有魚焉，其廣數千里，未有知其修也。』又云：『且夫水之積也不厚，則其負大舟也無力。覆杯水於坳堂之上，則芥爲之舟；置杯焉則膠，水淺而舟大也。』是故本派武功，以積蓄內力爲第一要義。內力既厚，天下武功無不爲我所用，猶之北冥，大舟小舟無不載，大魚小魚無不容。是故內力爲本，招數爲末。以下諸圖，務須用心修習。」

段譽讚道：「神仙姊姊這段話說得再也明白不過了。」再想：「這北冥神功是修積內力的功夫，學了自然絲毫無礙。」左手慢慢展開帛卷，突然間「啊」的一聲，心中怦怦亂跳，霎時間面紅耳赤，全身發燒。

但見帛卷上赫然出現一個橫臥的裸女畫像，全身一絲不掛，面貌竟與那玉像一般無異。段譽只覺多瞧一眼也是褻瀆了神仙姊姊，忙掩卷不看。過了良久，心想：「神仙姊姊吩咐：『以下諸圖，務須用心修習。』我不過遵命而行，不算不敬。」

於是顫抖著手翻過帛卷，但見畫中裸女嫣然微笑，眉梢眼角，唇邊頰上，盡是嬌媚，比之那玉像的莊嚴寶相，容貌雖似，神情卻是大異。他似乎聽到自己一顆心撲通、撲通的跳動之聲，斜眼偷看那裸女身子時，只見有一條綠色細線起自左肩，橫至頸下，斜行而至右乳。他看到畫中裸女椒乳墳起，心中大動，急忙閉眼，過了良久才睜眼再看，見綠線通至腋下，延至右臂，經手腕至右手大拇指而止。他越看越寬心，心想看看神仙姊姊的手臂、手指是不打緊的，但藕臂蔥指，畢竟也不能不爲之心動。

另一條綠線卻是至頸口向下延伸，經肚腹不住向下，至離肚臍數分處而止。段譽對這條綠線不敢多看，凝目看手臂上那條綠線時，見線旁以細字註滿了「雲門」、「中府」、「天府」、「俠白」、「尺澤」、「孔最」、「列缺」、「經渠」、「大淵」、「魚際」等字樣，至拇指的「少商」而止。他平時常聽爹爹與媽媽談論武功，雖不留意，但聽得多了，知「雲門」、「中府」等等都是人身穴道名稱。

當下將帛卷又展開少許，見下面的字是：「北冥神功係引世人之內力而爲我有。北冥大水，非由自生。語云：百川匯海，大海之水以容百川而得。汪洋巨浸，端在積聚。此『手太陰肺經』爲北冥神功之第一課。」下面寫的是這門功夫的詳細練法。

最後寫道：「世人練功，皆自雲門而至少商，我逍遙派則反其道而行之，自少商而至雲門，拇指與人相接，彼之內力即入我身，貯於雲門等諸穴。然敵之內力若勝於我，則海水倒灌而入江河，凶險莫甚，愼之，愼之。本派旁支，未窺要道，惟能消敵內力，不能引之而爲我用，猶日取千金而復棄之於地，暴殄珍物，殊可哂也。」

段譽長嘆一聲，隱隱覺得這門功夫頗不光明，引人之內力而爲己有，豈非有如偷盜旁人財物？殊不合正人君子之道，便想棄之不觀。但隨即轉念：「神仙姊姊這譬喻說得甚好，百川匯海，是百川自行流入大海，並不是大海去強搶百川之水。我說神仙姊姊去偷盜別人財物，眞是胡說八道。該打，該打！」

提起手來，在自己臉頰上各擊一掌，左頰打得頗重，甚是疼痛，再打到右頰上那一掌自然而然放輕了些，心道：「壞人惡人來冒犯神仙姊姊，神仙姊姊才引他們的內力而爲己用，那是除去壞人惡人的爲禍之力，猶似搶下屠夫手中的屠刀，又不是殺了屠夫。」

再展帛卷，長卷上源源皆是裸女畫像，或立或臥，或現前胸，或見後背，人像的面容都是一般，但或喜或愁，或含情凝眸，或輕嗔薄怒，神情各異。一共有三十六幅圖像，每幅像上均有顏色細線，註明穴道部位及練功法訣。

帛卷盡處題著「凌波微步」四字，其後繪的是無數足印，註明「歸妹」、「无妄」等等字樣，盡是《易經》中的方位。段譽前幾日還正全心全意的鑽研《易經》，一見到這些名稱，登時精神大振，便似遇到故交良友一般。只見足印密密麻麻，不知有幾千百個，自一個足印至另一個足印均有綠線貫串，線上繪有箭頭。最後寫著一行字道：「步法神妙，保身避敵，待積內力，再取敵命。」

段譽心道：「神仙姊姊所遺的步法，必定精妙之極，遇到強敵時脫身逃走，那就很好，『再取敵命』也就不必了。」

捲好帛卷，對之作了兩個揖，珍而重之的揣入懷中，轉身對那玉像道：「神仙姊姊，你吩咐我朝午晚三次練功，段譽不敢有違。今後我對人加倍客氣，別人不會來打我，我自然也不去吸他內力。你這套『凌波微步』我更要用心練熟，眼見不對，立刻溜之大吉，就吸不到他內力了。」至於「殺盡逍遙派弟子」一節，卻想也不敢去想。

見左側有個月洞門，緩步走了進去，裏面又是一間石室，有張石床，床前擺著一張小小的木製搖籃，他怔怔的瞧著這張搖籃，尋思：「難道神仙姊姊生了個孩子？不對，不對，那樣美麗的姑娘，怎麼會生孩子？」想到「綽約如處子」的神仙姊姊生了個孩子，不禁沮喪失望之極，一轉念間：「啊，是了，這是神仙姊姊小時候睡的搖籃，是她爹爹媽媽給她做的，那個無崖子和秋水妹就是她的爹娘，對了，定是如此。」也不去多想自己的揣測是否有何漏洞，登時便高興起來。

室中並無衾枕衣服，只壁上懸了一張七絃琴，絃線俱已斷絕。又見床左有張石几，几上刻了個十九道棋盤，棋局上布著兩百餘枚棋子，然黑白對峙，這一局並未下畢。琴猶在，局未終，而佳人已邈。段譽悄立室中，忍不住悲從中來，頰上流下兩行清淚。

驀地裏心中一凜：「啊喲，既有棋局，自必曾有兩人在此下棋，只怕神仙姊姊就是那個『秋水妹』，和她丈夫無崖子在此下棋，唉，這個……這個……啊，是了，這局棋不是兩個人下的，是神仙姊姊孤居幽谷，寂寥之際，自己跟自己下的。」走近去細看棋局，凝思片刻，不由得越看越心驚。

但見這局棋變化繁複無比，劫中有劫，既有共活，又有長生、倒脫靴，有征有解，花五聚六，變化多端。段譽於弈理曾鑽研數年，當日沉迷於此道之時，整日價就與帳房中的霍先生對弈。他天資聰穎，只短短一年時光，便自受讓四子而轉爲倒讓霍先生三子，棋力已可算是大理國的高手。但眼前這局棋後果如何，卻實在推算不出。

他觀看良久，光亮越來越模糊，見几上有兩座燭台，兀自插著半截殘燭，燭台的托盤上放著火刀火石和紙媒，便打著了火，點燭再看，只看得頭暈腦脹，心口煩惡，站起身來，伸了個懶腰，驀地心驚：「這局棋實在太難，我便再想上十天八天，也未必解索得開，那時我的性命固已不在，鍾姑娘也早給神農幫活埋在地下了。」轉過身子，反手拿起燭台，決不讓目光再與棋局相觸，突然一陣狂喜：「是了，這局棋如此繁複艱深，定是神仙姊姊獨自布下的『珍瓏』，決不是兩個人下成的！」

一抬頭，只見石床床尾又有一個月洞門，門旁壁上鑿著四字：「瑯嬛福地」。想起神仙姊姊寫在帛卷外的字，心道：「原來『瑯嬛福地』便在這裏。神仙姊姊言道，天下各門各派的武學典籍，盡集於斯。我不想學武功，這些典籍不看也罷。只不過神仙姊姊有命，違拗不得。」於是秉燭走進月洞門內。

一踏進門，舉目四望，登時吁了口長氣，大為寬心，原來這「瑯嬛福地」是個極大的石洞，比之外面的石室大了數倍，洞中一排排的列滿木製書架，可是架上卻空洞洞地連一本書册也無。他持燭走近，見書架上貼滿了籤條，盡是「崑崙派」、「少林派」、「四川青城派」、「山東蓬萊派」等等名稱，其中赫然也有「大理段氏」的籤條。但在「少林派」的籤條下注「缺易筋經」，在「丐幫」的籤條下注「缺降龍廿八掌」，在「大理段氏」的籤條下注「缺一陽指法、六脈神劍劍法，憾甚」的字樣。

想像當年架上所列，皆是各門各派武功的圖譜經籍，然而架上書册卻已為人搬走一空。這一來，段譽心中如一塊大石落地，歡喜不盡：「既然武功典籍都不見了，我不學武功，便算不得是不奉神仙姊姊的命令。」但內心即生愧意：「段譽啊段譽，你以不遵神仙姊姊之令為喜，即是對她不忠。你不見武功典籍，該當沮喪懊惱才是，怎地反而歡喜？神仙姊姊天上地下有靈，原宥則個。」

見這「瑯嬛福地」中並無其他門戶，又回到玉像所處的石室，只與玉像的雙眸一對，心下便又痴迷顛倒起來，呆看了半晌，這才一揖到地，說道：「神仙姊姊，今日我身有要事，只得暫且別過，救出鍾家姑娘之後，再來和姊姊相聚。」

狠一狠心，拿著燭台，大踏步走出石室，待欲另尋出路，只見室旁一條石級斜向上引，初進來時因一眼便見到玉像，於這石級全未在意。他跨步而上，一步三猶豫，幾次三番又再回頭去瞧那玉美人，最後咬緊牙關，下了好大決心，這才踏步上前。

走到一百多級時，已轉了三個彎，隱隱聽到轟隆轟隆的水聲，又行二百餘級，水聲已震耳欲聾，前面並有光亮透入。他加快腳步，走到石級盡頭，前面是個僅可容身的洞穴，探頭向外張望，只嚇得心中怦怦亂跳。

一眼望出去，外邊怒濤洶湧，水流湍急，竟是一條大江。江岸山石壁立，嶙峋巍峨，看這情勢，已到了瀾滄江畔。他又驚又喜，慢慢爬出洞來，見容身處離江面有十來丈高，江水縱然大漲，也不會淹進洞來，但要走到江岸，卻也著實不易，當下手腳齊用，狼狽不堪的爬上，同時將四下地形牢牢記住，打算救人之事一了，再來此處陪伴神仙姊姊。

江岸盡是山石，小路也沒一條，七高八低的走出七八里地，見到一株野生桃樹，樹上結實累累，雖仍青酸，還是採來吃了個飽，又走了十餘里，才見到一條小徑。沿著小徑行去，將近黃昏，終於見到了過江的鐵索橋，橋邊石上刻著「善人渡」三個大字。

他心下大喜，鍾靈指點他的途徑正是要過「善人渡」鐵索橋，這下子可走上了正道啦。當下扶著鐵索，踏上橋板。那橋共是四條鐵索，兩條在下，上鋪木板，以供行走，兩條在旁作為扶手。一踏上橋，幾條鐵索便即晃動，行到江心，鐵索晃得更加厲害，一瞥眼間，但見江水蕩蕩，激起無數泡沫，如快馬奔騰般從腳底飛過。他不敢向下再看，雙眼望前，一步步的終於挨到了橋頭。

坐在橋邊歇了一陣，才依著鍾靈指點的路徑，快步而行。走得大半個時辰，迎面是黑壓壓的一座大森林，心知已到了鍾靈所居的「萬劫谷」谷口。走近前去，果見左首一排九株大松樹參天並列，他自右數到第四株，依著鍾靈的指點，繞到樹後，撥開長草，樹上出現個洞口，心想：「這『萬劫谷』的所在當眞隱蔽，若不是鍾姑娘告知，又有誰能知道谷口竟是在一株大松樹中。」

鑽進樹洞，左手撥開枯草，右手摸到一個大鐵環，用力提起，木板掀開，下面是一道石級。他走下幾級，雙手托著木板放回原處，沿石級向下走去，三十餘級後石級右轉，數丈後折而向上，上行三十餘級，來到平地。

眼前大片草地，盡頭處又全是一株株松樹。走過草地，只見一株大松上削下了丈許長、尺許寬的一片，漆上白漆，寫著九個大字：「姓段者入此谷殺無赦」。八字黑色，那「殺」字卻漆成殷紅之色。

段譽心想：「這谷主幹麼如此恨我姓段的？就算有姓段之人得罪了他，天下姓段之人成千成萬，怎能個個都殺？」其時天色朦朧，這九個字又寫得張牙舞爪，那個「殺」字下紅漆淋漓，似是洒滿了鮮血一般，更加慘厲可怖。尋思：「鍾姑娘叫我別說姓段，原來如此。她叫我在九個大字的第二字上敲擊三下，便是要我敲這個『段』字了，她當時不明言『段』字，定是怕我生氣。敲就敲好了，打甚麼緊？她救了我性命，又是這麼個美姑娘，別說只在『段』字上敲三下，就在我段譽頭上猛敲三下，那也無妨。」

見樹上釘著一枚鐵釘，釘上懸著一柄小鐵鎚，便提起來向那「段」字上敲去。鐵鎚擊落，發出錚的一下金屬響聲，著實響亮，段譽出乎不意，微微一驚，才知「段」字之下鑲有鐵板，板後中空，因外面漆了白漆，一時瞧不出來。他又敲擊兩下，掛回鐵鎚。

過了一會，聽得松樹後一個少女聲音叫道：「小姐回來了！」語音中充滿喜悅。

段譽道：「我受鍾姑娘之託，前來拜見谷主。」那少女「咦」的一聲，似乎頗感驚訝，問道：「我家小姐呢？」段譽見不到她身子，說道：「鍾姑娘遭遇凶險，我特地趕來報訊。」那女子驚問：「甚麼凶險？」段譽道：「鍾姑娘為人所擒，只怕有性命危險。」那少女道：「啊喲！你……你等一會，待我去稟報夫人。」段譽道：「如此甚好。」心道：「鍾姑娘本來叫我先見她母親。」

他站了半晌，只聽得樹後腳步聲響，先前那少女說道：「夫人有請。」說著轉身出來。那少女約莫十五六歲年紀，作丫鬟打扮，說道：「尊客……公子請隨我來。」段譽道：「姊姊如何稱呼？」那丫鬟搖了搖手，示意不可說話。段譽便也不敢再問。

那丫鬟引著他穿過一座樹林，沿著小徑向左首走去，來到一間瓦屋之前。她推開了門，向段譽招招手，讓在一旁，請他先行。段譽走進門去，見是一間小廳，桌上點著一對巨燭，廳雖不大，布置卻頗精雅。他坐下後，那丫鬟獻上茶來，說道：「公子請用茶，夫人便即前來相見。」

段譽喝了兩口茶，見東壁上四幅屏條，繪的是梅蘭竹菊四般花卉，可是次序卻掛成了蘭竹菊梅；西壁上的四幅春夏秋冬，則掛成了冬春夏秋，心想：「鍾姑娘的爹娘是武人，不懂書畫，那也怪不得。」

只聽得環珮叮咚，內堂出來一個美婦人，身穿淡綠綢衫，約莫三十三四歲年紀，容貌清秀，眉目間依稀與鍾靈相似，知道便是鍾夫人了。段譽站起一揖，說道：「晚生段譽，拜見伯母。」一言語出口，臉上登時變色，暗叫：「啊喲，怎地我把自己姓名叫了出來？我只管打量她跟鍾姑娘的相貌像不像，竟忘了揑造個假姓名。」

鍾夫人一怔，斂衽回禮，說道：「公子萬福！」隨即問道：「你……你姓段？」神色間頗有異樣。段譽既已自報姓名，再要撒謊已來不及了，只得道：「晚生姓段。」鍾夫人道：「公子仙鄉何處？令尊名諱如何稱呼？」

段譽心想：「這兩件事可得說個大謊了，免得令她猜破我的身世。」便道：「晚生是江南臨安府人氏，家父單名一個『龍』字。」鍾夫人臉有懷疑之色，道：「可是公子說的卻是大理口音？」段譽道：「晚生在大理已住了三年，學說本地口音，只怕不像，倒教夫人見笑了。」鍾夫人長噓了一口氣，說道：「口音像得很，便跟本地人一般無異，足見公子聰明。公子請坐。」

兩人坐下後，鍾夫人左看右瞧，不住的打量他。段譽給她看得渾身不自在，說道：「晚生途中遇險，以致衣衫破爛，好生失禮。令愛身遭危難，晚生特來報訊。只以事在緊急，不及更換衣冠，尚請恕罪。」

鍾夫人本來神色恍惚，一聽之下，似乎突然從夢中驚醒，忙問：「小女怎麼了？」

段譽從懷裏摸出鍾靈的那對花鞋，說道：「鍾姑娘吩咐晚生以此爲信物，前來拜見夫人。」鍾夫人接過花鞋，道：「多謝公子，不知小女遇上了甚麼事？」段譽便將如何與鍾靈在無量山劍湖宮中相遇，如何自己多管閒事而惹上了神農幫，如何鍾靈被迫放閃電貂咬傷多人，如何鍾靈遭扣而命自己前來求救，如何跌入山谷而躭擱多日等情一一說了，只沒提到洞中玉像一節。

鍾夫人默不作聲的聽著，臉上憂色越來越濃，待段譽說完，悠悠嘆了口氣，道：「這女孩子一出去就闖禍。」段譽道：「此事全由晚生身上而起，須怪不得鍾姑娘。」

鍾夫人怔怔的瞧著他，低低的道：「是啊，這原也難怪，當年……當年我也是這樣……」段譽道：「怎麼？」鍾夫人一怔，一朵紅雲飛上雙頰，她雖人至中年，嬌羞之態卻不減妙齡少女，忸怩道：「我……我想起了另外一件事。」說了這句話，臉上紅得更厲害了，忙岔口道：「我……我想這件事……有點……有點棘手。」

段譽見她扭扭揑揑，心道：「這事當然棘手，可是你又何必羞得連耳根子也紅了？你女兒可比你大方得多。」

便在此時，忽聽得門外一個男子粗聲粗氣的說道：「好端端地，進喜兒又怎會讓人家殺了？」

鍾夫人吃了一驚，低聲道：「外子來了，他……他最多疑，段公子暫且躲一躲。」段譽道：「晚生終須拜見前輩，不如……」鍾夫人左手伸出，立時按住了他口，右手拉著他手臂，將他拖入東邊廂房，低聲道：「你躲在這裏，千萬不可出半點聲音。外子性如烈火，稍有疏虞，你性命難保，我也救你不得。」

莫看她嬌怯怯的模樣，竟然一身武功，這一拖一拉，段譽半點也反抗不得，只有乖乖聽話的份兒，暗暗生氣：「我遠道前來報訊，好歹也是客人，這般躲躲閃閃的，可不像個小偷麼？」鍾夫人向他微微一笑，模樣甚是溫柔。段譽一見到這笑容，氣惱登時消了，便點了點頭。鍾夫人轉身出房，帶上了房門，回到堂中。

跟著便聽得兩人走進堂來，一個男子叫了聲：「夫人。」段譽從板壁縫中張去，見一個三十來歲的漢子作家人打扮，神色甚爲驚惶；另一個黑衣男子身形極高極瘦，面向堂外，瞧不見他相貌，但見到他一雙小扇子般的大手垂在身旁，手背上滿是青筋，心想：「鍾姑娘爹爹的手好大！」

鍾夫人問道：「進喜兒死了？是怎麼回事？」那家人道：「老爺派進喜兒和小的去北莊迎接客人。老爺吩咐說共有四位客人。今日中午先到了一位，說是姓岳。老爺曾吩咐說，見到姓岳的就叫他『三老爺』。進喜兒迎上前去，恭恭敬敬的叫了聲『三老爺』。不料那人立刻暴跳起來，喝道：『我是岳老二，幹麼叫我三老爺？你存心瞧我不起！』啪的一掌，就把進喜兒打得頭破血流，倒在地下。」鍾夫人皺眉道：「世上那有這等橫蠻之人！岳老三幾時又變成岳老二了？」

鍾谷主道：「岳老三向來脾氣暴躁，又瘋瘋顛顛的。」說著轉過身來。

段譽隔著板壁瞧去，不禁吃了一驚，只見他好長一張馬臉，眼睛生得甚高，一個圓圓的大鼻子卻和嘴巴擠在一塊，以致眼睛與鼻子之間，留下了一大塊一無所有的空白。鍾靈容貌明媚照人，那想到她父親竟如此醜陋，幸好她只像母親，半點也不似父親。

鍾谷主本來滿臉不愉之色，一轉過來對著娘子，立時轉爲柔和，一張醜臉上帶了三分可親神態，說道：「岳老三這等蠻子，我就是怕他驚嚇了夫人，因此不讓他進谷。這種小事，你也不必放在心上。」

段譽暗暗奇怪：「適才鍾夫人一聽丈夫到來，便嚇得甚麼似的，但瞧鍾谷主的神情，卻對她既愛且敬。」

鍾夫人道：「怎麼是小事了？進喜兒忠心耿耿的服侍了咱們這多年，卻給你的豬朋狗友殺了，我心裏難受得很。」鍾谷主陪笑道：「是，是，你體惜下人，那是你的好心。」鍾夫人問那家人道：「來福兒，後來又怎樣？」

來福兒道：「進喜兒給他打倒在地，當時也還沒死。小的連忙大叫：『二老爺，二老爺，你老人家別生氣。』他就笑了起來，很是高興。小的扶了進喜兒起來，擺酒席請那姓岳的吃。他問：『鍾……鍾……怎麼不來接我？』小的說：『我們老爺還不知道二老爺大駕光臨，否則早就親自來迎接了。小的這就去稟報。』那人點點頭，見進喜兒戰戰兢兢的站在一旁侍候，就問他：『剛才我打了你一掌，你心裏在罵我，是不是？』進喜兒忙道：『不，不！小的不敢，萬萬不敢。』那人道：『你心裏一定在說我是個大惡人，惡得不能再惡了，哈哈！』進喜兒道：『不，不！二老爺是位大大的好人，一點兒也不惡。』那人眉毛豎了起來，喝道：『你說我一點兒也不惡？』進喜兒嚇得渾身發抖，說道：『你……二老爺……一點也不惡，半……半點也不惡。』那人哇哇怒叫，突然伸出手來，扭斷了進喜兒的脖子……」他語音發顫，顯是驚魂未定。

鍾夫人嘆了口氣，揮揮手道：「你這可受夠了驚嚇，下去歇一會兒罷。」來福兒應道：「是！」退出堂去。

鍾夫人搖了搖頭，嘆口長氣，說道：「我心裏挺不痛快，要安靜一會兒。」鍾谷主道：「是。我這就去瞧岳老三，別要再生出甚麼事來。」鍾夫人道：「我勸你還是叫他作『岳老二』的好。」鍾谷主道：「哼，岳老三雖兇，我可也不怕他，只是念著他千里迢迢的趕來助拳，很給我面子，殺死進喜兒的事，就不跟他計較了。」

鍾夫人搖搖頭，說道：「咱二人安安靜靜的住在這裏，十年之中，我足不出谷，你還有甚麼不心足的？爲甚麼定要去請這『四大惡人』來鬧個天翻地覆？你……平時對我甜言蜜語的說得挺好聽，其實嘛，你一點也沒把我放在心上。」鍾谷主急道：「我……我怎麼不將你放在心上？我去請這四個人來，還不是爲了你？」鍾夫人哼了一聲，道：「爲了我，這可謝謝你啦。你要是眞的爲我，乖乖的快把這『四大惡人』送走了罷！」

段譽在隔房聽得好生奇怪：「那岳老三毫沒來由的便出手殺人，實是惡之透頂，難道另外還有三個跟他一般惡的惡人？」

只見鍾谷主在堂上大踏步踱來踱去，氣呼呼的道：「那姓段的辱我太甚，此仇不報，我鍾萬仇有何臉面生於天地之間？」

段譽心道：「原來你名叫鍾萬仇。這個名字就取得不妥。常言道冤家宜解不宜結，記一仇已然不是好事，何況萬仇？難怪你一張臉拉得這麼長。以你如此形相，娶了鍾夫人這般如花似玉的老婆，眞是徼天下之大幸，該當改名爲鍾萬幸才是。」

鍾夫人蹙起眉頭，冷冷的道：「其實你是心中恨我，可不是恨人家。你若眞要跟人家爲難，幹麼不自個兒找上門去，一拳一腳的決個勝敗？請人助拳，就算打贏了，也未必有甚麼光采。」鍾萬仇額頭青筋爆起，叫道：「人家手下蝦兵蟹將多得很，你不知道麼？我要單打獨鬥，他老避不見面，我有甚麼法子？」

鍾夫人垂頭不語，淚珠兒撲簌簌的掉在衣襟上。鍾萬仇忙道：「對不住，阿寶，好阿寶，你別生氣！我不該對你這般大聲嚷嚷的。」鍾夫人不語，淚水掉得更多了。鍾萬仇扒頭搔耳，十分著急，只是說：「好阿寶，你別生氣，我一時管不住自己，眞該死！」

鍾夫人低聲道：「你心中念念不忘的，總是記著那回事，我做人實在也沒意味。你不如一掌打死了我，從此一了百了，也免得你心中老是不痛快。你另外再去娶個美貌夫人罷！」鍾萬仇提起手掌，在自己臉上啪啪兩掌，說道：「我該死，我該死！」

段譽見到他一隻大手掌拍在長長的馬臉之上，委實滑稽無比，再也忍耐不住，終於嗤的一聲，笑了出來，笑聲甫出，立知這一次的禍可闖得更加大了，只盼鍾萬仇沒聽見，可是立即聽到他暴喝：「甚麼人？」跟著砰的一聲，有人踢開房門，縱進房來。段譽只覺後領一緊，已給人抓將出去，重重摔在堂上，只摔得他眼前發黑，似乎全身骨骼都斷裂了。

鍾萬仇隨即左手抓住他後領，提將起來，喝道：「你是誰？躲在我夫人房裏幹甚麼？」見到他容貌淸秀，疑雲大起，轉頭問鍾夫人道：「阿寶，你……又……」

鍾夫人嗔道：「甚麼又不又的？又甚麼了？快放下他，他是來給咱們報訊的。」鍾萬仇道：「報甚麼訊？」仍提得段譽雙腳離地，喝道：「臭小子，我瞧你油頭粉臉，決不是好東西，你幹麼鬼鬼祟祟的躲在我夫人房裏？快說，快說！只要有半句虛言，我打得你腦袋瓜子稀巴爛。」砰的一拳擊落，喀喇喇一聲響，一張梨木桌子登時塌了半邊。

段譽給他摔得好不疼痛，給他提在半空，掙扎不得，而聽他言語，竟是懷疑自己跟鍾夫人有甚苟且之事，心中不懼反怒，大聲道：「我姓段，你要殺就快快動手。不清不楚的胡言亂語甚麼？」

鍾萬仇提起右掌，怒喝：「你這小子也姓段？又是姓段的，又……又是姓段的！」說到後來，憤怒之意竟爾變為淒涼，圓圓的眼眶中湧上了淚水。

突然之間，段譽對這條大漢不自禁的心生悲憫，料想此人自知才貌與妻子不配，以致動不動的就喝無名醋，其實也甚可憐，竟沒再想到自己命懸人手，溫言安慰道：「我姓段，我以前從沒見過鍾夫人之面，你不必瞎疑心，不用難受。」

鍾萬仇臉現喜色，嘶啞著嗓子道：「當眞？你從來沒見過……沒見過阿寶的面？」段譽道：「我來到這裏，前後還不到半個時辰。」鍾萬仇裂開了大嘴巴，呵呵的笑了幾聲，說道：「對，對，阿寶已有十年沒出谷去了，十年之前，你還只八九歲年紀，自然不能……不能……不能……」但兀自提著段譽不放。

鍾夫人臉上一陣暈紅，道：「快放下段公子！」鍾萬仇忙道：「是，是！」輕輕放下段譽，突然臉上又布滿疑雲，說道：「段公子？段公子？你……你爹爹是誰？」

段譽心想：「我若再說謊話，倒似有甚虧心事一般。」昂然道：「我剛才沒跟鍾夫人說實話，其實不該隱瞞。我名叫段譽，字和譽，大理人氏。我爹爹的名諱上正下淳。」

鍾萬仇一時還沒想到「上正下淳」四字是甚麼意思，鍾夫人顫聲道：「你爹爹是……是段……段正淳？」段譽點頭道：「正是！」

鍾萬仇大叫：「段正淳！」這三字當眞叫得驚天動地，霎時間滿臉通紅，全身發抖，叫道：「你……你是段正淳這狗賊的兒子？」

段譽大怒，喝道：「你膽敢辱罵我爹爹？」

鍾萬仇怒道：「我爲甚麼不敢？段正淳，你這狗賊，混帳王八蛋！」

段譽登時明白：他在谷外漆上「姓段者入此谷殺無赦」九個大字，料想他必是恨極了我爹爹，才遷怒於所有姓段之人，凜然道：「鍾谷主，你既跟我爹爹有仇，就該光明正大的了斷此事。你有種就去當面罵我爹爹，要打就決個勝負，背後罵人，算甚麼英雄好漢？我爹爹便在大理城中，你要找他，容易得緊，幹麼只在自己門口豎塊牌子，說甚麼『姓段者入此谷殺無赦』？」

鍾萬仇臉上青一陣、紅一陣，似乎段譽所說，句句打中了他心坎。他眸子中兇光猛射，看來舉手便要殺人，呆了半晌，突然間砰砰兩拳，將兩張椅子打得背斷腳折，跟著飛腿踢出，板壁上登時裂出個大洞，叫道：「我不是怕鬥不過你爹爹，我……我是怕……怕你爹爹知道……知道阿寶在這裏……」說到這句話時，聲音中竟有嗚咽之意，雙手掩面，叫道：「我是膽小鬼，我是膽小鬼！」猛地發足奔出，但聽得砰嘭、啪啦響聲不絕，沿途撞倒了不少架子、花盆、石櫈。

段譽愕然良久，心道：「我爹爹知道你夫人在這裏，那又怎樣了？難道便會來殺了她麼？」但想自己所說的言語確是重了，刺得鍾萬仇如此傷心，深感歉仄，轉過頭來，只見鍾夫人正凝望著自己。

鍾夫人和他目光相接，立即轉開，蒼白的臉上霎時湧上一片紅雲，又過一會，低聲問道：「段公子，令尊這些年來身子安好？一切都順遂罷？」

段譽聽她問到自己父親，當即站直身子，恭恭敬敬的答道：「家嚴身子安健，托賴諸事平安。」鍾夫人道：「那就很好。我……我也……」

段譽見她長長的睫毛下又淚珠瑩然，一句話沒說完便背過身子，伸袖拭淚，不由得心生憐惜，安慰她道：「伯母，鍾谷主雖然脾氣暴躁些，對你可委實敬愛之極。你兩位姻緣美滿，小小言語失和，伯母也不必傷心。」鍾夫人回過頭來，微微一笑，說道：「你這麼一點兒年紀，又懂得甚麼姻緣美滿不美滿了？」

段譽見她這一笑頗有天眞爛漫之態，心中一動，登時想起了鍾靈，目光轉過去瞧放在小几上的鍾靈那對花鞋，說道：「晚生適才言語無禮，請伯母帶我去向谷主謝罪，這就請谷主啓程，去相救令愛。」

鍾夫人道：「外子忙著接待他遠道而來的朋友，確實難以分身。公子剛才想必已經聽到了，這幾個朋友行逕古怪，動不動便出手殺人，倘若對待他們禮數稍有不周，難免後患無窮。嗯，事到如今，我隨公子去罷。」段譽喜道：「伯母親自前去，再好也沒有了。」想起鍾靈說過的一句話，問道：「伯母能治得閃電貂之毒麼？」鍾夫人搖了搖頭，道：「我不能治。」段譽猶豫道：「這個……那麼……」

鍾夫人回進臥室，匆匆提筆蘸墨，留下一張字條，略一結束，取了一柄長劍懸在腰間，回到堂中，說道：「咱們走罷！」當先便行。

段譽順手將鍾靈那對花鞋揣入懷中。鍾夫人黯然搖頭，想說甚麼話，終於忍住不說。

兩人一走出樹洞，鍾夫人便加快腳步，別瞧她嬌怯怯的模樣，腳下卻比段譽快速得多。段譽終不放心，說道：「伯母既不會治療貂毒，只怕神農幫不肯便放了令愛。」

鍾夫人淡淡的道：「誰要他們放人？神農幫膽敢扣留我女兒，要脅於我，可活得不耐煩了。我不會救人，難道殺人也不會麼？」段譽不禁打了個寒噤，只覺她這幾句輕描淡寫的言語之中，所含殺人如草芥之意，實不下於那岳老三兇神惡煞的行逕。

鍾夫人問道：「你爹爹一共有幾個妾侍？」段譽道：「沒有，一個也沒有。我媽媽不許的。」鍾夫人道：「你爹爹很怕你媽媽嗎？」段譽笑道：「也不是怕，多半是由愛生敬，就像谷主對伯母一樣。」鍾夫人道：「嗯，你爹爹是不是每天都勤練武功？這些年來，功力又大進了罷？」段譽道：「爹爹每天都練功的，功力怎樣，我可一竅不通了。」鍾夫人道：「他功夫沒擱下，我……我就放心了。你怎地一點武功也不會？」

兩人說話之間，已行出里許，段譽正要回答，忽聽得一人厲聲喊道：「阿寶，你……你到那兒去？」段譽回過頭來，只見鍾萬仇從大路上如飛般追來。

鍾夫人伸手穿到段譽腋下，喝道：「快走！」提起他身子，疾竄而前。段譽雙足離地，在鍾夫人提掖之下，已身不由主。二前一後，三人頃刻間奔出數十丈。鍾夫人輕功不弱於丈夫，但她終究多帶了個人，鍾萬仇漸漸追近。又奔了十餘丈，段譽覺到鍾萬仇的呼吸竟已噴到後頸。突然嗤的一聲響，他背上一涼，後心衣服給鍾萬仇扯去了一塊。

鍾夫人左手運勁一送，將段譽擲出丈許，喝道：「快跑！」右手已抽出長劍向後刺去。憑著鍾萬仇的武功，這一劍自是刺他不中，何況鍾夫人絕無傷害丈夫之意，不過意在阻他追趕。不料她一劍刺出，只覺劍身微微受阻，劍尖竟刺中了丈夫胸口。

原來鍾萬仇不避不讓，反而挺胸迎劍。

鍾夫人大吃一驚，急忙回頭，只見丈夫一臉憤激之色，眼眶中隱隱含淚，胸口中劍處鮮血滲出，顫聲道：「阿寶，你……終於要離我而去了？」

鍾夫人見這一劍刺中他胸口正中，雖不及心，但劍鋒深入數寸，丈夫生死難料，惶急之下，忙拔出長劍，撲上去按住他的劍創，但見血如泉湧，從手指縫中噴了出來。

鍾夫人怒道：「我又不想傷你，你爲甚麼不避？」鍾萬仇苦笑道：「你……你……要離我而去，我……我還不如死了的好。」說著連連咳嗽。鍾夫人道：「誰說我離你而去？我出去幾天就回來的。我是去救咱們女兒。我在字條上不寫得明明白白的嗎？」鍾萬仇道：「我沒見到甚麼字條。」鍾夫人道：「唉，你就是這麼粗心。」三言兩語，將鍾靈爲神農幫擒住的事說了。

段譽見到這等情形，早嚇得呆了，定了定神，忙撕下衣襟，手忙腳亂的來給鍾萬仇裹傷。鍾萬仇忽地飛出左腿，將他踢了個觔斗，喝道：「小雜種，我不要見你。」對鍾夫人道：「你騙我，我不信。明明是他……是他來叫你去。這小雜種是他兒子……他還出言羞辱於我……」說著大咳起來，這一咳，傷口中的血流得更加厲害了，向段譽道：「上來啊，我雖身上受傷，卻也不怕你的一陽指。上來動手啊！」

段譽這一交摔跌，左頰撞上了一塊尖石，狼狽萬狀的爬起身來，半邊臉上都是鮮血，說道：「我不會使一陽指。就算會使，也不會跟你動手。」鍾萬仇又咳了幾聲，怒道：

「小雜種，你裝甚麼蒜？你……你去叫你的老子來罷！」他這一發怒，咳得更加狠了。

鍾夫人道：「你這瞎疑心的老毛病終究不肯改。你既不能信我，不如我先在你面前死了乾淨。」說著拾起地下長劍，便往頸中刎去。鍾萬仇夾手奪過，臉上登現喜色，顫聲道：「阿寶，你眞的不是隨這小雜種而去？」

鍾夫人嗔道：「人家是好好的段公子，甚麼老雜種、小雜種的！我隨段公子去，是要殺盡神農幫，救回咱們的寶貝女兒。」鍾萬仇聽妻子說並非棄他而去，心中已然狂喜，見她輕嗔薄怒，愛憐之情更甚，陪笑道：「既然如此，那就算我的不是。不過……不過，我既追來，你又幹麼不停下來好好跟我說個明白？」

鍾夫人臉上微微一紅，道：「我不想你再見到段公子。」鍾萬仇突然又起疑心，問道：「這小……這段公子，不是你的兒子罷？」鍾夫人又羞又怒，呸的一聲，說道：「你胡說八道甚麼？一會兒疑心他是我情郎，一會兒又疑心他是我兒子。老實跟你說，他是我的老子，是你的泰山老丈人！」說著不禁噗哧一聲，笑了出來。

鍾萬仇一怔，明白妻子是說笑，當即捧腹狂笑。這一大笑，傷口中鮮血更似泉湧。

鍾夫人流淚道：「怎……怎麼是好？」鍾萬仇大喜，伸手攬住她腰，道：「阿寶，你為我這麼躭心，我便立時死去，也不枉了。」鍾夫人暈生雙頰，輕輕推開了他，道：「段公子在這兒，你也這麼瘋瘋顛顛的。」鍾萬仇呵呵而笑，笑幾聲，咳幾下。

鍾夫人眼見丈夫神情委頓，臉色漸白，甚爲躭心，扶起了丈夫，向段譽道：「段公子，你去跟司空玄說：我丈夫是當年縱橫江湖的『見人就殺』鍾萬仇。我是甘寶寶，有個外號可不大好聽，叫作『俏藥叉』。他若膽敢動我們女兒一根毫毛，叫他別忘了我們夫妻倆辣手無情。」她說一句，鍾萬仇便說一聲：「對，不錯！」

段譽見到這等情景，料想鍾萬仇固不能親行，鍾夫人也不能捨了丈夫而去搭救女兒，單憑鍾萬仇和甘寶寶兩人的名頭，是否就此能嚇倒司空玄，實在大有疑問，看來自己腹中這「斷腸散」的劇毒，也是萬萬不能解救的了，心想：「事已如此，多說也是無益。」便道：「是，晚生這便前去傳話。」

鍾夫人見他說去便去，發足即行，做事之瀟洒無礙，又令她想起心中那個人來，叫道：「段公子，我還有一句話。」輕輕放開鍾萬仇的身子，縱到段譽身前，從懷中摸出一件物事，塞在段譽手中，低聲道：「你將這東西趕去交給你爹爹，請他出手救我們的女兒。」

段譽道：「我爹爹如肯出手，自然救得了鍾姑娘，只不過此去大理路途不近，就怕來不及。」鍾夫人道：「我去借匹好馬給你，請你在此稍候。」湊近臉去，壓低聲音說道：「別忘了跟你爹爹說，鍾夫人說：『請他出手救我們的女兒。』這十個字。」不等段譽回答，轉身奔到丈夫身畔，扶起了他，逕自去了。

段譽提起手來，見鍾夫人塞在他手中的，是隻鑲嵌精致的黃金鈿盒，揭開盒蓋，見盒中有塊紅色紙片，色轉殘舊，顯是時日已久，紙上隱隱還濺著幾滴血跡，上寫「乙卯年十二月初五丑時女」十一字，筆致柔弱，似是出於女子之手，書法可算十分拙劣，此外更無別物。

段譽尋思：「這是誰的生辰八字？鍾夫人要我去交給爹爹，不知有何用意？乙卯年，乙卯年……」屈指一算，那是十六年之前，「……難道是鍾姑娘的年庚八字？鍾夫人要將女兒許配給我，因此要我爹爹去救他媳婦？」雖殊無娶妻之意，但想到鍾靈明媚可喜，不禁心中一動。

正沉吟間，聽得一個男子聲音叫道：「段公子！」

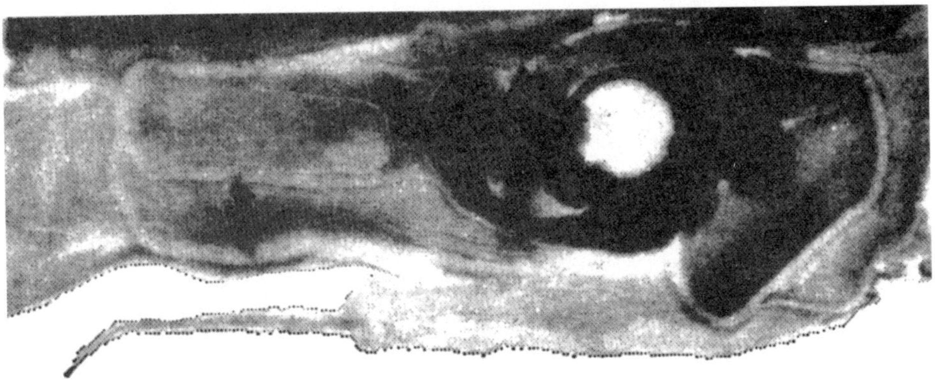

司空玄高舉左掌，托著香粉，雙膝跪地，朗聲說道：「神農幫恭送兩位聖使，恭祝童姥她老人家萬壽聖安。」

三　馬疾香幽

段譽回過頭來，只見一個身穿家人服色的漢子快步走來，便是先前隔著板壁所見的來福兒。他走到近處，行了一禮，道：「小人來福兒，奉夫人之命陪公子去借馬。」段譽點頭道：「甚好。有勞管家了。」

來福兒在前領路，穿過大松林後，折而向北，走上另一條小路，行了六七里，來到一所大屋之前。來福兒上前執著門環，輕擊兩下，停了一停，再擊四下，然後又擊三下。

那門呀的一聲，開了一道門縫。來福兒在門外低聲和應門之人說了一陣子話。其時天色已黑，段譽望著天上疏星，忽地想起了谷中山洞的神仙姊姊來。

猛聽得門內忽律律一聲長聲馬嘶，段譽不自禁的喝采：「好馬！」大門打開，探出一個馬頭，一對馬眼在黑夜中閃閃發光，顧盼之際，已顯得神駿非凡，嗒嗒兩聲輕響，一匹黑馬跨出門來。馬蹄著地甚輕，身形瘦削，但四腿修長，雄偉高昂。牽馬的是個垂鬟小婢，黑暗中看不清面貌，似是十四五歲年紀。

來福兒道：「段公子，夫人怕你不能及時趕到大理，特向這裏的小姐借得駿馬，以供乘坐。這馬腳力非凡，這裏的小姐是我家姑娘的朋友，得知公子是去救我家姑娘，這才相借，實是天大的面子。」段譽見過駿馬甚多，單聞這馬嘶鳴之聲，已知是萬中選一的良駒，說道：「多謝了！」便伸手去接馬韁。

那小婢輕撫馬頸中的鬣毛，柔聲道：「黑玫瑰啊黑玫瑰，姑娘借你給這位公子爺乘坐，你可得乖乖的聽話，早去早回。」黑馬轉過頭來，在她手臂上挨挨擦擦，神態甚爲親熱。那小婢將韁繩交給段譽，道：「這馬兒不能鞭打，你待牠越好，牠跑得越快。」

段譽道：「是！」心想：「馬名黑玫瑰，必是雌馬。」說道：「黑玫瑰小姐，小生這廂有禮了！」說著向馬作了一揖。那小婢嗤的一笑，道：「你這人倒也有趣。喂，可別摔下來啊。」段譽輕輕跨上馬背，向小婢道：「多謝你家小姐！」那小婢笑道：「你不謝我麼？」段譽拱手道：「多謝姊姊。回來時我多帶些蜜餞果子給你吃。」那小婢道：「果子倒不用帶。你千萬小心，別騎傷了馬兒。」段譽應了。

來福兒道：「此去一直向北，便是上大理的大路。公子保重。」段譽揚了揚手，那馬放開四蹄，幾個起落，已在數十丈外。這黑玫瑰不用推送，黑夜中奔行如飛，段譽但覺路旁樹林猶如倒退一般，不住從眼邊掠過，更妙的是馬背平穩異常，絕少顛簸起伏，心道：「這馬如此快法，明日午後，準能趕到大理。」

不到一盞茶時分，便已馳出十餘里之遙，黑夜中涼風習習，草木清氣撲面而來。段譽心道：「良夜馳馬，人生一樂。」突然前面有人喝道：「賊賤人，站住！」黑暗中刀光閃動，一柄單刀劈將過來。但黑馬奔行極快，這刀砍落時，黑馬已縱出丈許。段譽回頭看去，見兩條大漢一持單刀、一持花槍，邁開大步急急趕來。兩人破口大罵：「賊賤人！女扮男裝，便瞞得過老爺了麼？」一晃眼間，黑馬已將二人拋得老遠。兩條大漢雖快步急追，片刻間連叫喊聲也聽不見了。

段譽尋思：「這兩個莽夫怎地罵我『賊賤人』，說甚麼女扮男裝？是了，他們要找這黑玫瑰主人的晦氣，認馬不認人，眞是莽撞。」又馳出里許，突然想起：「啊喲，不好！我幸賴馬快，逃脫這二人伏擊。瞧這兩條大漢似乎武功了得，倘若借馬的小姐不知此事，毫沒提防的走將出來，難免要遭暗算。我非得回去報訊不可！」當即勒馬停步，說道：「黑玫瑰，有人要暗害你家小姐，咱們須得回去告知，請她小心，不可離家外出。」

當下掉轉馬頭，又從原路回去，將到那大漢先前伏擊之處，催馬道：「快跑，快跑！」黑玫瑰似解人意，在這兩聲「快跑」的催促之下，果然奔馳更快。但那兩條大漢卻已不知去向。段譽更加急了：「倘若他二人到莊中去襲擊那位小姐，豈不糟糕？」他不住吆喝「快跑」，黑玫瑰四蹄猶如離地一般，疾馳而歸。

將到屋前，忽地兩條桿棒貼地揮來，直擊馬蹄。黑玫瑰不等段譽應變，自行縱躍而過，後腿飛出，砰的一聲，將一名持桿棒的漢子踢得直摜了出去。

黑玫瑰一竄便到門前，黑暗中四五人同時長身而起，伸手來扣黑玫瑰的轡頭。段譽只覺右臂上一緊，已給人扯下馬來。有人喝道：「小子，你幹甚麼來啦？瞎闖甚麼？」

段譽暗暗叫苦：「糟糕之極，屋子都讓人圍住了，不知主人是否已遭毒手。」但覺右臂給人緊緊握住，猶如套在一個鐵箍中相似，半身酸麻，便道：「我來找此間主人，你這麼兇橫幹甚麼？」只聽得一個蒼老的聲音道：「這小子騎了那賤人的黑馬，定是那賤人的相好，且放他進去，咱們斬草除根，一網打盡。」

段譽心中七上八下，驚惶不定：「我這叫做自投羅網。事已如此，只有進去再說。」只覺握住他手臂的那人鬆開了手，便整了整衣冠，挺身進門。

穿過一個院子，石道兩旁種滿了玫瑰，香氣馥郁，石道曲曲折折的穿過一個月洞門，段譽順著石道走去，但見兩旁這邊一個、那邊一個，都布滿了人。忽聽得高處有人輕聲咳嗽，他一抬頭，見牆頭上也站著七八人，手中兵刃上的寒光在黑夜中閃動。他暗暗心驚：「莊子裏未必有多少人，怎地卻來了這許多敵人，難道眞的要趕盡殺絕麼？」但見這些人在黑暗中向他惡狠狠的瞪眼，有的手按刀柄，意示威嚇。

段譽唯有強自鎮定，勉露微笑。石道盡處是座大廳，一排排落地長窗中透了燈火出來。他走到長窗之前，朗聲道：「在下有事求見主人。」

廳裏一個嗓子嘶啞的聲音喝道：「甚麼人？滾進來！」

段譽心下有氣，推開長窗，跨進門檻，一眼望去，廳上或坐或站，共有十七八人。中間椅上坐著個黑衣女子，背心朝外，瞧不見面貌，背影苗條，一叢烏油油的黑髮作閨女裝束。東邊太師椅中坐著兩個老嫗，空著雙手，其餘十餘名男女都手執兵刃。下首那老嫗身前地下橫著一人，頸中鮮血兀自汩汩流出，已然死去，看面貌正是領了段譽來借馬的來福兒。段譽心想這人對自己恭謹有禮，不料片刻間便慘遭橫禍，說來也是因己之故，甚感不忍。

坐在上首那老嫗滿頭白髮，身子矮小，嘶聲喝道：「喂，小子！你來幹甚麼？」

段譽推開長窗跨進廳中之時，便已打定了主意：「既已身履險地，能設法脫身，自是上上大吉，否則瞧這些人兇神惡煞的模樣，縱然跟他們多說好話，也是無用。」進廳後見來福兒屍橫就地，更激起胸中氣憤，昂首說道：「老婆婆不過多活幾歲年紀，如何小子長、小子短的，出言這等無禮？」

那老嫗臉闊而短，滿是皺紋，白眉下垂，一雙瞇成一條細縫的小眼中射出兇光殺氣，不住上下打量段譽。坐在她下首的那老嫗喝道：「臭小子，這等不識好歹！瑞婆婆親口跟你說話，算是瞧得起你小子了！你知道這位老婆婆是誰？當眞有眼不識泰山！」這老嫗甚是肥胖，肚子凸出，便似有了七八個月身孕一般，頭髮花白，滿臉橫肉，說話聲音比尋常男子還粗了幾分，左右腰間各揷兩柄闊刃短刀，一柄刀上沾滿了鮮血，來福兒顯是她殺的。

段譽見到這柄血刃，氣往上衝，大聲道：「聽你們口音都是外路人，竟來到大理胡亂殺人，要知道大理雖是小邦，卻也有王法。瑞婆婆甚麼來頭，在下全然不知，她就算是大宋國的皇太后，也不能來大理擅自殺人啊！」

那胖老嫗大怒，霍地站起，雙手一揮，每隻手中都已執了一柄短刀，喝道：「我偏要殺你，你瞧怎麼樣？大理國中沒一個好人，個個該殺。」段譽仰天打個哈哈，說道：「蠻不講理，可笑，可笑！」那胖老嫗搶上兩步，左手刀便向段譽頸中砍去。

噹的一聲，一柄鐵拐杖伸過來將短刀格開，卻是那瑞婆婆出手攔阻。她低聲道：「平婆婆且慢，先問個淸楚，再殺不遲！」說著將鐵拐杖靠在椅邊，問段譽道：「你是甚麼人？」段譽道：「我是大理國人。這胖婆婆說大理國人個個該殺，我便是該殺之人了。」

平婆婆怒道：「你叫我平婆婆便是，甚麼胖不胖的？」段譽笑道：「你不妨自己摸摸肚皮，胖是不胖？」平婆婆罵道：「操你的奶奶！」揮刀在他臉前一尺處虛劈兩下，呼呼風響。段譽只嚇得全身冷汗，一顆心怦怦亂跳，臉上卻硬裝洋洋自得。

瑞婆婆道：「你這小子油頭粉臉，是這小賤人的相好嗎？」說著向那黑衣女郎的背心一指。段譽道：「這位姑娘我生平從來沒見過。不過瑞婆婆哪，我勸你說話客氣些。你出口傷人，這位姑娘大人大量，不來跟你計較，你自己的人品可就不怎麼高明了。」

瑞婆婆呸的一聲，道：「你這小子倒教訓我起來啦。你既跟這小賤人素不相識，到這裏來幹麼？」段譽道：「我來向此間主人報個訊。」瑞婆婆道：「報甚麼訊？」段譽嘆了口氣，道：「我來遲了一步，報不報訊也是一樣了。」瑞婆婆道：「報甚麼訊，快快說來。」語氣愈益嚴峻。

段譽道：「我見了此間主人，自會相告，跟你說有甚麼用？」瑞婆婆微微冷笑，隔了片刻，才道：「你要當面說，那就快說罷。稍待片刻，你兩個便得去陰世敘會了。」段譽轉過語調，彬彬有禮的道：「主人是那一位？在下要謝過借馬之德。」

他此言一出，廳上眾人的目光一齊望向坐在椅上的那黑衣女郎。

段譽一怔：「難道這姑娘便是此間主人？她一個嬌弱女子，給這許多強敵圍住了，當眞糟糕之極。」

只聽那女郎緩緩的道：「借馬給你，是我衝著人家面子，用不著你來謝。你不趕去救人，又回來幹麼？」她口中說話，臉孔仍然朝裏，並不轉頭，聲音輕柔動聽。

段譽道：「在下騎了黑玫瑰，途中遇到伏擊，有兩個強徒誤認在下便是姑娘，口出不遜之言，在下覺得不妥，非來向姑娘報個訊息不可。」

那女郎道：「報甚麼訊？」她語音清脆，但語氣中卻冷冰冰地不帶絲毫暖意，聽來說不出的不舒服，似乎她對世上任何事情都漠不關心，又似對人人懷有極大敵意，恨不得將世人殺個乾乾淨淨。

段譽聽她言語無禮，微覺不快，但隨即想到她已落入強仇手中，處境兇險之極，心情不佳，原亦難怪，反起同情之心，溫言道：「在下心想這兩個強徒意欲加害姑娘，在下仗著馬快，才得避脫危難，但姑娘卻未必得知有仇人來襲，因此上趕來報知，想請姑娘及早趨避，不料還是來遲了一步，仇人已然到臨。眞正抱憾之至。」

那女郎冷笑道：「你假惺惺的來討好我，有甚麼用意？」段譽怒氣上沖，朗聲道：「在下與姑娘素不相識，但既知有人意欲加害，豈可置之不理？『假惺惺討好』五字，從何說起？」那女郎道：「你知我是誰？」段譽道：「不知。」

那女郎道：「我聽來福兒說道，你不會武功，居然敢在萬劫谷中直斥谷主之非，膽子當眞不小。現下捲進了這場是非，你待怎樣？」段譽一怔，說道：「我本想來報了這訊，便即趕回家去。」說到這裏，又嘆了口氣道：「看來姑娘固然身處險境，我自己也大禍臨頭了。卻不知姑娘何以跟這干人結仇？」

那黑衣女郎冷笑一聲，道：「你憑甚麼問我？」段譽又是一怔，說道：「旁人私事，我原不該多問。好啦，我訊已帶到，這就對得住你了。」黑衣女郎道：「你沒料到要在這兒送了性命罷？可後悔麼？」段譽聽出她語氣中大有譏嘲之意，朗聲說道：「大丈夫行事，但求義所當爲，有何後悔可言？」

黑衣女郎哼了一聲，道：「憑你這點能耐，居然也自稱大丈夫了。」段譽道：「是否英雄好漢，豈在武功高下？武功縱然天下第一，倘若行事卑鄙齷齪，也就當不得『大丈夫』三字。」黑衣女郎道：「嘿嘿，話倒不錯。你仗義報訊，原來是想作大丈夫。待會給人家亂刀分屍，一個斬成了十七八塊的大丈夫，怕也沒甚麼英雄氣概了。」

平婆婆突然粗聲喝道：「小賤人，儘拖延幹麼？起身動手罷！」雙刀相擊，錚錚之聲刺耳。

黑衣女郎冷冷的道：「你已活了這大把年紀，要死也不爭早在這一刻。蘇州那姓王的惡婆娘幹麼自己不來跟我動手，卻派你們這批奴才來跟我囉唕？」

瑞婆婆道：「我們夫人何等尊貴，你這小賤人便想見我們夫人一面，那也千難萬難。你知道好歹的，乖乖的跟我們去，向夫人叩幾個響頭，說不定我們夫人寬洪大量，饒了你小命。你再想逃走，那就乘早死了這條心。你師父呢？」

黑衣女郎尖聲叫道：「我師父就在你背後！」

瑞婆婆、平婆婆等都吃了一驚，一齊轉頭，背後卻那裏有人？

段譽見這干人個個神色驚惶，都上了個大當，忍不住哈哈大笑。平婆婆怒道：「笑甚麼？」段譽笑道：「可笑，可笑！」平婆婆又問：「甚麼可笑？」段譽道：「哈哈，可笑之極！」平婆婆問道：「甚麼可笑之極？」段譽道：「嘿嘿，可笑之極矣，可笑之極矣哉！」平婆婆怒道：「甚麼可笑矣啊哉的？」

瑞婆婆道：「平婆婆，別理這臭小子！」向黑衣女郎道：「姑娘，你從江南一直逃到大理。我們萬里迢迢的趕來，你想是不是還能善罷？我們就算人人都死在你手下，也非擒你回去不可。你出手罷！」

段譽聽瑞婆婆的口氣，對這黑衣女郎著實忌憚，不由得暗暗稱奇，眼見大廳上十七八人橫眉怒目，握著兵刃躍躍欲試，卻沒一個逕自上前動手。平婆婆手握雙刀，數次走近黑衣女郎背後，總是立即退回。

黑衣女郎道：「喂，報訊的，這許多人要打我一個，你說怎麼辦？」段譽道：「嗯，黑玫瑰就在外面，你如能突圍而出，趕快騎了逃走。這馬腳程極快，他們追你不上。」黑衣女郎道：「那你自己呢？」段譽沉吟道：「我跟他們素不相識，無怨無仇，說不定他們不來跟我爲難，也未可知。」

黑衣女郎嘿嘿冷笑兩聲，道：「他們能這麼講理，也不會這許多人來圍攻我一個了。你的小命是活不成啦，要是我能逃脫，你有甚麼心願，要我給你去辦？」

段譽心下一陣難過，說道：「你的朋友鍾姑娘在無量山中給神農幫扣住了，她媽媽給了我這隻盒子，要我送去給我爹爹，請他設法救人。倘若……倘若……姑娘能夠脫身，最好能替在下辦了此事，我感激不盡。」說著走上幾步，將那隻金鈿小盒遞了過去，走到離她背後約莫兩尺之處，忽然聞到一陣香氣，似蘭非蘭，似麝非麝，氣息雖不甚濃，但幽幽沉沉，甜甜膩膩，聞著不由得心中一動。

黑衣女郎仍不回頭，問道：「鍾靈生得很美啊，是你的意中人麼？」段譽道：「不是，不是！鍾姑娘年紀甚小，天眞爛漫，我那有……那有此意？」黑衣女郎左臂伸後，將金鈿盒子取了去。段譽見她手上戴了一隻薄薄的絲質黑色手套，不露出半點肌膚，說道：「我爹爹住在大理城中，你只須……」

黑衣女郎道：「慢慢再說不遲。」將鈿盒放入懷中，說道：「姓祝的老頭兒，你給我滾出去！」一個鬚髮蒼然的老者顫聲道：「你說甚麼？」黑衣女郎道：「你快滾出廳去，我今天不想殺你。」那老者手中長劍一挺，喝道：「你胡說甚麼？」聲音發抖，也不知是出於憤怒，還是害怕。

黑衣女郎道：「你又不是姓王的惡婆娘手下，只不過給這兩個老太婆拉了來瞎湊熱鬧。一路之上，你對我還算客氣，那些傢伙老是想揭我面幕，你倒不斷勸阻。哼，還算不該死，這就滾出去罷！」那老者臉如土色，手中長劍的劍尖慢慢垂了下來。

段譽勸道：「姑娘，你叫他出去，也就是了，不該用這個『滾』字。你說話這麼不客氣，祝老爺子豈不要生氣？」

那知這姓祝老者臉色一陣猶豫、一陣恐懼，突然間噹啷一聲響，長劍落地，雙手掩面，當眞奔了出去。他剛伸手去推廳上長窗，平婆婆右手揮動，一柄短刀疾飛出去，正中他後心。那老者一交摔倒，在地下爬了丈許，這才死去。

段譽怒道：「喂，胖婆婆，這位老爺子是你們自己人啊，你怎地忽下毒手？」

平婆婆右手從腰間另拔一柄短刀，雙手仍各持一刀，全神貫注的凝視黑衣女郎，對段譽的說話宛似不聞。廳上餘人都走上幾步，作勢要撲上攻擊，眼見只須有人一聲令下，十餘件兵刃便齊向黑衣女郎身上砍落。

段譽見此情勢，不由得義憤塡膺，大喝：「你們這許多人，圍攻一個赤手空拳的孤身弱女，還有天理王法麼？」搶上數步，擋在黑衣女郎身後，喝道：「你們膽敢動手？」他雖不會半點武功，但正氣凜然，自有一股威風。

瑞婆婆見他一副有恃無恐的模樣，心下倒不禁嘀咕，料想這少年若非身懷絕技，故意裝模作樣，便是背後有極大靠山。她奉命率衆自江南來到大理追擒這黑衣女郎，在此異鄉客地，實不願多生枝節，說道：「閣下定要招攬這事了？」語氣竟客氣了些。段譽道：「不錯，我不能讓你們恃強欺弱。」瑞婆婆道：「閣下屬何門派？跟這小賤人是親是故？受了何人指使，前來橫加插手？」

段譽搖頭道：「我跟這位姑娘非親非故，不過世上的事情，總抬不過一個『理』字，我勸各位得罷手時且罷手，這許多人一起來欺侮一個孤身少女，未免太不光采，口出粗言，更非前輩風範。」低聲道：「姑娘快逃，我設法穩住他們。」

黑衣女郎也低聲道：「你為我送了性命，不後悔麼？」段譽道：「死而無悔！」黑衣女郎又問：「你不怕死麼？」段譽嘆了口氣，道：「我自然怕死，可是……可是……」

黑衣女郎突然大聲道：「你手無縛鷄之力，逞甚麼英雄好漢？」右手突然揮動，兩根彩帶飛出，將段譽雙手雙腳分別縛住了。瑞婆婆、平婆婆等人見她突然襲擊段譽，都大出意料之外，羣相驚愕之際，黑衣女郎左手連揚。段譽耳中只聽得咕咚、砰嘭之聲連響，左右都有人摔倒，眼前刀劍光芒飛舞閃爍，驀地裏大廳上燭光齊熄，眼前陡黑，自己如同騰雲駕霧一般已給提在空中。

這幾下變故實在來得太快，他霎時間不知身在何處，但聽得四下裏吆喝紛作：「莫讓賤人逃了！」「留神她毒箭！」「放飛刀！放飛刀！」跟著叮噹嗆啷一陣亂響，他身子又向上飛，馬蹄聲響，已然身在馬背，但手腳都給縛住了，動彈不得。

只覺自己後頸靠在一人身上，鼻中聞到陣陣幽香，正是那黑衣女郎身上的香氣。蹄聲得得，既輕且穩，敵人的追逐喊殺聲已在身後漸漸遠去。黑玫瑰全身黑毛，那女郎全身黑衣，黑夜中一團漆黑，睜眼甚麼都瞧不見，惟有一股芬馥之氣繚繞鼻際，更增幾分詭秘。

黑玫瑰奔了一陣，敵人喧叫聲已絲毫不聞。段譽道：「姑娘，沒料到你這麼好本事，請放我起來罷。」黑衣女郎哼了一聲，並不理睬。段譽手腳給帶子緊緊縛住了，黑玫瑰每跨一步，帶子束縛處便收緊一下，手腳越來越痛，加之腳高頭低，斜懸馬背，頭腦中一陣陣暈眩，當眞說不出的難受，又道：「姑娘，快放了我！」

突然間啪的一聲，臉上熱辣辣的已吃了一記耳光。那女郎冷冰冰的道：「別囉唆，姑娘沒問你，不許說話！」段譽怒道：「爲甚麼？」啪啪兩下，又接連吃了兩記耳光。這兩下更加沉重，只打得他右耳嗡嗡作響。

段譽大聲叫道：「你動不動便打人，快放了我，我不要跟你在一起。」突覺身子一揚，砰的一聲，摔到了地下，可是手足均遭帶子縛住，帶子的另一端仍握在那女郎手中，段譽便給黑玫瑰拉著，在地下橫拖而前。

那女郎口中低喝，命黑玫瑰放慢腳步，問道：「你服了麼？聽我的話了麼？」

段譽大聲道：「不服，不服！不聽，不聽！適才我死在臨頭，尚自不懼。你小小折磨我一下，我怕……我怕……」他本想要說「我怕甚麼？」但此時恰好給拉過路上兩個土丘，連拋兩下，將兩個「甚麼」都咽在口中，說不出來。

黑衣女郎冷冷的道：「你怕了吧！」一拉彩帶，將他提上馬背。段譽道：「我要說『我怕甚麼？』當然不怕！快放了我，我不願給你牽著走！」那女郎哼的一聲，道：「在我面前，誰有說話的份兒？我要折磨你，便要治得你死去活來，豈是『小小折磨』這麼便宜？」說著左手送出，又將他拋落馬背，著地拖行。

段譽心下大怒，暗想：「這些人口口聲聲罵你小賤人，原來大有道理。」叫道：「你再不放手，我可要罵人了。」那女郎道：「你有膽子便罵。我這一生之中，給人罵得還不夠麼？」段譽聽她最後這句話頗有淒苦之意，一句「小賤人」剛要吐出口來，心中一軟，便即忍住。

那女郎等了片刻，見他不再作聲，說道：「哼，料你也不敢罵！」段譽道：「我聽你說得可憐，不忍心罵，難道還怕了你不成？」

那女郎一聲唿哨，催馬快行，黑玫瑰放開四蹄，急奔起來。這一來段譽可就苦了，頭臉手足給道上的沙石擦得鮮血淋漓。那女郎叫道：「你投不投降？」段譽大聲罵道：「你這不分好歹的潑辣女子！」那女郎道：「這不算罵！我本是潑辣女子，用得著你說？我自己不知道麼？」

段譽道：「我……我……對你……對你……一片好心……」突然腦袋撞上路邊一塊

突出的石頭，登時昏了過去。

也不知過了多少時候，只覺頭上一陣清涼，便醒了過來，接著口中汩汩進水，他急忙閉口，卻忍不住咳嗽起來。這一來口鼻之中入水更多。原來他仍給縛在馬後拖行，那女郎見他昏暈，便縱馬穿過一條小溪，令他冷水浸身，便即醒轉。幸好小溪甚窄，黑玫瑰幾步間便跨了過去。段譽衣衫濕透，腹中又給水灌得脹脹地，全身到處是傷，說不出的難受。

那女郎問道：「你服了麼？」段譽心想：「世間竟有如此蠻不講理的女子，也算是造物不仁，我段譽該有此劫，既落在她手中，再跟她說話也是多餘。」那女郎連問幾聲：「你服了麼？苦頭吃得夠了麼？」段譽不理不睬，只作沒聽見。那女郎怒道：「你耳朵聾了麼？怎地不答我話？」段譽仍然不理。

那女郎勒住了馬，要看他是否尚未醒轉。其時晨光曦微，東方已現光亮，卻見他一雙眼睛睜得大大的，怒氣沖沖的瞪視著她，那女郎怒道：「好啊，你明明沒昏過去，卻裝死跟我硬鬥。咱們便鬥個明白，瞧是你厲害，還是我厲害！」說著躍下馬來，輕輕一縱，已在一株大樹上折了一根樹枝，唰的一聲，在段譽臉上抽了一記。

段譽這時首次和她正面朝相，見她臉上蒙了一張黑布面幕，只露出兩個眼孔，一雙眼明亮如點漆，向他射來。段譽微微一笑，心道：「自然是你厲害。你這潑辣女人，有誰厲害得過你？」

那女郎道：「這當口虧你還笑得出！你笑甚麼？」段譽向她裝個鬼臉，裂嘴又笑了笑。那女郎揚手啪啪啪的連抽了七八下。段譽早將生死置之度外，洋洋不理，奮力微笑。只是這女郎落手陰毒，樹枝每一下都打在他身上最吃痛的所在，他幾次忍不住要叫出聲來，終於強自克制住了。

那女郎見他如此倔強，怒道：「好！你裝聾作啞，我索性叫你真的做了聾子。」伸手入懷，摸出一柄匕首，刃鋒長約七寸，寒光閃閃，向著他走近兩步，提起匕首對準他左耳，喝道：「你有沒聽見我說話？你這隻耳朵還要不要了？」段譽仍然不理。那女郎眼露兇光，提高了手，匕首便要往他耳中刺落。

段譽大急，叫道：「喂，你眞刺還是假刺？你刺聾了我耳朵，有本事治得好嗎？」那女郎呸的一聲，說道：「姑娘殺了人也治得活，你若不信，那就試試。」段譽忙道：「我信，我信！那倒不用試了。」

那女郎見他開口說話，算是服了自己，也就不再折磨他，提起他放上馬鞍，自己躍上馬背，這一次居然將他放得頭高腳低，優待了些。段譽不再受那倒懸之苦，手足受縛處雖仍疼痛，但比之適才在地下橫拖倒曳，卻已有天淵之別，也就不敢再說話惹她生氣。

行得大半個時辰，段譽內急起來，想要那女郎放他解手，但雙手被縛，沒法打手勢示意，何況縱然雙手自由，這手勢實在也不便打，只得說道：「我要解手，請姑娘放了我。」那女郎道：「好啊，現下你不是啞巴了？怎地跟我說話了？」段譽道：「事出無奈，不敢褻瀆姑娘，姑娘身上好香，我倘成了個『臭小子』，豈不大煞風景？」那女郎忍不住「嗤」的一聲笑，心想事到如今，只得放他，於是拔劍割斷了縛住他手足的帶子，自行走開。

段譽給她縛了大半天，手足早已痲木不仁，動彈不得，在地下滾動了一會，方能站立，解完了手，見黑玫瑰站在一旁吃草，甚是馴順，心想：「此時不走，更待何時？」悄悄跨上馬背，黑玫瑰也並不抗拒。段譽一提馬韁，縱馬向北奔馳。

那女郎聽到蹄聲，追了過來，但黑玫瑰奔行神速無比，那女郎輕功再高，也追牠不上。段譽拱手道：「姑娘，後會有期。你一切可得小心！」只說得這兩句，黑玫瑰已竄出二十餘丈之外。他回過頭來，只見那女郎的身子已爲樹木擋住，他得脫這女魔頭的毒手，心下快慰無比，口中連連催促：「好馬兒，乖馬兒！快跑，快跑！」

黑玫瑰奔出里許，段譽心想：「就擱了這麼一晚，不知還來得及救鍾姑娘嗎？路上只有不吃飯，不睡覺，拚命的跑了，但不知黑玫瑰能不能挨？」正遲疑間，忽聽得身後遠遠傳來一聲清嘯。

黑玫瑰聽得嘯聲，立時掉頭，從來路奔回。段譽大吃一驚，忙叫：「好馬兒，乖馬兒，不能回去。」用力拉韁，要黑玫瑰轉頭。不料黑玫瑰的頭雖給韁繩拉得偏了，身子還是筆直的向前直奔，全不聽他指揮。瞬息之間，黑玫瑰已奔到了那女郎身前，直立不動。段譽哭笑不得，神色極爲尷尬。那女郎冷冷的道：「我本不想殺你，可是你私自逃走不算，還偷了我的黑玫瑰，這還算是大丈夫嗎？」

段譽跳下馬來，昂然道：「我又不是你奴僕，要走便走，怎說得上『私自逃走』四字？黑玫瑰是你先前借給我的，我並沒還你，可算不得偷。你要殺就殺好了。曾子曰：『自反而縮，雖千萬人，吾往矣！』我自反而縮，自然是大丈夫。」

那女郎道：「甚麼縮不縮的？你縮頭我也是一劍。」顯然不懂段譽這些引經據典的言語，手握劍柄，將長劍從鞘中抽出半截，說道：「你如此大膽，難道我眞的不敢殺你？」說著兩道清冷的眼光直射向他。

段譽和她目光相對，毫無畏縮之意。兩人相向而立，凝視半晌，唰的一聲，那女郎還劍入鞘，喝道：「你去罷！總算你臨去時叫我『一切小心』，對我還算有份好心。你的腦袋暫且寄存在你脖子上，等得姑娘高興，隨時來取。」段譽本已拚著必死之心，沒料到她竟會放過自己，一怔之下，也不多說，轉身一跛一拐的去了。

他走出十餘丈，仍不聽見馬蹄之聲，回頭望去，只見那女郎兀自怔怔的站著出神，心想：「多半她又在想甚麼歹毒主意，像貓耍耗子般，要將我戲弄個夠，這才殺我。好罷，反正我也逃不了，一切只好由她。」那知他越走越遠，始終沒聽到那女郎騎馬追來。

他接連走上幾條岔道，這才漸漸放心，心下稍寬，頭臉手足擦破處便痛將起來，尋思：「這姑娘脾氣如此古怪，說不定她父母雙亡，一生遭逢過無數不幸。也說不定她相貌醜陋無比，以致不肯以面目示人，倒是個可憐人。啊喲，鍾夫人那隻黃金鈿盒卻還在她身邊。」可是要回去向她取還，卻無論如何不敢了，心想：「我見了爹爹，最多答允跟他學武功，爹爹自然會去救鍾姑娘，就算爹爹不親自去，派些人去便是，這隻金盒也沒多大用處。只是我沒了坐騎，這般徒步而去大理，勢必半路上毒發而死。鍾姑娘苦待救援，度日如年，她見我既不回去，她父親又不來救，只道我沒給她送信，以爲我是個無情無義之人。好歹我得趕回無量山去，跟她死在一塊，也好教她明白我決不相負之意。」

心意已決，當即辨明方向，邁開大步，趕向無量山去。這瀾滄江畔荒涼已極，連走數十里也不見人煙。這日他唯有採些野果充飢，晚間便在山坳中胡亂睡了一覺。

次日午後，跨經另一座鐵索橋，重渡瀾滄江，行出二十餘里後，到了一個小市鎮上。他懷中所攜銀兩早在跌入深谷時在峭壁間失去，自顧全身衣衫破爛不堪，肚中又覺飢餓，想起帽上所鑲的一塊碧玉是貴重之物，於是扯了下來，拿到鎮上唯一的一家米店去求售。米店本不是售玉之所，但這鎮上只這家米店較大，那店主見他氣宇軒昂，倒也不敢小覷了，卻不識得寶玉的珍貴，只肯出二兩銀子相購。段譽也不理會，取了二兩銀子，想去買套衣巾，小鎮上並無沽衣之肆，於是到飯鋪中去買飯吃。

在板櫈上坐落，兩個膝頭登時便從褲子破孔中露了出來，長袍的前後襟都已撕去，褲子後臀也有幾個大孔，屁股觸到櫈面，但覺涼颼颼地，心想：「這等光屁股的模樣實在太不雅觀，該當及早設法才是。」飯店主人端上飯菜，說道：「今兒不逢集，沒魚沒肉，相公將就吃些青菜豆腐下飯。」段譽道：「甚好，甚好。」端起飯碗便吃。他一生錦衣玉食，今日光著屁股吃此粗糲，只因數日沒飯下肚，全憑野果充飢，雖是青菜豆腐，卻也吃得十分香甜。

吃到第三碗飯時，忽聽得店門外有人說道：「娘子，這裏倒有家小飯店，且看有甚麼吃的。」一個女子聲音笑道：「瞧你這副吃不飽的饞相兒。」

段譽聽得聲音好熟，立時想到正是無量劍的干光豪與他那葛師妹，心下驚慌，急忙轉身朝裏，暗想：「怎麼叫起『娘子』來了？嗯，原來東西聯宗，做了夫妻啦。我這一卦是『无妄卦』，『六三，无妄之災；或繫之牛，行人之得，邑人之災。』雖無牛繫，但這位干老兄得了老婆，我段公子卻遇上了災難。」

只聽干光豪笑道：「新婚夫妻，怎吃得飽？」那葛師妹啐了一口，低聲笑道：「好沒良心！要是老夫老妻，那就飽了？」語音中滿含蕩意。兩人走進飯店坐落，干光豪大聲叫道：「店家，拿酒飯來，有牛肉先給切一盆……咦！」

段譽只聽得背後腳步聲響，一隻大手搭上了右肩，將他身子扳轉，登時與干光豪面面相對。段譽苦笑道：「干老兄、干大嫂，恭喜你二位百年好合，白頭偕老，無量劍東宗西宗合併歸宗。」

干光豪哈哈大笑，回頭向那葛師妹望了一眼，段譽順著他目光瞧去，見那葛師妹一張鵝蛋臉，左頰上有幾粒白痲子，倒也頗有幾分姿色。只見她滿臉差愕之色，漸漸的目露兇光，低沉著嗓子道：「問個清楚，他怎麼到這裏來啦？附近有無量劍的人沒有？」

干光豪臉上登時收起笑容，惡狠狠的道：「我娘子的話你聽見了沒有？快說。」段譽心想：「我胡說八道一番，最好將他們嚇得快快逃走。否則這二人非殺了我滅口不可。」說道：「貴派有四位師兄，手提長劍，剛才匆匆忙忙的從門外走過，向東而去，似乎在追趕甚麼人。」

干光豪臉色大變，向那葛師妹道：「走罷！」那葛師妹站起身來，右掌虛劈，作個殺人的姿式。干光豪點點頭，拔出長劍，逕向段譽頸中斬落。

這一劍來得好快，段譽見到那葛師妹的手勢，便知不妙，早已縮身向後，可是仍然避不開，眼見白刃及頸，突然間嗤的一聲輕響，干光豪仰天便倒，長劍脫手擲出。跟著又是嗤的一聲。那葛師妹正要跨出店門，聽得干光豪的呼叫，剛要轉頭察看，便已摔倒在門檻上。兩人都身子扭了幾下，便即不動。干光豪喉頭插了一枝黑色小箭，那葛師妹則是後頸中箭。聽這嗤嗤兩響，正是那黑衣女郎昨晚滅燭退敵的發射暗器之聲。

段譽又驚又喜，回過頭來，背後空蕩蕩地並無一人。卻聽得店門外噓溜溜一聲馬嘶，果然那黑衣女郎騎了黑玫瑰緩緩走過。

段譽叫道：「多謝姑娘救我！」搶出門去。那女郎一眼也沒瞧他，自行策馬而行。段譽朗聲道：「若不是你發了這兩枚短箭，我這當兒腦袋已不在脖子上啦。」那女郎仍不理睬。

店主人追將出來，叫道：「相……相公，出……出了人命啦！可不得了啊！」段譽道：「啊喲，我還沒給飯錢。」伸手要去掏銀子，卻見黑玫瑰已行出數丈，叫道：「死人身上有銀子，他們擺喜酒請客，你自己拿罷！」急急忙忙的追到馬後。

那女郎策馬緩行，片刻間出了市鎮。段譽緊緊跟隨，說道：「姑娘，你好人做到底，送佛送到西，不如連鍾姑娘也一併去救了罷。」那女郎冷冷的道：「鍾靈是我朋友，我本來要去救她。可是我最恨人家求我。你求我去救鍾靈，我就偏不去救了。」段譽忙道：「好，好。我不求姑娘！」那女郎道：「可是你已經求過了。」段譽道：「那麼我剛才說過的不算。」那女郎道：「哼，你是男子漢大丈夫，說過的話怎能不算？」

段譽心道：「先前我在她面前老是自稱大丈夫，她可見了怪啦，說不得，爲了救鍾姑娘一命，只好大丈夫也不做了。」說道：「我不是男子漢大丈夫，我……我是全靠姑娘救了一條小命的可憐蟲。」

那女郎嗤的一聲笑，向他打量片刻，說道：「你對鍾靈這小鬼頭倒好。昨晚你寧可性命不要，也非充大丈夫不可，這會兒居然肯做可憐蟲了。哼，我不去救鍾靈！」

段譽急道：「那……那又爲甚麼啊？」那女郎道：「我師父說，世上男人就沒一個有良心的，個個都會花言巧語的騙女人，心裏淨是不懷好意。男人的話一句也聽不得。」段譽道：「那也不盡然啊，好像……好像……」一時舉不出甚麼例子，便道：「好像姑娘的爹爹，就是個大大的好人。」那女郎道：「我師父說，我爹爹就不是好人！」

段譽見那女郎催得黑玫瑰越走越快，自己難以追上，叫道：「姑娘，慢走！」

突然間人影晃動，道旁林中竄出四人，攔在當路。黑玫瑰陡然停步，倒退了兩步。這四人都是年輕女子，一色的碧綠斗篷，手中各持雙鉤，居中一人喝道：「你們兩個，便是無量劍的干光豪與葛光珮，是不是？」

段譽道：「不是，不是。干光豪和葛姑娘，早已那個……那個了。」那女子道：「甚麼那個、那個了？你二人一男一女，年紀輕輕，結伴同行，瞧模樣定是私奔，還不是無量劍干葛兩個叛徒？」段譽笑道：「姑娘說話太也無理。葛光珮臉上有痳子點兒，這位姑娘卻是花容月貌，美麗無比，大大不同。」那女子向黑衣女郎喝道：「把面罩拉下來！」

驀地裏嗤嗤嗤嗤四聲，黑衣女郎發出四枚短箭，錚錚兩響，兩個女子揮鉤格落，另外兩個女子卻已中箭倒地。這四箭射出之前全無朕兆，去勢又是快極，居然仍有兩箭未中。黑衣女郎立即躍下馬背，身在半空時已拔劍在手，左足一著地，右足立即跨前，唰唰兩劍，分攻兩名女子，兩女也正揮鉤攻上，一女抵擋黑衣女郎，另一名女子挺鉤向段譽刺去。

段譽「啊喲」一聲，鑽到了黑玫瑰肚子底下。那女子一怔，萬想不到此人竟會出此怪招，正欲挺鉤到馬底去刺段譽，背心上一痛，登時摔倒，卻是黑衣女郎乘機射了她一箭。但便這麼一分神，黑衣女郎左臂已爲敵鉤鉤中，嘶的一聲響，拉下半隻袖子，露出雪白手臂，臂上劃出一條尺來長的傷口，登時鮮血淋漓。

黑衣女郎挺劍力攻。但那使鉤女子武功著實了得，雙鉤揮動，招數巧妙，酣鬥片刻，黑衣女郎又左腿中鉤，劃破了褲子。她連射兩箭，都給對方揮鉤格開。那女子連聲喝問：「你是甚麼人？你劍法不是無量劍的！」黑衣女郎不答，劍招加緊，突然「啊」的一聲叫，長劍爲單鉤鎖住，敵人手腕急轉，黑衣女郎把揑不住，長劍脫手飛出，急忙躍開。那使鉤女子雙鉤連刺，都讓她閃過。

段譽早就瞧得焦急萬分，苦於無力上前相助，眼見黑衣女郎危殆，無法多想，匆忙中抱起地下一具死屍，雙手將死屍頭前腳後的橫持了，便似挺著一根巨棒，向那使鉤女子疾衝過去。使鉤女子一驚，見迎面衝來的正是自己姊妹的腦袋，心中悲痛，右手鉤向段譽面門刺去，可是中間隔著一具屍體，這一鉤差了半尺，沒能刺到，砰的一下，胸口已給屍體腦袋撞中，就在這時，一枚短箭射入她右眼，仰天便倒。

段譽瞥眼見黑衣女郎左膝跪地，叫道：「姑娘，你……你沒事罷。」奔過去要扶。那女郎站起身來，不料段譽慌亂中兀自持著屍體，將死屍腦袋向著她胸口撞去。那女郎在死屍腦袋上一推，段譽「啊」的一聲，摔了出去，屍體正好壓在他身上。

那女郎見到他這等狼狽模樣，忍不住笑出聲來，想起適才這一戰兇險萬分，若不是先出其不意的殺了兩人，又得段譽在旁援手，只怕連一個使鉤女子也鬥不過，這四個女子不知是甚來頭，恁地武功了得？叫道：「喂，傻子，你抱著個死人幹甚麼？」

段譽爬起身來，放下屍體，說道：「罪過，罪過。唉，眞正對不住了。你們認錯了人，客客氣氣的問個明白就是了，胡說八道的，難怪惹得姑娘生氣，豈不枉送了性命？姑娘，其實你也不用出手殺人，除下面幕來給她們瞧上一眼，不是甚麼事也沒了？」

那女郎厲聲道：「住嘴！我用得著你教訓？誰叫她們說我跟你私……私……甚麼的？」段譽道：「是，是。這是她們胡說的不是，不過姑娘還是不必殺人。啊，你……你的傷口得包紮一下。」眼見她大腿上露出雪白的肌膚，不敢多看，忙轉過了頭。

那女郎聽他老是責備自己不該殺人，本想上前揮手就打，聽他提及傷口，登覺腿臂處傷口疼痛，幸好這兩鉤都入肉不深，沒傷到筋骨，當即取出金創藥敷上，撕破敵人的斗篷，包紮傷口。

段譽將屍體逐一拖入草叢，說道：「本來該當替你們起個墳墓才是，可惜這裏沒鏟子。唉，四位姑娘年紀輕輕，容貌雖不算美，也不醜陋……」

那女郎聽他說到容貌美醜，問道：「喂，你怎知道我臉上沒麻子，又是甚麼花容月貌了？」段譽笑道：「這是想當然耳！」那女郎道：「甚麼『想當然耳』？」段譽道：「『想當然耳』，就是想來當然是這樣的。」那女郎道：「瞎說！你做夢也想不到我相貌，我滿臉都是大麻子！」段譽道：「未必，未必！過謙，過謙！」

那女郎見衣袖褲腳都給鐵鉤鉤破了，便走入草叢，從屍體上除下一件斗篷，披在身上。段譽突然叫道：「啊喲！」猛地想起自己褲子上有幾個大洞，光著屁股跟這位姑娘在一起，成何體統？急忙倒身而行，不敢以屁股對著那女郎，也從一具屍體上除下斗篷，披在自己身上。那女郎嗤的一聲笑。段譽面紅過耳，想起自己褲子上的大破洞，委實羞愧無地。

那女郎在四具女屍上拔出短箭，放入懷中。段譽道：「你的短箭見血封喉，劇毒無比。勸姑娘今後若非萬不得已，千萬不可再用，殺傷人命，實在有干天和，倘若……」

那女郎喝道：「你再跟我囉唆，要不要試試見血封喉的味道？」右手一揚，嗤的一聲響，一枚毒箭從段譽身側飛過，插入地下。

段譽嚇得面色慘白，再也不敢多說。那女郎道：「封了你的喉，你還能不能跟我囉唆？」說著過去拔起地下短箭，對著段譽又是一揚。段譽嚇了一跳，急忙倒退。

那女郎笑了起來，將短箭放入囊中，向他瞪了一眼，說道：「你穿了這件斗篷，活脫便是個姑娘。把斗篷拉起來遮住頭頂。再撞上人，人家也不會說咱們一男一女……」段譽道：「是，是。」依言除下頭上方巾，揣入懷中，拉起斗篷的頭罩套在頭上。那女郎拍手大笑。

段譽見她笑得天眞，心想：「瞧你這模樣，只怕比我年紀還小，怎地殺起人來卻這等辣手？」見她斗篷前面有塊錦緞垂下來遮住胸口，錦緞上繡著一頭黑鷲，昂首蹲踞，神態威猛，自己斗篷上的黑鷲也一模一樣，搖頭嘆道：「姑娘人家，衣衫上不繡花兒蝶兒，卻繡上這般兇霸霸的鳥兒，好勇鬥狠，唉！」說著又搖了搖頭。

那女郎瞪眼道：「你譏諷我麼？」段譽道：「不是，不是！不敢，不敢！」那女郎道：「到底是『不是』，還是『不敢』？」段譽道：「是不敢。」那女郎便不言語了。

段譽問道：「你傷口痛不痛？要不要休息一下？」那女郎道：「傷口當然痛！我在你身上割兩刀，瞧你痛不痛？」段譽心道：「潑辣橫蠻，莫此爲甚。」那女郎又道：

「你當眞關心我痛不痛嗎？天下可沒這樣好心的男子。你是盼望我快些去救鍾靈，只不過說不出口。走罷！」說著走到黑玫瑰之旁，躍上馬背，手指西北方，道：「無量劍的劍湖宮是在那邊，是不是？」段譽道：「好像是的。」

兩人一個乘馬，一個步行，緩緩向西北方行去。走了一會，那女郎問道：「金盒子裏的時辰八字是誰的？」段譽心道：「原來你已打開來看過了。」說道：「我不知道。」那女郎道：「是鍾靈的，是不是？」段譽道：「眞的不知道。」那女郎道：「還在騙人？鍾夫人將她女兒許配了給你，是不是？給我老老實實的說。」段譽道：「沒有，的確沒有。我段譽倘若欺騙了姑娘，你就給我來個見血封喉。」

那女郎問道：「你姓段？叫作段譽？」段譽道：「是啊，名譽的『譽』。」那女郎道：「哼！你名譽挺好麼？我瞧不見得。」段譽笑道：「名譽挺壞的『譽』，也就是這個字。」那女郎笑道：「這就對啦！」段譽道：「姑娘尊姓？」那女郎道：「我爲甚麼要跟你說？你的姓名是你自己說的，我又沒問你。」

走了一段路，那女郎道：「待會咱們救出了鍾靈，這小鬼頭定會跟你說我的姓名，你不許聽。」段譽忍笑道：「好，我不聽。」那女郎似乎也覺這件事辦不到，說道：「就算你聽到了，也不許記得。」段譽道：「是，我就算記得了，也要拚命想法子忘記。」那女郎道：「呸，你騙人，當我不知道麼？」

說話之間，天色漸漸黑將下來，不久月亮東升，兩人乘著月光，覓路而行。走了約莫兩個更次，遠遠望見對面山坡上繁星點點，燒著一堆堆火頭，火頭之東山峯聳峙，山腳下數十間大屋，正是無量劍劍湖宮。段譽指著火頭，道：「神農幫就在那邊。咱們悄悄過去，搶了鍾靈就逃，好不好？」

那女郎冷冷的道：「怎麼逃法？」段譽道：「你和鍾靈騎了黑玫瑰快奔，神農幫追你們不上的。」那女郎道：「你呢？」段譽道：「我給神農幫逼著服了斷腸散的毒藥，司空玄幫主說是服後七天，毒發身亡，須得設法先騙到解藥，這才逃走。」

那女郎道：「原來你已給他們逼著服了毒藥。你怎麼不想及早設法解毒，仍來給我報訊？」段譽道：「我本以為黑玫瑰腳程快，報個訊息，也耽擱不了多少時候。」那女郎道：「你到底是生來好心呢，還是個傻瓜？」段譽笑道：「只怕各有一半。傻氣多些，好心少些！」

那女郎哼了一聲，道：「你的解藥怎生騙法？」段譽躊躇道：「本來說好，是用閃電貂的解藥，去換斷腸散解藥。他們拿不到毒貂解藥，這斷腸散的解藥，倒不大容易騙得到手。姑娘，你有甚麼法子？」那女郎道：「你們男人才會騙人，我有甚麼騙人的法子？跟他們硬要，要鍾靈，要解藥！」

段譽心頭一凜，知道她又要大殺一場，心想：「最好……最好……」但「最好」怎樣，自己可全無主意。

兩人並肩向火堆走去。行到離中央的大火堆數十丈處，黑暗中突然躍出兩人，都手執藥鋤，橫持當胸。一人喝道：「甚麼人？幹甚麼的？」

那女郎道：「司空玄呢？叫他來見我。」

那兩人在月光下見那女郎與段譽身披碧綠斗篷，擋胸的錦緞上繡著一隻黑鷲，登時大驚，立即跪倒。一人說道：「是，是！小人不知是靈鷲宮聖使駕到，多……多有冒犯，請聖使恕罪。」語音顫抖，顯是害怕之極。

段譽大奇：「甚麼靈鷲宮聖使？」隨即省悟：「啊，是了，我和這姑娘都披上了綠色斗篷，他們認錯人了。」跟著又記起數日前在劍湖宮中聽得鍾靈說道，她偷聽到司空玄跟幫中下屬的說話，奉了縹緲峯靈鷲宮天山童姥的號令，前來佔無量山劍湖宮，然則神農幫是靈鷲宮的部屬，難怪這兩人如此惶懼。

那女郎顯然不明就裏，問道：「甚麼靈……」段譽怕她露出馬腳，忙逼緊嗓子道：「快叫司空玄來。」那兩人應道：「是，是！」站起身來，倒退幾步，這才轉身向大火堆奔去。

段譽向那女郎低聲道：「靈鷲宮是他們的頂頭上司。」扯下斗篷頭罩，圍住了口鼻，只露出一對眼睛。

那女郎還待再問，司空玄已飛奔而至，大聲說道：「屬下司空玄恭迎聖使，未曾遠迎，尚請恕罪。」搶到身前，跪下磕頭，說道：「神農幫司空玄，恭請童姥萬壽聖安！」

段譽心道：「童姥是甚麼人？又不是皇帝、皇太后，甚麼萬壽聖安的，不倫不類。」當下點了點頭，道：「起來罷。」司空玄道：「是！」又磕了兩個頭，這才站起。這時他身後已跪滿了人，都是神農幫的幫眾。

段譽道：「鍾家那小姑娘呢？帶她過來。」兩名幫眾也不等幫主吩咐，立即飛奔到大火堆畔，抬了鍾靈過來。段譽道：「快鬆了綁。」司空玄道：「是。」拔出匕首，割斷鍾靈手足上綁著的繩索。段譽見她安好無恙，心下大喜，逼緊著嗓子說道：「鍾靈，過來。」鍾靈道：「你是甚麼人？」司空玄厲聲喝道：「聖使面前，不得無禮。她老人家叫你過去。」鍾靈心想：「管你是甚麼老人家小人家，反正你不讓人家綁我，山羊鬍子又這樣怕你，聽你的吩咐便了。」便走到段譽面前。

段譽伸左手拉住她手，扯在身邊，捏了捏她手，打個招呼，料想她難以明白，也就不理會了，對司空玄道：「拿斷腸散的解藥來！」

司空玄微覺奇怪，但立即吩咐下屬：「取我藥箱來，快，快！」微一沉吟間，便即明白：「啊喲，定是那姓段的小子去求了靈鷲宮聖使，以致聖使來要人要藥。」藥箱拿到，他命人打開箱蓋，左手入箱取出個瓷瓶，恭恭敬敬的呈上，說道：「請聖使賜收。

這解藥連服三天，每天一次，每次一錢已足。」段譽大喜，接在手中。

鍾靈忽道：「喂，山羊鬍子，這解藥你還有嗎？你答允了給我段大哥解毒的。要是盡數給了人家，段大哥請得我爹爹給你解毒時，豈不糟了？」段譽心下感激，又捏了捏她手。司空玄道：「這個……這個……」鍾靈急道：「甚麼這個那個的？你解不了他的毒，我叫爹爹也不給你解毒。」

那黑衣女郎忍不住喝道：「鍾靈，別多嘴！你段大哥死不了。」鍾靈聽得她語音好熟，「咦」的一聲，轉頭向她瞧去，見到她的面幕，登時便認了出來，歡然道：「啊，木……」立時想到不對，伸手按住了自己嘴巴。

司空玄早在暗暗著急，屈膝說道：「啓稟兩位聖使：屬下給這小姑娘所養的閃電貂咬傷了，毒性厲害，兩位聖使開恩。」段譽心想若不給他解毒，只怕他情急拚命，對那黑衣女郎道：「姊姊，童姥的靈丹聖藥，你便給他一些罷。」司空玄聽得有童姥的靈丹聖藥，大喜過望，在地下連連磕頭，砰砰有聲，說道：「多謝童姥大恩大德，聖使恩德，屬下共有一十九人給毒貂咬傷。」

那女郎心想：「我有甚麼『童姥的靈丹聖藥』？只是我臂上腿上都受了傷，要照顧兩個人可不容易。且聽著這姓段的，要耍這山羊鬍子便了。」從懷中取出一個小瓷瓶，道：「伸手。」司空玄道：「是，是！」左手伸出，攤開了手掌，雙目下垂，不敢正視。那女郎在他手掌中倒了些綠色藥末，說道：「內服一點兒，便可解毒了。」心道：「我這香粉採集不易，可不能給你太多了。」

司空玄當她一拔開瓶塞，便覺濃香馥郁，衝鼻而至，他畢生鑽研藥性，卻也全然猜不到是何種藥物配成，待得藥粉入掌，更香得全身舒泰，心想天山童姥神通廣大，這靈丹聖藥果然非同小可，大喜之下，連連躬身稱謝，只掌中托著藥末，不能再磕頭了。

段譽見大功告成，說道：「姊姊，走罷！」得意之際，竟忘了逼緊嗓子，幸好司空玄等全未起疑。

司空玄道：「啓稟聖使：屬下中毒受傷，又斷了一隻手，未能迅速辦妥靈鷲宮交下的差使，有負童姥恩德，罪該萬死。自當即刻統率部屬，攻下劍湖宮。請聖使在此督戰。」

段譽道：「不用了。我瞧這劍湖宮也不必攻打了，你們即刻退兵罷！」

司空玄大驚，素知童姥的脾氣，所派使者說話越和氣，此後責罰越重，靈鷲宮聖使慣說反話，料定聖使這幾句話是怪他辦事不力，忙道：「屬下該死，屬下該死。請聖使在童姥駕前美言幾句。」

段譽不敢多說，揮了揮手，拉著鍾靈轉身便走。司空玄高舉左掌，托著香粉，雙膝跪地，朗聲說道：「神農幫恭送兩位聖使，恭祝童姥她老人家萬壽聖安。」他身後幫眾一直跪在地下，這時齊聲說道：「神農幫恭送兩位聖使，恭祝童姥她老人家萬壽聖安。」

段譽走出數丈，見這干人兀自跪在地下，實在好笑不過，大聲說道：「恭祝你司空玄老人家也萬壽聖安。」

司空玄一聽之下，只覺這句反話煞是厲害，嚇得魂不附體，險些暈倒。他身後兩人見幫主簌簌發抖，生怕他掌中的靈丹聖藥跌落，急忙搶上扶住。

段譽和二女行出數十丈，再也聽不到神農幫的聲息。鍾靈不住口中作哨，想召喚閃電貂回來，卻始終不見，說道：「木姊姊，多謝你和這位姊姊前來救我，我要留在這兒。」那女郎道：「留在這兒幹麼？等你的毒貂嗎？」鍾靈道：「不！我在這兒等段大哥，他去請我爹爹來給神農幫這些人解毒。」轉頭向段譽道：「這位姊姊，你那些斷腸散的解藥，給我一些罷。」那女郎道：「這姓段的不會再來了。」鍾靈急道：「不會的，不會的。他說過要來的，就算我爹爹不肯來，段大哥自己還是會來。」那女郎道：「哼，男子說話就會騙人，他的話又怎信得？」鍾靈嗚咽道：「段大哥不會騙……騙我的。」

段譽哈哈大笑，掀開斗篷頭罩，說道：「鍾姑娘，你段大哥果然沒騙你。」鍾靈向他凝視半晌，喜不自勝，撲上去摟住他脖子，叫道：「你沒騙我，你沒騙我！」

那女郎突然抓住她後領，提起她身子，推在一旁，冷冷的道：「不許這樣！」鍾靈吃了一驚，但心中欣喜，也不以爲意，說道：「木姊姊，你兩個怎地會遇見的？」那女郎哼了一聲，不加理睬。

段譽道：「咱們一路走，一路說。」他擔心司空玄發見解藥不靈，追將上來。那女郎躍上馬背，遙自前行。段譽於是將別來情由簡略對鍾靈說了，但於那女郎虐待他的事卻避而不提，只說她救了自己性命。鍾靈大聲道：「木姊姊，你救了段大哥，我可不知該怎麼謝你才好。」那女郎怒道：「我自救他，關你甚麼事？」鍾靈向段譽伸伸舌頭，扮個鬼臉。

那女郎說道：「喂，段譽，我的名字，不用鍾靈這小鬼跟你說，我自己說好了，我叫木婉清。」段譽道：「啊，水木清華，婉兮清揚。姓得好，名字也好。」木婉清道：「好過你的一段木頭，名譽極壞。」段譽哈哈大笑。

鍾靈拉住段譽左手，輕輕的道：「段大哥，你待我真好。」段譽道：「只可惜你的貂兒找不到了。」鍾靈又吹了幾下口哨，說道：「那也沒甚麼，等這些惡人走了，過些時候我再來找。你陪我來找，好不好？」段譽道：「好啊！」想起了那洞中玉像，又道：「以後我時時會到這裏來的。」木婉清怒道：「不許你來。她要找貂兒，自己來好了。」段譽向鍾靈伸伸舌頭，扮個鬼臉，兩人相對微笑。

三人不再說話，緩緩行出數里。木婉清忽然問道：「鍾靈，你是十二月初五的生日，是不是？」她騎在馬上，說話時始終不回過頭來。鍾靈道：「是啊，木姊姊怎麼知道？」木婉清大怒，厲聲道：「段譽，你還不是騙人？」一提馬韁，黑玫瑰急衝而前。

忽聽得西北角上有人低聲呼嘯，跟著東北角上有人啪啪啪的連續擊了四下手掌。一條人影迎面奔來，到得與三人相距七八丈處，倏然停定，嘶啞著嗓子喝道：「小賤人，你還逃得到那裏？」聽這聲音，正是瑞婆婆。便在此時，背後一人嘿嘿冷笑，段譽急忙回頭，星月微光之中，只見正是那平婆婆，雙手各握短刀，閃閃發亮。跟著左邊右邊又各到了一人，左邊是個白鬚老者，手中橫執一柄鐵鏟，右首那人是個年紀不大的漢子，手持長劍。段譽依稀記得，這兩人都曾參與圍攻木婉清。

木婉清冷笑道：「你們陰魂不散，居然一直追到了這裏，能耐倒也不小。」平婆婆道：「你這小賤人就逃到天邊，我們也追到天邊。」木婉清嗤的一聲，射出一枝短箭。那使劍漢子眼明手快，揮劍擋開。木婉清從鞍上縱身而起，向那老者撲去。

那老者白鬚飄動，年紀已著實不小，應變倒也極快，右手疾抖，鐵鏟向木婉清撩去。木婉清身未落地，左足在鏟柄上一借力，挺劍指向平婆婆。平婆婆揮刀格去，嚓的一聲，刀頭已給劍鋒削斷，白刃如霜，直劈下來。瑞婆婆急揮鐵拐向木婉清背心掃去。木婉清不及劍傷平婆婆，長劍平拍，劍刃在平婆婆肩頭一按，輕飄飄的竄了出去。瑞婆婆和兩個男子同時攻上，木婉清劍光霍霍，在四人圍攻下穿插來去。

鍾靈在數丈外不住向段譽招手，叫道：「段大哥，快來。」段譽奔將過去，問道：

「怎麼？」鍾靈道：「咱們快走。」段譽道：「木姑娘受人圍攻，咱們怎能一走了之？」鍾靈道：「木姊姊本領大得緊，她自有法子脫身。」段譽搖頭道：「她爲救你而來，倘若如此捨她而去，於心何安？」鍾靈頓足道：「你這書獃子！你留在這裏，又能幫得了木姊姊的忙嗎？唉，可惜我的閃電貂還沒回來。」

這時瑞婆婆等二女二男與木婉清鬥得正緊，瑞婆婆的鐵拐和那老者的鐵鏟都是長兵刃，舞開來呼呼風響。木婉清耳聽八方，將段譽與鍾靈的對答都聽在耳裏。

只聽段譽又道：「鍾姑娘，你先走罷！我若負了木姑娘，非做人之道，倘若她敵不過人家，我在旁好言相勸，說不定也可挽回大局。」鍾靈道：「你除了白送自己一條性命，甚麼也不管用。快走罷！木姊姊不會怪你的。」段譽道：「若不是木姑娘好心相救，我這條性命早就沒有了。遲送半日，便多活了半日，倒也不無小補。」鍾靈急道：「你這獃子，再也跟你纏夾不清。」拉住他手臂便走。

段譽叫道：「我不走，我不走！」但他沒鍾靈力大，給她拉著，踉蹌而行。

忽聽木婉清尖聲叫道：「鍾靈，你自己給我快滾，不許拉他。」鍾靈拉得段譽更快，突然間嗤的一聲，她頭髻一顫，一枚短箭揷上了她髮髻。木婉清喝道：「你再不放手，我射你眼睛！」鍾靈知她說得出，做得到，相識以來雖然頗蒙她垂青，畢竟爲時無多，沒甚麼深厚交情，她既說要射自己眼睛，那就眞的要射，只得放開了段譽手臂。

木婉清喝道：「鍾靈，快給我滾到你爹爹、媽媽那裏去，快走，快走！你若躭在旁邊等你段大哥，我便射你三箭。」口中說話，手上不停，連續架開襲來的幾件兵刃。

鍾靈不敢違拗，向段譽道：「段大哥，你一切小心。」說著掩面疾走，沒入黑暗中。

木婉清喝走鍾靈，在四人之間穿來插去，腿上鉤傷處隱隱作痛，劍招忽變，一縷縷劍光如流星飄絮，變幻無定。忽聽得那老者大叫一聲，脅下中劍，木婉清唰唰唰三劍，將瑞婆婆和那使劍漢子逼得跳出圈子相避，劍鋒迴轉，已將平婆婆捲入劍光之中。頃刻之間，平婆婆身上已受了三處劍傷。她毫不理會，如瘋虎般向木婉清撲去。餘下三人迴身再鬥。平婆婆滾近木婉清身畔，右手短刀往她小腿上削去。木婉清飛腿將她踢了個觔斗，就在此時，瑞婆婆的鐵拐已點到眉心。木婉清迅即迴轉長劍，格開鐵拐，順勢向敵人分心便刺。

瑞婆婆斜身閃過，橫拐自保。木婉清輕吁一口氣，正待變招，突然間噗的一聲，左肩上一陣劇痛，原來那老者受傷之後，使不動鐵鏟，拔出鋼錐撲上，乘虛插入了她肩頭。木婉清反手一掌，只打得那老者一張臉血肉模糊，登時氣絕。瑞婆婆等卻又已上前夾擊。平婆婆大叫：「小賤人受了傷，不用拿活口了，殺了便算。」

段譽見木婉清受傷，心中大急，待要依樣葫蘆，搶過去抱起那老者的屍體衝撞，但隔著相鬥的四人，搶不過去，情急之下，扯下身上斗篷，衝上去猛力揮起，罩上平婆婆頭頂。平婆婆眼不見物，大驚之下，忙伸手去扯，卻忘了自己手中兀自握著短刀，一刀斬在自己臉上，叫得猶如殺豬一般。

木婉清無暇去拔左肩上的鋼錐，強忍疼痛，向瑞婆婆急攻兩劍，向使劍漢子刺出一劍，這三劍去勢奧妙，瑞婆婆右頰立時劃出一條血痕，使劍漢子頸邊爲劍鋒一掠而過。兩人受傷雖輕，但中劍部位卻是要害，大驚之下，同時向旁跳開，伸手往劍傷上摸去。

木婉清暗叫：「可惜，沒殺了這兩個傢伙。」吸一口氣，縱聲呼嘯，黑玫瑰奔將過來。木婉清縱身躍上，順手拉住段譽後頸，將他提上馬背。二人共騎，向西急馳。

沒奔出十餘丈，樹林後忽然齊聲吶喊，十餘人竄出來橫在當路。中間一個高身材的老者喝道：「小賤人，老子在此等候你多時了。」伸手便去扣黑玫瑰的轡頭。木婉清右手微揚，嗤嗤連聲，三枝短箭射了出去。人叢中三人中箭，立時摔倒。那老者一怔之下，木婉清一提韁繩，黑玫瑰驀地裏平空躍起，從一干人頭頂躍過。

衆人忌憚她毒箭厲害，雖發足追來，卻各舞兵刃護住身前，與馬上二人相距越來越遠。但聽那干人紛紛怒罵：「賊丫頭，又給她逃了！」「任你逃到天邊，也要捉到你來抽筋剝皮！」「大夥兒追啊！」

木婉清任由黑玫瑰在山中亂跑，來到一處山岡，只見前面是個深谷，只得縱馬下山，另覓出路。這無量山中山路迂迴盤旋，東繞西轉，難辨方向。

突然聽到前面人聲：「那馬奔過來了！」「向這邊追！」「小賤人又回來啦！」木婉清重傷之下，無力再鬥，忙拉轉馬頭，從右首斜馳出去。這時慌不擇路，所行的已非道路，幸虧黑玫瑰神駿，在滿山亂石的山坡上仍奔行如飛。又馳了一陣，黑玫瑰前腳突然一跪，右前膝在巖石上撞了一下，奔馳登緩，一跛一拐的顛蹶起來。

段譽心中焦急，說道：「木姑娘，你讓我下馬罷，你一個人容易脫身。他們跟我無冤無仇，便拿住了我也不打緊。」木婉清哼的一聲，道：「你知道甚麼？你是大理人，要是給他們拿住了，一刀便即砍了。」段譽道：「奇哉怪也，大理人這麼多，殺得光嗎？姑娘還是先走的爲是。」

木婉清左肩背上一陣陣疼痛，聽得段譽仍在囉唆不停，怒道：「你給我住口，不許多說。」段譽道：「好，那麼你讓我坐在你後面。」木婉清道：「幹甚麼？」段譽道：「我的斗篷罩在那胖婆婆頭上了。」木婉清道：「那又怎樣？」段譽道：「我褲子上破了幾個大洞，坐在姑娘身前，這個光……光……對著姑娘……嘿嘿，太……太也失禮。」

木婉清傷處痛得難忍，既好笑，又沒好氣，伸手抓住他肩頭，咬著牙一用力，只捏得他肩骨格格直響，喝道：「住嘴！」段譽吃痛，忙道：「好啦，好啦，我不開口便是。」

木婉清向段譽招了招手，說道：「你過來。」段譽一跛一拐的走到她身前。木婉清背脊向著南海鱷神，低聲道：「你是世上第一個見到我容貌的男子！」緩緩拉開了面幕。

四　崖高人遠

奔出數里，黑玫瑰走上了一條長嶺。山嶺漸見崎嶇，黑玫瑰行得更加慢了，背後吶喊聲隱隱傳來。段譽叫道：「黑玫瑰啊，今日說甚麼也要辛苦你些，勞你駕跑得快點兒罷！」木婉清嗤之以鼻，斥道：「廢話！」

又行里許，回頭望見刀光閃爍，追兵漸近。木婉清不住催喝：「快，快！」黑玫瑰奮蹄加快腳步，突然之間，前面出現一條深澗，闊約數丈，黑黝黝的深不見底。黑玫瑰一聲驚嘶，陡地收蹄，倒退幾步。

木婉清見前無去路，後有追兵，問道：「我要縱馬跳將過去。你隨我冒險呢，還是留下來？」段譽心想：「馬背上少了一人，黑玫瑰便易跳得多。」說道：「姑娘先過去，再用帶子來拉我。」木婉清回頭看去，見追兵已相距不過數十丈，說道：「來不及啦！」拉馬退了數丈，叫道：「噓！跳過去！」伸掌在馬肚上輕拍兩下。

黑玫瑰放開四蹄，急奔而前，到得深澗邊上，使勁縱躍，直竄過去。段譽但覺騰雲駕霧一般，一顆心也如要從腔中跳了出來。

黑玫瑰受了主人催逼，出盡全力的這麼一躍，前腳雙蹄勉強踏上了對岸，但兩邊委實相距太寬，牠徹夜奔馳，腿上又受了傷，後蹄終究沒能踏上山石，身子登時向深谷中墜落。

木婉清應變奇速，從馬背上騰身而起，隨手抓了段譽，向前竄出。段譽先著了地，木婉清跟著摔下，正好跌入他懷中。段譽怕她受傷，雙手牢牢抱住，只聽得黑玫瑰長聲悲嘶，已墮入下面萬丈深谷。

木婉清心中難過，忙掙脫段譽的抱持，奔到澗邊，但見白霧封谷，已看不到黑玫瑰的身軀，突然間一陣眩暈，只覺天旋地轉，腳下一軟，登時昏倒在地。

段譽大驚，生怕她摔入谷中，忙上前扶住，見她雙目緊閉，已暈了過去。正沒做理會處，忽聽對澗有人大聲叫道：「放箭，放箭！射死兩個小賊！」段譽抬起頭來，見對澗已站了七八人，忙俯身抱起木婉清，轉身急奔，突然颼的一聲，一枝羽箭從耳畔擦過。

他跌跌撞撞的衝了幾步，蹲低身子，抱著木婉清而行，颼的一聲，又有一箭從頭頂飛過。段譽見左首有塊大巖石，當即撲過去躲在石後，霎時間但聽得噗噗噗之聲不絕，無數暗器打在石上，彈了開去。段譽一動也不敢動，突然呼的一聲，一塊拳頭大的石子投了過來，飛過巖石，落在他身旁，投石之人顯是膂力極強，居然將這麼大一塊石頭投出十數丈外，幸好相距遠了，難取準頭。段譽心想此處未脫險境，當下抱起木婉清，一鼓作氣的向前疾奔，奔出十餘丈，料想敵人的羽箭暗器再也射不到了，這才止步。

他喘了幾口氣，將木婉清穩穩放上草地，轉身縮在山巖之後，向前望去。只見對崖上黑壓壓的站滿了人，指手劃腳，紛紛議論，偶爾山風吹送過來幾句，都是怒罵呼喝之言，看來這些人一時沒法追得過來。段譽心想：「倘若他們繞著山道，從那一邊爬上山來，咱二人仍是沒法得脫毒手。」

快步走向山崖彼端望去，不由得嚇得腳也軟了，幾乎站立不定。只見崖下數百丈處波濤洶湧，一條碧綠大江滾滾而過，原來已到了瀾滄江邊。江水湍急無比，從這一邊是無論如何上不來的，但敵人倘若走到谷底，越過深澗斷崖，再攀援而上，終究能過來殺人。他嘆了口氣，心想暫脫危難，也是好的，以後如何，且待事到臨頭再說，適才說過的那句話又湧向心頭：「多活得半日，卻也不無小補。」

回到木婉清身邊，見她仍昏迷未醒，正想設法相救，只見她背後左肩上赫然插著一枚鋼錐，鮮血染滿了半邊衣衫。段譽一驚，在馬背上時坐在她身前，適才倉皇逃命，沒發覺她竟受此重傷，第一個念頭便是：「莫非她已經死了？」忙拉開她面幕，伸指到她鼻底一試，幸好微微尚有呼吸，心想：「須得拔去鋼錐，止住流血。」伸手抓住錐柄，咬緊牙關，用力上拔，鋼錐應手而起。他不知閃避，一股鮮血噴得滿頭滿臉都是。

木婉清痛得大叫一聲，醒了轉來，跟著又即暈去。

段譽死命按住她傷口，不讓鮮血流出，但血如泉湧，卻那裏按得住？他無法可施，隨手在地下拔些青草，嚼爛了敷上她傷口，鮮血湧出，立將草泥沖開，忽地記起：「先前她中了鉤傷，曾從懷中取出藥來敷上，不久便止了血。」輕輕伸手到她懷中，將觸手所及的物事一一掏出，除了裝著鍾靈年庚的那隻小金盒外，另有一隻黃楊木梳、一面小銅鏡、兩塊粉紅色手帕，還有三隻小木盒、一個瓷瓶。他見到這些閨閣之物，一呆之下，方始意會到眼前這人是個姑娘，自己伸手到她衣袋中亂掏亂尋，未免太也無禮，而這些梳鏡巾盒之屬，跟這個殺人不眨眼的魔頭卻又實在難以聯在一起。

他記不起木婉清先前用甚麼傷藥治傷，只曾見她從瓷瓶中倒了些綠色粉末給司空玄，冒充是童姥的靈藥，也不知這些綠粉能不能止血。揭開一隻盒子，幽香撲鼻，見盒中盛的似是胭脂。第二隻盒子裝的是半盒白色粉末，第三盒是黃色粉末，放近鼻端嗅了嗅，白色粉末並無氣息，黃色粉末卻極辛辣，一嗅之下，登時打個噴嚏，心想：「不知這是金創藥，還是殺人的毒藥？倘若用錯了，豈不糟糕！」伸指力捏木婉清的人中，過了半晌，她微微睜開眼來。

段譽大喜，忙問：「木姑娘，那一盒藥能止血治傷？」木婉清道：「紅色的。」說了三字，又閉上眼睛。段譽再問：「紅色的？」她便不答了。段譽好生奇怪，心想紅色的這一盒明明是胭脂，怎能治傷？但她既如此說，且試一試再說，總是勝於將毒藥敷上了傷口。

於是將她傷口附近的衣衫撕破一些，伸指挑些胭脂，輕輕敷上。手指碰到她傷口時，木婉清迷迷糊糊中仍然覺痛，身子一縮。段譽安慰道：「莫怕，莫怕，咱們先止了血再說！」說也奇怪，這胭脂竟具靈效，塗上傷口不久，流血便慢慢少了；又過一會，傷口中滲出淡黃色水泡。段譽心道：「金創藥也做得像胭脂一般，搽在雪白的皮肉上也眞好看。」

他累了半天，到這時心神才略爲寧定，聽得對崖上叫罵喧嘩聲已然止息，尋思：「莫非他們眞的從谷中攻上來麼？」伏在地下爬到崖邊張望，不出所料，果見對面山崖上十餘人正慢慢向谷底攀援而下。山谷雖深，總有盡頭，這些人只須到了谷底，便可攀到這邊崖上，看來最多過得兩三個時辰，敵人便即攻到。

雖身處絕境，總不能束手待斃，相度四周地勢，見處身所在是座高崖，一面臨江，三面皆是深谷，無路可逃，他長長嘆了口氣，將木婉清抱到一塊突出的巖石底下，以避山風與敵人暗器，然後弓著身子搬集石塊，聚在崖邊低窪處。崖上亂石滿地，沒多時便搬了五六百塊。諸事就緒，便坐在木婉清身旁閉目養神。

這一坐倒，便覺光屁股坐在沙礫之上，刺得微微生痛，心道：「我二人這是『夬卦』，『九四，臀無膚，其行次且；牽羊悔亡，聞言不信。』『次且』者，趦趄也，卻行不順也，這一卦再準也沒有了。我是『臀無膚』。這『膚』字如改成個『褲』字，就更加妙。她老是說男子愛騙人，正是『聞言不信』。可是她『牽羊悔亡』，我豈不是成了一隻羊？但不知她是不是後悔？」

他徹夜未睡，實已疲累不堪，想了幾句《易經》，便欲睡去，然知敵人不久即至，卻那裏敢睡著？只聞到木婉清身上發出陣陣幽香，適才試探她鼻息之時，曾揭起她鼻子以下的面幕，當時懸念她生死，沒留神她嘴巴鼻子長得如何，這時卻不敢無端端的再去揭開她面幕瞧個清楚，回想起來，似乎她臉上肌膚白嫩，至少不會是她所說的那般「滿臉大麻皮」。

此刻木婉清昏迷不醒，倘若悄悄揭開她面幕，她決不會知道，他又想看，又不敢看，思潮起伏：「我跟她在此同生共死，十九要同歸於盡，倘若直到一命嗚呼之時仍不曾見過她一面，豈非死得好冤？」但心底隱隱又怕她當眞是滿臉的大麻皮，尋思：「她若不是醜逾常人，何以老是戴上面幕，不肯以眞面目示人？這姑娘行事兇惡，料想和『清秀美麗』四字無緣，不看也罷。」

一時心意難決，要想起個卦來決疑，卻越來越倦，竟爾朦朦矓矓的睡去了。

也不知睡了多少時候，突然間聽到喀喇聲響，一驚而醒，忙奔到崖邊，只見五六名漢子正悄沒聲的從這邊山崖攀將上來，石塊受觸，墮下出聲。山崖陡峭，那些人上得甚難。段譽暗叫：「好險，好險！」拿起一塊石頭，向崖邊投下，叫道：「別上來，否則我可不客氣了。」

他居高臨下，投石極便，攀援上山的眾漢子和他相距數十丈，暗器射不上來，聽到他的叫聲，便即停步，遲疑了片刻，隨即在山石後躲躲閃閃的繼續爬上。段譽將五六塊石頭亂投下去，只聽得啊、啊兩聲慘呼，兩名漢子遭石塊擊中，墮入深谷，自必粉身碎骨而亡。其餘漢子見勢頭不對，紛紛轉身下逃，一人逃得急了，陡崖上一個失足，料必又是摔得身如肉漿。

段譽自幼從高僧學佛，連武藝也不肯學，此時生平第一次殺人，不禁嚇得臉如土色。他原意是投石驚走眾人，不意竟連殺兩人，又累得一人摔死，雖知若不拒敵，敵人上山後自己與木婉清必然無倖，但終究難過之極。

他呆了半晌，回到木婉清身邊，見她已然坐起，倚身山石。段譽又驚又喜，道：「木姑娘，你……你好啦！」木婉清不答，目光從面幕的兩個圓孔中射出來，凝視著他，頗有嚴峻兇惡之意。段譽柔聲勸道：「你躺著再歇一會兒，我去找些水給你喝。」

木婉清道：「有人想爬上山來，是不是？」

段譽眼中淚水奪眶而出，舉袖擦了擦眼淚，嗚咽道：「我失手打死了兩人，又……又嚇得……嚇得跌死了一人。」木婉清見他哭泣，好生奇怪，問道：「那便怎樣？」段譽嗚咽道：「上天有好生之德，我……我無故殺人，罪業非小。」頓足又道：「這三人家中或有父母妻兒，聞知訊息，定必悲傷萬分，我……我如何對得起他們？如何對得起他們的家人？」木婉清冷笑道：「你也有父母妻兒，是不是？」段譽道：「我父母是有的，妻兒卻還沒有。」

木婉清眼光中閃過一陣奇怪神色，這目光一瞬即逝，隨即回復原先鋒利如刀、寒若冰的神情，說道：「他們上得山來，殺不殺你？殺不殺我？」段譽道：「那多半是要殺的。」木婉清道：「哼！你是寧可讓人殺死，卻不願殺人？」

段譽沉吟道：「倘若單是爲我自己，我決不願殺人。不過……不過，我不能讓他們害你。」木婉清厲聲道：「爲甚麼？」段譽道：「你救過我，我自然要救你。」木婉清道：「我問你一句話，你若有半分虛言，我袖中短箭立時取你性命。」說著右臂微抬，對準了他。段譽道：「你殺了這許多人，原來短箭是從袖中射出來的。」

木婉清道：「獃子，你怕不怕我？」段譽道：「你又不會殺我，我怕甚麼？」木婉清狠狠的道：「你惹惱了我，姑娘未必不殺你。我問你，你見過我的臉沒有？」段譽搖搖頭，道：「沒有。」木婉清道：「當眞沒有？」她話聲越來越低，額上面幕濕了一片，顯是用力多了，冷汗不住滲出，但話聲仍極嚴峻。

段譽道：「我何必騙你？你其實不用『聞言不信』。」木婉清道：「我昏去之時，你何以不揭我面幕？」段譽搖頭道：「我只顧治你背上傷口，沒想到此事。」木婉清又氣又急，喘息道：「你……你見到我背上肌膚了？你……你在我背上敷藥了？」段譽道：「是啊，你的胭脂膏眞靈，我萬萬料想不到這居然是金創妙藥。」

木婉清道：「你過來，扶我一扶。」段譽道：「好！你原不該說這許多話，多歇一會，再想法子逃生。」說著走過去扶她，手掌尚未碰到她手臂，突然間啪的一聲，左頰上熱辣辣的吃了記耳光。她雖在重傷之餘，出手仍極沉重。

段譽給她打得頭暈眼花，身子打了個旋，雙手捧住面頰，怒道：「你……你幹麼打我？」木婉清怒道：「大膽小賊，你……你竟敢碰我身上肌膚，竟敢……竟敢偷看我的背脊……」急怒之下，登時暈倒，橫斜在地。

段譽一驚，也不再惱她掌摑之辱，忙搶過去扶起。只見她背脊上又有大量血水滲出，適才她出掌打人，使力大了，本在慢慢收口的傷處復又破裂。

段譽一怔：「木姑娘怪我不該碰她身上肌膚，但若不救，她勢必失血過多而死。事已如此，只好從權，最多不過給她再打兩記耳光而已。」撕下衣襟，給她擦去傷口四周的血漬，但見她肌膚晶瑩如玉，皓白如雪，更聞到陣陣幽香，這時不敢多看，匆匆忙忙的挑些胭脂膏兒，敷上傷口，喃喃的道：「你的背脊我看是看的，但不是偷看。」

這一次木婉清不久便即醒轉，一睜眼，便向他惡狠狠的瞪視。段譽怕她再打，離得遠遠地。木婉清道：「你……你又……」覺到背上傷口處陣陣清涼，知段譽又爲自己敷上了新藥。段譽道：「我……我不能見死不救。」木婉清不住喘氣，沒力氣說話。

段譽聽到左首淙淙水聲，走將過去，見是一條清澈山溪，於是洗淨了雙手，俯下身去喝了幾口，雙手捧著一掬清水，走到木婉清身邊，道：「張開嘴來，喝水罷！」木婉清微一遲疑，流了這許多血後，委實口渴得厲害，於是揭起面幕一角，露出嘴來。

其時日方正中，明亮的陽光照在她下半張臉上。段譽見她下頦尖尖，臉色白膩，一如其背，光滑晶瑩，連半粒小麻子也沒有，一張櫻桃小口靈巧端正，嘴唇甚薄，兩排細細的牙齒便如碎玉一般，不由得心中一動：「她……她實是個絕色美女啊！」這時溪水已從手指縫中不住流下，濺得木婉清半邊臉上都是水點，有如玉承明珠，花凝曉露。段譽一怔，便不敢多看，轉頭向著別處。

木婉清喝完了他手中溪水，道：「還要，再去拿些來。」段譽依言再去取水，接連捧了三次，她方始解渴。

段譽爬到崖邊張望，見對面崖上還留著七八名漢子，各持弓箭，監視著這邊。再向山谷中望時，不見有人爬上，料想敵人決不會就此死心，勢必是另籌攻山之策。

他搖了搖頭，又到溪邊捧些水喝了，再洗去臉上從木婉清傷口中噴出來的血漬，心想：「那斷腸散的解藥，吃不吃其實也不相干，不過還是吃了罷。」從懷中取出瓷瓶，倒些解藥送入口中，和些溪水吞服了，心道：「這解藥苦得很，遠不如斷腸散甜甜的好吃。唉，想不到木姑娘竟這般美貌。最好是來個『睽』卦『初九』：『喪馬』，『見惡人無咎』。」又想：「這崖頂上有水無食，敵人其實不必攻山，數日之後，咱二人餓也餓死了。」垂頭喪氣的回到木婉清身前，說道：「可惜這山上沒果子，否則也好採幾枚來給你充飢。」

木婉清道：「這些廢話，說來有甚麼用？」過了一會，問道：「你怎麼識得鍾家小妞兒的？」段譽將如何在劍湖宮中初識鍾靈、自己如何受辱而承她相救等情由說了。木婉清一聲不響的聽完，冷笑道：「你不會武功，卻多管江湖上閒事，不是活得不耐煩了麼？」段譽歉然道：「我自作自受，也沒話好說，只是連累姑娘，心中好生不安。」

木婉清道：「你連累我甚麼？這些人的仇怨是我自己結下的，世上便沒你這個人，他們還不是一般的來圍攻我？只不過若沒有你，我便可以了無牽掛……殺個……殺個痛快，給他們亂刀分屍，也勝於在這荒山上餓死。」她說到「了無牽掛」四字，頓了一頓，覺得親口承認牽掛於他，大是不該，不由得臉上一陣發燒。只是面幕遮住了她臉，段譽全沒覺得，而她語音有異，段譽也沒留神，只安慰她道：「姑娘休息得幾天，待背上傷處好了，那時再衝殺出去，他們也未必攔得住你。」木婉清冷笑道：「你倒說得稀鬆平常，我這傷幾天之內怎好得了？對方好手著實不少……」

猛聽得對面崖上一聲厲嘯，只震得羣山鳴響。木婉清不禁全身一震，顫聲道：「那……那是誰？內功這等了得？」一伸手，抓住了段譽的手臂。只聽得嘯聲迴繞空際，久久不絕，羣山所發出的回聲來去衝擊，似乎羣鬼夜號，齊來索命。其時雖是天光白日，段譽於一刹那間好似眼前天也黑了下來。過了良久，嘯聲才漸漸止歇。

木婉清道：「這人武功厲害得緊，我說甚麼也是沒命的了。你……你快快想法子逃命去罷，不用再管我了。」段譽微笑道：「木姑娘，你把段譽看得忒也小了。我姓段的雖然名譽極壞，也不至於壞到這樣。」

木婉清一雙妙目向他凝視半晌，目光中竟流露不勝淒婉之情，柔聲道：「『名譽極壞』甚麼的，是我跟你鬧著玩的，你別放在心上。你又何苦要陪著我一起死，那……那又有甚麼用？你逃得性命，有時能想念我一刻，也就是了。」

段譽從未聽過她說話如此溫柔，這嘯聲一起，她突然似乎變作了另一個人，只不過她惡狠狠、冷冰冰的說慣了，這些斯斯文文的話說來不免有些生硬，微笑道：「木姑娘，我喜歡聽你這麼說話，那才像是個斯文美貌的好姑娘。我不是有時會想念你一刻，我會時時刻刻想念你。」木婉清哼的一聲，道：「時時刻刻想念我，那不累麼？」

段譽道：「不累，不累，想到你就會甜甜的。」木婉清摸了摸自己臉頰，冷笑道：「想到我打你，就會痛痛的……」突然厲聲道：「你怎知我美貌？你見過我的容貌了，是不是？」手上一緊，便如一隻鐵箍般扣住了段譽手臂。段譽嘆了口氣，道：「我拿水給你喝時，見到你一半臉孔。便只一半容貌，便是世上罕有的美人兒。」

木婉清雖然兇狠，終究是女孩兒家，得人稱讚，不免心頭竊喜，何況她長帶面幕，向來只聽別人稱讚自己武功了得，從沒讚她容貌的，心中一高興，便放鬆了手，道：「你快去躲了起來，不論見到甚麼，都不許出來。只怕那人頃刻間便要上來了。」

段譽吃了一驚，道：「不能讓他上來。」跳起身來，奔到崖邊，突然間眼前一花，只見一個黃色人影快速無倫的正撲上山來。山坡極爲陡削，那人卻登山如行平地，比之猿猴猶更矯捷。段譽心下駭然，叫道：「喂，你再上來，我要用石頭擲你了！」那人哈哈大笑，反而縱躍得更加快了。

段譽見他在這一笑之間，便又上升了丈許，無論如何不能讓他上山，但又不願再殺傷人命，便拾起一塊石頭在那人身旁幾丈外投了下去。石頭雖不甚大，但自高而落，呼呼聲響，勢道頗足驚人，段譽叫道：「喂，你瞧見了麼？要是我投在你身上，你便沒命了，快快退下去罷。」那人冷冷笑道：「臭小子，你不要狗命了？敢對我這等無禮！」

段譽見他又縱上數丈，情勢已漸危急，當下舉起幾塊石頭，對準他頭頂擲了下去，雙目一閉，不敢瞧他墮崖而亡的慘狀。只聽得呼呼兩聲，那人縱聲長笑。段譽心中奇怪，睜開眼來，但見幾塊石頭正向深谷中跌落，那人卻絲毫無恙。段譽這一下可就急了，忙將石頭接二連三的向他擲去。

那人待石頭落到頭頂，伸掌推撥，石頭便即飛開，有時則輕輕一躍，避過石頭。段譽一口氣投了三十多塊石頭，只不過略阻他上躍之勢，卻損不到他毫髮。段譽眼見他越躍越近，再也奈何他不得，猙獰可怖的面目已隱約可辨，忙回身奔到木婉清身旁，叫道：「木……木姑娘，那……那人好生厲害，咱們快逃。」

木婉清冷冷的道：「來不及啦。」段譽還待再說，猛然間背心上一股大力推到，登時凌空飛出，一交摔入樹叢，只跌得昏天黑地，幸好著地處長滿了矮樹，除了臉上擦破數處，並未受傷。他掙扎著爬起，只見那人已站在木婉清之前。

段譽快步奔前，擋在木婉清身前，問道：「尊駕是誰？為何出手傷人？」木婉清驚道：「你……你快逃，別在這裏。」

那人哈哈大笑，說道：「逃不了啦。老子是南海鱷神，武功天下第……第……嘿嘿，兩個小娃娃一定聽到過我的名頭，是不是？」

段譽心中怦怦亂跳，強自鎮定，向那人瞧去，第一眼便見到他一個腦袋大得異乎尋常，一張闊嘴中露出白森森的利齒，一對眼睛卻又圓又小，便如兩顆豆子，兩眼之下隔了好遠，才有個圓圓的朝天鼻子。小眼中光芒四射，向段譽臉上骨碌碌的一轉，段譽不由得打了個寒噤。但見他中等身材，上身粗壯，下肢瘦削，頦下一叢鋼刷般的鬍子，根根挺出，卻瞧不出他年紀多大。身上一件黃袍，長僅及膝，袍子是上等錦緞，甚是華貴，下身卻穿著條粗布褲子，污穢襤褸，顏色難辨。十根手指又尖又長，宛如鷄爪。段譽初見時只覺此人相貌醜陋，但越看越覺他五官形相、身材四肢，甚而衣著打扮，盡皆不妥當到了極處。

木婉清道：「你過來，站在我身旁。」段譽道：「他……他會不會傷你？」木婉清冷笑道：「憑你這點點微末道行，能擋得住『南海鱷神』嗎？」但見他居然奮不顧身的來保護自己，卻也不禁感動。

段譽心想不錯，這怪人如要逐走自己，原只一舉手之勞，倒是別惹怒他才是，於是站到木婉清身畔，說道：「原來尊駕是『南海鱷神』，武功天下第……第……那個，久聞大名，如雷貫耳。在下這幾天來見識了不少英雄好漢，實以尊駕的武功最厲害。我投了幾十塊石頭打你，居然一塊也打不著。尊駕武功高強，了不起之至。」心想：「我大送高帽，不免卑鄙，可是他的確武功高強，這馬屁倒也不是違心之拍。」

南海鱷神聽段譽大讚他武功厲害，得意之極，乾笑了兩聲，道：「小子的本領稀鬆平常，眼光倒還不錯。你滾開罷，老子饒你性命。」段譽大喜，道：「那你老人家連木姑娘也一起饒了罷！」南海鱷神一雙圓眼一沉，一伸手，將段譽推得登登登接連退出幾步，沉聲道：「你走上一步，老子便不饒你了。」段譽心想：「這種江湖人物說得出，做得到，我還是站著不動的爲妙。」

只見南海鱷神圓睜一雙小眼，不住向木婉清打量，問道：「『小煞神』孫三霸是你殺的，是不是？」木婉清道：「不錯。」南海鱷神道：「他是我心愛的弟子，你知不知道？」段譽暗暗叫苦：「糟糕，糟糕！木姑娘殺了他的心愛弟子，這事就不易善罷了。我就是給他連戴十頂高帽子，只怕也不管事。」木婉清道：「殺的時候不知道，過了幾天才知道。」南海鱷神道：「你怕我不怕？」木婉清道：「不怕！」南海鱷神一聲怒吼，聲震山谷，喝道：「你膽敢不怕我？你……你好大的膽子！仗著誰的勢頭了？」

木婉清冷冷的道：「我便是仗了你的勢頭。」南海鱷神一呆，喝道：「胡說八道！你能仗我甚麼勢頭了？」木婉清道：「你位列『四大惡人』，這麼高的身分，這麼大的威名，豈能跟一個身受重傷的女子動手？」這幾句話捧中有套，南海鱷神一怔之下，仰天大笑，說道：「這話倒也有理。」

段譽聽到「四大惡人」四字，心想原來他是鍾靈之父鍾萬仇請來的朋友，不妨拉拉鍾萬仇的交情，或許有點用處，待聽他說「這話倒也有理」，忙道：「江湖上到處都說南海鱷神是大大的英雄好漢，別說決不欺侮受了傷的女子，便是受了傷的男子也不打。大家又說，南海鱷神連單身男人也不打，對手越多，他打起來越高興，這才顯得他老人家武功高強！」

南海鱷神瞇著一對圓眼，笑吟吟的聽著，不住點頭，問道：「這話倒也有理。你聽誰說的？」段譽道：「無量劍東宗掌門左子穆，西宗掌門辛雙清，神農幫幫主司空玄，萬劫谷谷主『見人就殺』鍾萬仇，他夫人『俏藥叉』甘寶寶，還有來自江南的瑞婆婆、平婆婆，嘿嘿，太多，太多，我也記不清那許多了。」

南海鱷神點頭道：「你這小子有意思。下次你聽到有誰說老子英雄了得，須得牢牢記住他姓名。」轉頭問木婉清道：「聽說你武功不錯啊，怎地會受了重傷，是給誰傷的？」

木婉清悻悻的道：「他們四個打我一個啊。倘若是你南海鱷神，當然不怕，敵人越多越好，我可不成了。」南海鱷神道：「這話倒也有理。四個人打一個姑娘，好不要臉。」段譽忙道：「是啊！眞正的英雄好漢，連單打獨鬥也不幹，那有四個打一個之理？只可惜你老人家當時沒見到，否則你一手一個，登時便將他們打得筋折骨斷。」南海鱷神搖頭道：「不對！不對！不對！」

他大腦袋一搖，說聲「不對」，段譽心中就是一跳，他連說三聲「不對」，段譽心中大跳了三下，不知甚麼地方說錯了，卻聽他道：「我不把人家打得筋折骨斷。我只這麼喀喇一聲，扭斷了他龜兒子的脖子。筋折骨斷，不一定死，那不好玩。扭斷脖子，龜兒子就活不成了。你如不信，我就扭斷了你的脖子試試。」

段譽忙道：「我信，我信，那倒不用試了。」隨即記起，鍾萬仇的家人進喜兒接待「四大惡人」之一的岳老二，只因叫錯了一句「三老爺」，又說他是「大大的好人，不是惡人」，便給他扭斷了脖子，看來這人便是岳老二了，說道：「是啊，你是惡得不能再惡的大惡人，有人說你是岳老二，我說該當叫岳老大才是。你岳老大扭斷人脖子，那裏還能讓他活命？」

南海鱷神大喜，抓住了他雙肩連連搖晃，笑道：「對，對！你這小子眞聰明，知道我是惡得不能再惡的大惡人。岳老大不成，老二是不錯的。」

段譽只給他抓得雙肩疼痛入骨，仍強裝笑容，說道：「誰說的？『岳老大』三字，當之無愧。」心中暗自慚愧：「段譽啊段譽，你爲了要救木姑娘，說話太也無恥，諂諛奉承，全無骨氣。聖賢之書，讀來何用？」又想：「倘若爲我自己，那是半句違心之論也決計不說的，貪生怕死，算甚麼大丈夫？不過爲了木姑娘，只得委屈一下了。易彖曰：『柔順利貞，君子攸行』，以柔克剛，不失爲君子之行。」言念及此，心下稍安。

南海鱷神放開段譽肩頭，向木婉淸道：「岳老二是英雄好漢，不殺受了傷的女子：

……」段譽心想：「他始終不敢自居老大，不知那個老大更是何等惡人？」生怕得罪了他，不敢多問。只聽他續道：「……下次待你人多勢衆之時，我再殺你便了，今日不能殺你了。我且問你，我聽人說，你長年戴了面幕，不許別人見你容貌，倘若有人見到了，你如不殺他，便得嫁他，此言可眞？」

段譽大吃一驚，只見木婉清點了點頭，不由得驚疑更甚。

南海鱷神道：「你幹麼立下這個怪規矩？」木婉清道：「這是我在師父跟前立下的毒誓，若非如此，師父便不傳我武藝。」南海鱷神問道：「你師父是誰？這等希奇古怪，亂七八糟，放屁，放屁！」木婉清傲然道：「我敬重你是前輩，尊你一聲老人家。你出言不遜，辱我師父，卻是不該。」

南海鱷神手起一掌，擊在身旁一塊大石之上，登時石屑紛飛，幾粒石屑濺到段譽臉上，彈得他甚是疼痛。段譽暗想：「一個人的武功竟可練到這般地步，如果擊上血肉之軀，別人還有命麼？」卻見木婉清目不稍瞬，渾不露畏懼之意。

南海鱷神向她瞪視半晌，道：「好，算你說得有理。你師父是誰？嘿嘿，這等……這等……嘿嘿。」木婉清道：「我師父叫做『幽谷客』。」南海鱷神沉吟道：「『幽谷客』？沒聽見過。沒名氣！」段譽忙插嘴道：「她師父隱居幽谷，才叫『幽谷客』啊！怎能跟你這般大名鼎鼎的大人物相比？」

南海鱷神點頭道：「這話倒也有理。」突然提高聲音，喝問木婉清：「我那徒兒孫三霸，是不是想看你容貌，因而給你害死？」木婉清冷冷的道：「你知道自己徒兒的脾氣。他只消學得你本事十成中的一成，我便殺他不了。」南海鱷神點頭道：「這話倒也有理。」但想到自己這一門的規矩，向來一徒單傳，孫三霸一死，十餘年傳功督導的心血化爲烏有，越想越惱，大喝一聲：「他媽的！」

木婉清和段譽見他一張臉皮突轉焦黃，神情猙獰可怖，都心下駭然，只聽他大聲喝道：「我要給徒兒報仇！」

段譽說道：「岳二爺，你說過不傷木姑娘的。再說，你徒兒學不到你武功的一成，死了反而更好，免得活在世上，讓你大失面子。」南海鱷神點頭道：「這話倒也有理。岳老二的面子是萬萬失不得的。」問木婉清道：「我徒兒看到了你容貌沒有？」木婉清咬牙道：「沒有！」南海鱷神道：「好！三霸這小子死不瞑目，讓我來瞧瞧你的相貌。看你到底是個醜八怪，還是個天仙般的美女。」

木婉清這一驚當眞非同小可，自己曾在師父之前立下毒誓，倘若南海鱷神伸手來強揭面幕，自己自然無法殺他，難道能嫁給此人？忙道：「你是武林中的成名高人，豈能作這等卑鄙下流之事？」

南海鱷神冷笑道：「卑鄙下流，打甚麼緊？我是惡得不能再惡的大惡人，作事越惡越好。老子生平只一條規矩，乃是不殺無力還手之人。此外是無所不為，無惡不作，惡到天理不容。你乖乖的自己除下面幕來，不必麻煩老子動手。」木婉清顫聲道：「你當眞非看不可？」南海鱷神怒道：「你再囉裏囉唆，就不但除你面幕，連你全身衣衫也剝你媽個精光。老子不扭斷你脖子，卻扭斷你兩隻手、兩隻腳，這總可以罷？」

木婉清心道：「我殺他不得，惟有自盡。」向段譽使個眼色，叫他趕快逃生。段譽搖了搖頭，只見南海鱷神鋼鬚抖動，「嘿」的一聲，伸出鷄爪般的五指，便去抓她面幕。

木婉清一撳袖中機括，噗噗噗，三枝短箭如閃電般激射而出，一齊射中南海鱷神小腹。那知跟著啪啪啪三聲響，三枝箭都掉落在地，似乎他衣內穿著甚麼護身皮甲。木婉清身子一顫，又是三枝毒箭射出，兩枝奔向他胸膛，第三枝直射面門。射向他胸膛的兩枝毒箭仍如中硬革，落在地下。第三枝箭將到面門，南海鱷神伸出中指，輕輕在箭桿上一彈，那箭飛得無影無蹤。

木婉清抽出長劍，便往自己頸中抹去，但重傷之後，出手不快，南海鱷神一把搶過，擲在地下，嘿嘿兩聲冷笑，說道：「我的規矩，乃是不殺無力還手之人，你射我六箭，那是向我先動手了。我要先看看你的臉蛋，再取你小命。這是你自己先動手，可怪不得我壞了規矩。」

段譽叫道：「不對！」南海鱷神轉頭問道：「怎麼？」段譽道：「你是英雄好漢，

不能欺侮身受重傷的女子。」南海鱷神道：「她向我連射六枝毒箭，你沒瞧見麼？是身受重傷的女子欺侮英雄好漢，並不是英雄好漢欺侮身受重傷的女子。」段譽道：「這還是不對。」南海鱷神怒道：「怎麼還是不對？放屁！」段譽道：「你的規矩，乃是『不殺無力還手之人』這八個字，是不是？」南海鱷神圓睜豆眼，道：「不錯！」段譽道：「這八個字能不能改？」南海鱷神怒道：「老子的規矩定了下來，自然不能改。」段譽道：「一個字都不能改？」南海鱷神道：「半個字也不能改。」段譽道：「倘若改了，那是甚麼？」南海鱷神怒道：「那是烏龜兒子王八蛋！」

段譽道：「很好，很好！你沒有打木姑娘，木姑娘卻放箭射你，這並不是『還手』，這是『先下手爲強』。倘若你出手打她，她重傷之下，決計沒有招架還手之力。因此她是有力下手，無力還手。你如殺她，那便是改了你的規矩，你如改了規矩，那便是烏龜兒子王八蛋。」他幼讀儒經佛經，於文義中的些少差異，辨析甚精，甚麼「是不爲也，非不能也」，甚麼「白馬非馬，堅石非石」，甚麼「有相無性，非常非斷」，鑽研得一清二楚，當此緊急關頭，抓住了南海鱷神一句話，便跟他辯駁起來。

南海鱷神狂吼一聲，抓住了他雙臂，喝道：「你膽敢罵我是烏龜兒子王八蛋！」又開五指，便要伸向他頭頸。段譽道：「你如改了規矩，便是烏龜兒子王八蛋。倘若不改規矩，便不是烏龜兒子王八蛋。你愛不愛做烏龜兒子王八蛋，全瞧你改不改規矩。」

木婉清見他生死繫於一線，在這如此兇險的情境之下，仍「烏龜兒子王八蛋」的罵個不休，心想南海鱷神必定狂性大發，扭斷了他脖子，心下一陣難過，眼淚奪眶而出，轉過了頭，不忍再看。

不料南海鱷神給他這幾句話僵住了，心想我如扭斷了他的脖子，便是殺了一個無力還手之人，豈非成了烏龜兒子王八蛋？一對小眼瞪視著他，左手漸漸使勁。段譽的臂骨格格作響，幾欲斷折，痛得幾欲暈去，大聲道：「我無力還手，你快殺了我罷！」南海鱷神道：「我才不上你的當呢，你想叫我做烏龜兒子王八蛋，是不是？」說著提起他身子，重重往地下摔落。段譽只跌得眼前一片昏黑，似乎五臟六腑都碎裂了。

南海鱷神喃喃的道：「我不上當！我不殺你這兩個小鬼。」一伸手，抓住木婉清身上所披的綠緞斗篷，嘶的一聲，扯將下來。木婉清驚呼一聲，縮身向後。南海鱷神揚手揮出，那斗篷飛將起來，乘風飄起，宛似一張極大的荷葉，飄出山崖，落向瀾滄江上，飄飄蕩蕩的向下游飛去。南海鱷神獰笑道：「你不取下面幕，老子再剝你的衣衫！」

木婉清向段譽招了招手，說道：「你過來。」段譽一跛一拐的走到她身前，悽然搖頭。木婉清轉頭向他，背脊向著南海鱷神，低聲道：「你是世上第一個見到我容貌的男子！」緩緩拉開了面幕。

段譽登時全身一震，眼前所見，如新月清暉，若花樹堆雪，一張臉秀麗絕俗，只過於蒼白，沒半點血色，當因長時面幕蒙臉之故，兩片薄薄的嘴唇，也是血色極淡，雙目清亮，愁容中微帶羞澀。段譽但覺她楚楚可憐，嬌柔婉轉，忍不住憐意大生，只想摟她在懷，細加慰撫，保護她平安喜樂。

木婉清放下面幕，向南海鱷神道：「你要看我面貌，須得先問過我丈夫。」

南海鱷神奇道：「你已嫁了人麼？你丈夫是誰？」

木婉清指著段譽道：「我曾立過毒誓，若有那個男子見到了我臉，我如不殺他，便得嫁他。這人已見了我的容貌，我不願殺他，只好嫁他。」

段譽大吃一驚，道：「這……這個……」

南海鱷神一呆，轉過頭來。段譽見他一雙如蠶豆般的小眼向自己從上至下、又從下至上的細看，只給他瞧得心中發毛，背上發冷，只怕他狂怒之下，撲上來便扭斷自己脖子。忽聽南海鱷神「嘖嘖嘖」的讚美數聲，臉現喜色，說道：「妙極，妙極！快快轉過身來！」段譽不敢違抗，轉過身來。南海鱷神又道：「妙極，妙極！你很像我，你很像我！」

不管他說甚麼話，都不及「你很像我」這四字令段譽與木婉清如此詫異，均想：「這話莫名其妙之至，你武功高強，容貌醜陋，像你甚麼啊？何況還加上一個『很』字？」

南海鱷神一跳，躍到了段譽身邊，摸摸他後腦，揑揑他手腳，又在他腰眼裏用力揿了幾下，裂開了一張四字形的闊嘴，哈哈大笑，道：「你眞像我，眞的像我！」拉住了他手臂，道：「跟我去罷！」段譽摸不著半點頭腦，問道：「你叫我去那裏？」南海鱷神道：「跟著我去便是。快快叩頭！求我收你爲弟子。你一求，我立即答允。」

這一下當眞大出段譽意料之外，囁嚅道：「這個……這個……」

南海鱷神手舞足蹈，似乎拾到了天下最珍貴的寶貝一般，說道：「你手長足長，腦骨後凸，腰脅柔軟，聰明機敏，年紀不大，又是男人，眞是武學奇材。你瞧，我這後腦骨，不是跟你一般麼？」說著轉過身來。段譽見他後腦凸出，摸摸自己後腦，果覺自己的後腦骨和他似乎生得相像，那料到他說「你很像我」，只不過是兩人的一塊腦骨相似。

南海鱷神笑吟吟的轉身，說道：「咱們南海一派，向來有個規矩，每一代都是單傳，只能收一個徒兒。我那死了的徒兒『小煞神』孫三霸，後腦骨遠沒你生得好，他學不到我一成本事，死得很好，一乾二淨，免得我親手殺他，以便收你這個徒兒。」

段譽不禁打了個寒噤，心想這人如此殘忍毒辣，只要見到有人資質較好，便要殺了自己徒兒，以便另換弟子，別說自己不願學武，就算要學武功，也決計不肯拜這等人爲師。但自己倘若拒絕，大禍便即臨頭，正當無計可施之際，南海鱷神忽然大喝：「你們鬼鬼祟祟的幹甚麼？都給我滾過來！」

只見樹叢之中鑽出十幾個人來，瑞婆婆、平婆婆、那使劍漢子都在其內。原來南海鱷神一上崖頂，段譽不能再擲石阻敵，這一干人便乘機攀上高崖。
這些人伏在樹叢之中，雖都屏息不動，卻那裏逃得過南海鱷神的耳朵？他乍得段譽這等美質良材，大喜之際，一時倒也不發脾氣，笑嘻嘻的向瑞婆婆等橫了一眼，喝道：「你們上來幹甚麼？是來恭喜我老人家收了個好徒兒麼？」
瑞婆婆向木婉清一指，說道：「我們是來捉拿這小賤人，給夥伴們報仇。」
南海鱷神怒道：「這小姑娘是我徒兒的老婆，誰敢拿她？他媽的，都給我滾開！」
衆人面面相覷，均感詫異。
段譽大著膽子道：「我不能拜你為師。我早有了師父啦。」南海鱷神大怒，喝道：「你師父是誰？他的本領還大得過我麼？」段譽道：「我師父的功夫，料想你半點也不會。這《周易》中的『卦象』、『繫辭』，你懂麼？這『明夷』、『未濟』的道理，你倒說給我聽聽。」南海鱷神搔了搔頭皮，甚麼「卦象」、「繫辭」，甚麼「明夷」、「未濟」，果然連聽也沒聽見過，可不知是甚麼神奇武功。
段譽見他大有為難之色，又道：「看來這些高深的本事你都是不會的了。因此老英雄的一番好意，我只有心領了，下次我請師父來跟你較量較量，看誰的本事大。如你勝過了我師父，我再拜你為師不遲。」
南海鱷神怒道：「你師父是誰？我還怕了他不成？甚麼時候比武？」

段譽原是一時緩兵之計，沒料到他竟會眞的訂約比武，正躊躇間，忽聽得遠處傳來一陣尖銳悠長的鐵哨聲，越過數個山峯，破空而至。這哨聲良久不絕，吹哨者胸中氣息竟似無窮無盡、永遠不需換氣。崖上衆人初聽之時，也不過覺得哨聲悽厲，刺人耳鼓，但越聽越驚異，相顧差愕。

南海鱷神拍了拍自己後腦，叫道：「老大在叫我，我沒空跟你多說。你師父甚麼時候跟我比武？在甚麼地方？快說，快說！」

段譽吞吞吐吐的道：「這個……我可不便代我師父訂甚麼約會。你一走，這些人便將我們二人殺了，我怎能……怎能去告知我師父？」說著向瑞婆婆等人一指。

南海鱷神頭也不回，左手反手伸出，已抓住那使劍漢子的胸口，身向左側，右手五根手指按住他頭蓋，左手右轉，右手左轉，雙手交叉一扭，喀喇一聲，將那漢子的脖子扭斷了。那人臉朝背心，一顆腦袋軟軟垂將下來。他右手已將長劍拔出了一半，出手也算極快，但劍未出鞘，便已臉孔向後而斃，死相極爲古怪。

這漢子先前與木婉清相鬥，身手矯捷，曾揮劍擊落她近身而發的毒箭，但在南海鱷神這猶似電閃的一扭之下，竟沒半點施展餘地，旁觀衆人無不嚇得呆了。南海鱷神隨手甩出，將他屍身擲在一旁。瑞婆婆手下三名大漢齊聲虎吼，撲將上來。南海鱷神右足連踢三腳。三名大漢高高飛起，都摔入了谷中。慘呼聲從谷中傳將上來，羣山迴響，段譽只聽得全身寒毛直豎。瑞婆婆等無不嚇得倒退。

南海鱷神笑道：「喀喇一響，扭斷了脖子，好玩，好玩。老子扭一個脖子不夠，還要扭第二個。那一個逃得慢的，老子便扭斷他脖子。」

瑞婆婆、平婆婆等嚇得魂飛魄散，飛快的奔到崖邊，紛紛攀援而下。

南海鱷神連聲怪笑，向段譽道：「你師父有這本事嗎？你拜我為師，我即刻教你這門本事。你老婆武功不錯，她如不聽你話，你喀喇一下，就扭斷了她脖子……」

突然間鐵哨聲又作，這次卻是嘰嘰、嘰嘰的聲音短促，但仍連續不絕。南海鱷神叫道：「來啦，來啦！你奶奶的，催得這麼緊。」向段譽道：「你乖乖的等在這裏，別走開。」急步奔出，往崖邊縱身跳下。

段譽又驚又喜：「他這一跳下去，可不是死了麼？」奔到崖邊看時，只見他正一縱一躍的往崖下直落，一墮數丈，便伸手在崖邊一按，身子躍起，又墮數丈，過不多時，已在谷口的白雲中隱沒。

段譽伸了伸舌頭，回到木婉清身邊，笑道：「幸虧姑娘有急智，將這大惡人騙倒了。」木婉清道：「甚麼騙倒了？」段譽道：「這個……姑娘說第一個見到你面貌的男子，你便得……便得……」木婉清道：「誰騙人了？我立過毒誓，怎能不算？從今而後，你便是我的丈夫了。不過我不許你拜這惡人爲師，學了他的本事來扭我脖子。」

段譽一呆，說道：「這是危急中騙騙那惡人的，如何當得眞？我怎能做姑娘的……姑娘的……那個丈夫？不過不管做不做，我決不捨得扭你的脖子。」木婉淸扶著巖壁，顫巍巍的站起，顫聲道：「甚麼？你不要我麼？你嫌棄我，是不是？」

段譽見她惱怒之極，忙道：「姑娘身子要緊，這一時戲言，如何放在心上？」木婉淸跨前一步，啪的一聲，重重打了他個耳光，但傷後腿上無力，站立不定，一交摔在他懷中。段譽忙伸手摟住。木婉淸給他抱住了，想起他是自己丈夫，不禁全身一熱，怒氣便消，說道：「快放開我。」

段譽一抱到她柔軟的身子，心中柔情登生，說道：「別生氣，咱們慢慢商量。」扶著木婉淸坐倒，讓她靠在巖壁之上，心想：「她性子本已乖張古怪，重傷之後，只怕更加胡裏胡塗。眼下只有順著她些，她說甚麼，我便答應甚麼。這『困』卦中不是說『有言不信』嗎？既然遇『困』，也只好『有言不信』了。否則的話，我既做大惡人的徒弟，又做這惡姑娘的丈夫，我段譽豈不也成了小惡人了？欲名譽不壞亦不可得。」想到此處，不禁暗暗好笑，便柔聲慰道：「你休息一會，我去找些甚麼吃的。」

木婉淸道：「這高崖光禿禿地，有甚麼可吃的？好在那些人都給嚇走了。待我歇一歇，養足力氣，揹你下山。」段譽連連搖手，說道：「這個……這個……這萬萬不可，你路也走不動，怎麼還能揹我？」

木婉清道：「你寧可自己性命不要，也不肯離棄我。郎君，我木婉清雖是個殺人不眨眼的女子，卻也願為自己丈夫捨了性命。」這幾句話說來甚是堅決。

段譽道：「多謝你啦，你養養神再說。以後你不要再戴面幕了，好不好？」木婉清道：「你叫我不戴，我便不戴。」說著拉下了面幕。

段譽見到她清麗的容光，又是一呆，突然之間，腹中一陣劇烈的疼痛，不由得「啊喲」一聲，叫了出來。這陣疼痛便如一把小刀在肚腹中不住絞動，將他腸子一寸寸的割斷。段譽雙手按住肚子，額頭汗珠便如黃豆般一粒粒滲出來。

木婉清驚問：「你……你怎麼啦？」段譽呻吟道：「這……這斷腸散……斷腸散……」木婉清道：「啊喲，你沒服解藥嗎？」段譽道：「我服過了。」木婉清道：「只怕份量不夠。」從他懷中取出瓷瓶，倒些解藥給他服下，但見他仍痛得死去活來，拉著他坐在自己身旁，安慰道：「現下好些了麼？」段譽只痛得眼前一片昏黑，呻吟道：「越來越痛……越痛了。這解藥只怕是假……假的。」

木婉清怒道：「這司空玄使假藥害人，待會咱們去把神農幫殺個乾乾淨淨。」段譽道：「咱們……咱們給他的也是……也是假藥。司空玄以直報怨，倒也……倒也怪他不得。」木婉清怒道：「甚麼怪他不得？咱們給他假藥不打緊，他怎麼能給咱們假藥？」

伸袖子給他抹了抹汗，見他臉色慘白，不由得一陣心酸，垂下淚來，嗚咽道：「你……你不能就此死了！」將右頰湊過去貼住他左頰，顫聲道：「郎……郎君，你可別死！」

段譽的上身給她摟著，他一生之中，從未如此親近過一個青年女子，臉上貼的是嫩頰柔膩，耳中聽到的是「郎君、郎君」的嬌呼，鼻中聞到的是她身上的幽香細細，如何不令他神魂飄蕩？過得一會，腹中的疼痛漸漸止歇。原來司空玄所給的並非假藥，但這斷腸散實是霸道之極的毒藥，此時發作之期漸近，雖然服了解藥後毒性漸消，腹中卻難免一陣陣時歇時作的劇痛。這情形司空玄自然知曉，當時卻不敢明言，生怕惹惱了靈鷲宮聖使。

木婉清聽他不再呻吟，問道：「痛得好些了麼？」段譽道：「好一些了。不過……不過……」木婉清道：「不過怎樣？」段譽道：「如果你離開了我，只怕又要痛起來。」木婉清臉上一紅，推開他身子，嗔道：「原來你是假裝的。」

段譽羞得滿臉通紅，無地自容，腹中跟著一陣劇痛，忍不住又呻吟起來。

木婉清握住了他手，說道：「郎君，如果你死了，我也不想活了。咱倆同到陰曹地府，再結夫妻。」段譽不願她為自己殉情，說道：「不，不！你得先替我報仇，然後每年來掃祭我的墳墓。我要你在我墓上掃祭三十年、四十年，我這才死得瞑目。」木婉清道：「你這人眞怪，人死之後，還知道甚麼？我來掃墓，於你有甚麼好處？」

段譽道：「那你陪著我一起死了，我更加沒好處。喏，我跟你說，你這麼美貌，如果年年來給我掃一次墓，我地下有知，瞧著你也開心。你還沒來時，我就等著你來，那也挺開心。但如你陪著我一起死了，大家都變成了骷髏白骨，就沒這麼好看了。」

木婉清聽他稱讚自己，心下歡喜，但隨即想到，今日剛將自己終身託付於他，他轉眼卻便要死去，不由得珠淚滾滾而下。

段譽伸手摟住了她纖腰，只覺觸手溫軟，柔若無骨，心中又是一動，便低頭往她唇上吻去。他生平第一次親吻女子，不敢久吻，吻得片時，便即仰頭向後，痴痴瞧著她美麗的臉龐，嘆道：「只可惜我命不久長，這樣美麗的容貌，沒多少時刻能見到了。」

木婉清給她一吻之後，一顆心怦怦亂跳，紅暈生頰，嬌羞無限，本來全無血色的臉上更增三分艷麗，說道：「你是世間第一個瞧見我面貌的男子，你死之後，我便劃破臉面，再也不讓第二個男子瞧見我本來面目。」

段譽本想出言阻止，但不知如何，心中竟然感到一陣妒意，實不願別的男子再看到她這等容光艷色，勸阻之言到了口邊，竟說不出來，卻問：「你當年爲甚麼要立這麼一個毒誓？這誓雖然古怪，倒也……倒也挺好！」

木婉清道：「你既是我夫郎，說了給你聽那也無妨。我是個無父無母之人，一生出來便給人丟在荒山野地，幸蒙我師父救了去。她辛辛苦苦的將我養大，教我武藝。我師父說天下男子個個負心，假使見了我容貌，定會千方百計的引誘我失足，因此從我十四歲上，便給我用面幕遮臉。我活了十八年，一直跟師父住在深山裏，本來……」

段譽插口道：「嗯，你十八歲，小我一歲。」

木婉清點點頭，續道：「今年春天，我們山裏來了一個人，是師父的師妹『俏藥叉』甘寶寶派他送信來的……」段譽又插口道：「『俏藥叉』甘寶寶？那不是鍾靈的媽媽？」木婉清道：「是啊，她是我師叔。」突然臉一沉，道：「我不許你老是記著鍾靈這小鬼。你是我丈夫，就只能想著我一個。」段譽伸伸舌頭，做個鬼臉。

木婉清怒道：「你不聽話嗎？我是你妻子，也就只想著你一個，別的男子，我都當他們是豬、是狗、是畜生。」段譽微笑道：「我可不能。」木婉清伸手欲打，厲聲問道：「爲甚麼？」段譽笑道：「我的媽媽，還有你的師父，那不都是『別的女子』嗎？我怎能當她們都是畜生？」木婉清愕然，終於點了點頭，說道：「但你不能老是想著鍾靈那小鬼。」段譽道：「我沒老是想著她。你提到鍾夫人，我才想到鍾靈。」心想這些時候來竟全沒記掛鍾靈，不禁暗覺歉仄，又問：「你師叔的信裏說甚麼啊？」

木婉清道：「我不知道。師父看了那信，十分生氣，將那信撕得粉碎，對送信的人說：『我都知道了，你回去罷。』那人去後，師父哭了好幾天，飯也不吃，我勸她別煩惱，她不理會，也不肯說甚麼原因，只說有兩個女人對她不起。我說：『師父，你不用生氣。這兩個壞女人這麼害苦你，咱們就去殺了。』師父說：『對！』於是我師徒倆就下山來，要去殺這兩個壞女人。師父說，這些年來她一直不知，原來是這兩個壞女人害得她這般傷心，幸虧甘寶寶跟她說了，又告知她這兩個女人的所在。」

段譽心道：「只怕鍾夫人自己恨這兩個女子，卻要她師父去殺了她們。鍾夫人好似天眞爛漫、嬌嬌滴滴的，甚麼事都不懂，其實卻厲害得很，耍得自己丈夫團團轉的。」

木婉清續道：「我們下山之時，師父命我立下毒誓，倘若有人見到了我的臉，我若不殺他，便須嫁他。那人要是不肯娶我爲妻，或者娶我後又將我遺棄，那麼我務須親手殺了這負心薄倖之人。我如不遵此言，師父得知後便即自刎。我師父說得出，做得到，可不是隨口嚇我。」

段譽暗暗心驚：「天下任何毒誓，總說若不如此，自己便如何如何身遭惡報。她師父卻以自刎作爲要脅，這誓確是萬萬違背不得。」

木婉清又道：「我師父便如是我母親一般，待我恩重如山，我如何能不聽她的吩咐？何況她這番囑咐，全是爲了我好。當時我毫不思索，便跪下立誓。我師徒下得山來，便先到蘇州去殺那姓王的壞女人。可是她住的地方十分古怪，岔來岔去的都是小河港灣，我跟師父殺了那姓王壞女人的好些手下，卻始終見不到她本人。後來我師父說，咱二人分頭去找，一個月後倘若會合不到，便分頭到大理來，因爲另一個壞女人住在大理。那知這姓王壞女人手下有不少武功了得的男女奴才，瑞婆婆和平婆婆這兩個老傢伙，便是這羣奴才的頭腦。我寡不敵衆，邊打邊逃的便來到大理，找到了甘師叔。她叫我在她萬劫谷外的莊子裏住，說等我師父到來，再一起去殺大理那壞女人。不料我師父沒來，瑞婆婆這羣奴才卻先到了。以後的事，你就都知道了。」

她說得有些倦了，閉目養神片刻，又道：「我初時只道你便如師父所說，也像天下所有的男子一般，都是無情無義之輩。那知你借了我黑玫瑰去後，居然趕著回來向我報訊，這就不容易了。這羣奴才圍攻我，你不會武功，好心護著我。我……我又不是沒良心之人，心中自然感激。」段譽心道：「你將我拖在馬後，浸入溪水，動不動就打我耳光，原來是心中感激。對啦！若不是心中感激，早就一箭射死我了。」

木婉清又道：「你給我治傷，見到了我背心，我又見到了你的光屁股。我早在想，不嫁你只怕不行了。後來這南海鱷神苦苦相逼，我只好讓你看我的容貌。」說到這裏，轉頭向段譽凝視，妙目中露出脈脈柔情。

段譽心中一動：「難道，難道她眞的對我生情了麼？」說道：「你見到我光……光甚麼的，不用放在心上。剛才爲勢所迫，你出於無奈，那也不用非遵守這毒誓不可。」

木婉清大怒，厲聲道：「我發過的誓，怎能更改？你的光屁股挺好看麼？醜也醜死了。你如不願娶我，乘早明言，我便一箭將你射死，以免我違背誓言。」

段譽欲待辯解，突然間腹中劇痛又生，他雙手按住了肚子，大聲呻吟。木婉清道：「快說，你肯不肯娶我爲妻？」段譽道：「我……我肚子……肚子好痛啊！」木婉清道：「你到底願不願做我丈夫？」段譽心想反正這麼痛將下去，總是活不久長了，何必在身死之前又傷她的心，令她終身遺恨？「娶了這樣一個美女爲妻，當眞是上上大吉，《易》歸妹卦：『歸妹愆期，遲歸有時。』嗯，她不能即時嫁我，要遲些時候，那也不打緊。」突然之間，想到了那神仙姊姊，但想神仙姊姊可以爲師，可以膜拜，卻決不能爲妻，兩事並不矛盾，便道：「我……我願娶你爲妻。」

木婉清手指本已扣住袖中發射毒箭的機括，聽他這麼說，登時歡喜無限，一張俏臉如春花初綻，手離機括，笑吟吟的也摟住了他，說道：「好郎君，我給你揉揉肚子。」段譽道：「不，不！咱倆還沒成婚！男女……男女授受不親……這個……這個使不得。」木婉清道：「呸，怎地你剛才又親我了？」段譽道：「我見你生得太美，實在忍不住，可對不住了。」木婉清笑道：「也不用說對不住，你親我，我也很歡喜呢。」段譽心道：「她天眞無邪，眞情流露，可愛之極。」

木婉清撫摸他臉頰，柔聲說道：「段郎，我打你罵你，又拉著你在地下拖動，眞正對不住，請你別怪我罷！」段譽道：「我愛你親你，一點也不怪。我只想勸你一句話。自今而後，最好別胡亂殺人。子曰：『己所不欲，勿施於人。』你不想給人殺了，也就不該殺人。別人有了危難苦楚，該當出手幫助，才是做人的道理。」

木婉清道：「那麼我逢到危難苦楚，別人也來幫我麼？爲甚麼我遇見的人，除了師父和你之外，個個都想殺我、害我、欺侮我，沒一個好好待我？老虎豹子要咬我、吃我，我便將牠們殺了。那些人要害我、殺我，我自然也將他們殺了。又有甚麼不同？」這幾句話只問得段譽啞口無言，渾忘了腹中疼痛，只得道：「壞人要害你，爲了自衛，只得殺人。但好人卻不可亂殺，如不知他是好人壞人，也不可亂殺。」木婉清道：「等到知道他是壞人，他早已先把你殺了。還來得及麼？」段譽點頭苦笑，道：「這話倒也有理。」

木婉清哼了一聲，說道：「甚麼『這話倒也有理』？你還沒拜師父，倒已學會了師父的話。」段譽笑道：「南海鱷神還明白有理無理，那也就沒算惡得到家……」

忽聽得木婉清「啊」的一聲驚呼，撲入段譽懷中，叫道：「他……他又來了……」段譽轉過頭來，只見崖邊黃影一晃，南海鱷神躍了上來。

他見到段譽，裂嘴笑道：「你還沒磕頭拜師，我放心不下，生怕給那一個不要臉的傢伙搶先收了去做徒兒。老大說，甚麼事都是先下手爲強，後下手遭殃，好東西拿到了手才是你的，給人家搶去之後，再要搶回來就不容易了。老大的話總是不錯的，我打他不過，就得聽他的話。喂，小子，快快磕頭拜師罷！」

段譽心想此人要強好勝，愛戴高帽，但輸給老大卻直言不諱，眼見他左眼腫起烏青，嘴角邊也裂了一大塊，定是給那個老大打的，世上居然還有武功勝於他的，倒也奇了，拜師是決計不拜的，只有跟他東拉西扯，說道：「剛才老大吹哨子叫你去，跟你打了一架？」南海鱷神道：「是啊。」段譽道：「你一定打贏了，老大給你打得落荒而逃，是不是？」

南海鱷神搖頭道：「不是，不是！他武功還是比我強得多。多年不見，我只道這次就算仍然打他不過，搶不到『四大惡人』中的老大，至少也能跟他鬥上一二百個回合，那知道三拳兩腳，就給他打得躺在地下爬不起來。老大仍是他做，我做老二便了。不過我倒也在他胯上重重踢了一腳。他說：『岳老三，你武功很有長進了啊。』老大讚我武功很有長進，老大的話總是不錯的。」

段譽道：「你是岳老二，不是岳老三！」南海鱷神臉有慚色，道：「多年不見，老大隨口亂叫，他忘記了。」段譽道：「老大的話總是不錯的。不會叫錯了你排行罷？」

不料這句話正踏中了南海鱷神的痛腳，他大吼一聲，怒道：「我是老二，不是老三！你快跪在地下，苦苦求我收你為徒，我假裝不肯，你便求之再三，大磕其頭，我才假裝勉強答允，其實心中卻十分歡喜。這是我南海派的規矩，以後你收徒兒，也該這樣，不可忘了。」段譽道：「這規矩能不能改？」南海鱷神道：「當然不能。」段譽道：「倘若改了，你便又是烏龜兒子王八蛋了？」南海鱷神道：「正是。」

段譽道：「這規矩倒挺好，果然萬萬不能改，一改便是烏龜兒子王八蛋了。」南海鱷神道：「很好，快跪下求我罷。」

段譽搖頭道：「我不跪在地下大磕其頭，也不苦苦求你收我爲徒。」

南海鱷神怒極，一張臉又轉成焦黃，裂開了闊嘴，露出滿口利齒，便如要撲上來咬人一般，叫道：「你不磕頭求我？」段譽道：「不磕頭，不求你！」南海鱷神踏上一步，喝道：「我扭斷你的脖子！」段譽道：「你扭好了，我無力還手。」南海鱷神左手一探，抓住他胸膛，右手已撳住他頭蓋。段譽道：「我無力還手，你殺了我，你便是甚麼？」南海鱷神道：「我便是烏龜兒子王八蛋！」段譽道：「半點不錯！」

南海鱷神無法可施，心想：「我既不能殺他，他又不肯求我，這就難了。」一瞥眼，見木婉清滿臉關切的神色，靈機忽動，猛地縱身過去，抓住她後領，將她身子高高提起，反身幾下跳躍，已到了崖邊，左足翹起，右足使招「金鷄獨立」勢，在那千仞壁立的高崖上搖搖晃晃，便似要和木婉清一齊摔將下去。段譽不知他是在賣弄武功，生怕傷害了木婉清，驚叫：「小心，快過來！你……你快放手！」

南海鱷神獰笑道：「小子，你很像我，我非收你做徒兒不可。我要到那邊山頭上去等幾個人……」說著向遠處一座高峯一指，續道：「沒功夫在這裏跟你乾耗。你快來求我收爲徒兒，我便饒了你老婆性命，否則的話，哼哼！契里格拉，刻！」雙手作個扭斷木婉清頭頸的手勢，突然一個轉身，向下躍落，左掌貼住山壁，帶著木婉清便溜了下去。

段譽大叫：「喂，喂，小心！」奔到崖邊，只見他已提著木婉清溜了十餘丈。段譽頹然坐倒，腹中又大痛起來。

木婉清給南海鱷神抓住背心，從高崖上溜落，只見他左掌貼住崖壁，每當下溜之勢過快，兩人的身子便會微微一頓，想是他以掌力阻住下溜。此時木婉清別說無力反抗，縱是有力，也決不敢身在半空而稍有掙扎。到得後來，她索性閉上了眼，過了一會，身子突然向上一彈，已然著地。南海鱷神絲毫沒耽擱，著地即行。他是中等個子，木婉清在女子之中算是長挑身材，兩人如並肩而立，差不多齊頭，但南海鱷神抬臂將她提起，如舉嬰兒，竟似絲毫不費力氣。

他在亂石嶙峋、水氣濛濛的谷底縱躍向前，片刻間便已穿過谷底，到了山谷彼端，大聲說道：「你是我徒兒的老婆，暫且不來難爲於你。這小子若不來拜我爲師，嘿嘿，那時他不是我徒兒，你也不是我徒兒的老婆了。南海鱷神見了美貌的娘兒們，向來先姦後殺，那是決不客氣的。」

木婉清不自禁的打了一個寒戰，說道：「我丈夫不會武功，在那高崖頂上如何下來？他念我心切，勢必捨命前來拜你爲師，一個失足，便跌得粉身碎骨，那時你便沒徒兒了。這般像你十足十的好人才，你一生一世再也找不到了。」

南海鱷神點頭道：「這話倒也有理。我沒想到這小子不會下山。」突然間長嘯一聲。過不多時，山坡邊轉出兩名黃袍漢子，躬身行禮。南海鱷神大聲道：「到那邊高崖頂上，瞧著那小子。他如肯來拜我爲師，立刻揹他來見我。他要是不肯，就跟他耗著，可別傷了他。那是老子揀定了的徒兒，千萬不可讓他拜別人爲師。」那兩名漢子應了便行。

南海鱷神一吩咐完畢，提著木婉清又走。木婉清心下略慰，情知段譽到來之前，自己當無危險，只是這郎君執拗無比，要他拜南海鱷神這等兇殘之人爲師，只怕寧死不屈，又想：「他對我頗有俠義心腸，卻似乎沒很深的夫妻情意，未必肯爲了我而做此惡人門徒。嗯，他如不愛我，怎地又這般緊緊抱住我親我？好似愛得不得了一般？唉，只盼他平安無恙，別從崖上摔下來才好。又不知他肚子痛得怎樣了？」

她心頭思潮起伏，南海鱷神已提著她上峯。這人的內力當眞充沛悠長，上山後也不休憩，足不停步的便即下山，接連翻過四個山頭，才到了羣山中的最高峯上。

他放下木婉清，拉開褲子，便對著一株大樹撒尿。木婉清心想此人粗鄙無禮之極，忙轉身走開，取出面幕，罩在臉上，坐在一塊大巖石旁，閉目養神。

南海鱷神撒完尿後拉好褲子，走到她身前，說道：「你罩上面幕，那就很好，否則給我多看上一會兒，只怕大大不妥。」木婉清心想：「你倒也有幾分自知之明。」南海鱷神道：「你怎麼不說話？又閉上了眼假裝睡著，你瞧我不起，是不是？」

木婉清搖搖頭，睜開眼來，說道：「岳老前輩，你的名字叫作甚麼？日後我丈夫做了你徒兒，我須得知道你名字才是。」南海鱷神道：「我叫岳……岳……他奶奶的，我的名字是我爸爸給取的，名字不好聽。我爸爸沒做一件好事，簡直是狗屁王八蛋！」

木婉清險些笑出聲來，心道：「你爸爸是狗屁王八蛋，你自己是甚麼？連自己爸爸也罵，當眞枉自爲人了。」隨即想起自己也不知父親是誰，師父只說他是個負心漢子，只怕比南海鱷神也好不了多少，不禁黯然神傷，跟著又想起了段譽，心中只覺一陣甜蜜，一陣淒涼。

突然間半空中飄來有如遊絲般的輕輕哭聲，聲音甚是淒婉，隱隱約約似乎是個女子在哭叫：「我的兒啊，我的兒啊！」南海鱷神「呸」的一聲，在地下吐了口痰，說道：「哭喪的來啦！」提高聲音叫道：「哭甚麼喪？老子在這兒等得久了。」那聲音仍若斷若續的叫道：「我的兒啊，爲娘的想得你好苦啊！」

木婉清奇道：「是你媽媽來了嗎？」南海鱷神怒道：「甚麼我的媽媽？胡說八道！這婆娘是『無惡不作』葉二娘，『四大惡人』之一。她這個『惡』字排在第二。總有一日，我這『兇神惡煞』的外號要跟她對掉過來。」

木婉清恍然大悟：「原來外號中那『惡』字排在第二的，便是天下第二惡人。」問道：「那麼第一惡人的外號叫甚麼？第四的又叫甚麼？」

南海鱷神狠霸霸的道：「你少問幾句成不成？老子不愛跟你說。」

忽然一個女子聲音幽幽說道：「老大叫『惡貫滿盈』，老四叫『窮兇極惡』。」

木婉清那想得到這葉二娘說到便到，悄沒聲的已欺上峯來，不由得吃了一驚，忙轉頭往她看去。只見她身披一襲淡青色長衫，滿頭長髮，約莫四十來歲，相貌頗為娟秀，但兩邊面頰上各有三條殷紅血痕，自眼底直劃到下頰，似乎剛給人手指抓破一般。她手中抱著個兩三歲大的男孩，肥頭胖腦的甚是可愛，一塊大大的紅布包在男孩身上。

木婉清本想這「無惡不作」葉二娘既排名在「兇神惡煞」南海鱷神之上，必定是個狠惡可怖之極的人物，那知居然頗有姿色，不由得又向她瞧了幾眼。葉二娘向她嫣然一笑，木婉清全身一顫，只覺她這笑容之中似乎隱藏著無窮愁苦、無限傷心，自己忍不住便要流淚，忙轉過了頭。

南海鱷神道：「三妹，老大、老四他們怎麼還不來？」葉二娘幽幽的道：「瞧你這副鼻青目腫的模樣，一定給老大狠狠揍過一頓了，居然還老起臉皮，假裝問老大為甚麼還不來。你明明是老三，一心一意要爬過我的頭去。你再叫一聲三妹，做姊姊的可不跟你客氣了。」南海鱷神怒道：「不客氣便不客氣，你是不是想打上一架？」葉二娘淡淡一笑，說道：「你要打架，隨時奉陪。」

她手中抱著的小兒忽然哭叫：「媽媽，媽媽，我要媽媽！」葉二娘拍著他哄道：「乖孩子，我是你媽媽。」那小兒越哭越響，叫道：「我要媽媽，我要媽媽，你不是我媽媽。」葉二娘輕輕搖晃他身子，唱起兒歌來：「搖搖搖，搖到外婆橋，外婆叫我好寶寶……」那小兒仍哭叫不休。

南海鱷神聽得甚是煩躁，喝道：「你哄甚麼？要弄死他，乘早弄死了罷。」

葉二娘臉上笑咪咪地，不停口的唱歌：「……糖一包，果一包，吃了還要留一包。」木婉清只聽得毛骨悚然，越想越怕。聽南海鱷神之言，似乎葉二娘竟要弄死小兒，不由得又憤怒，又害怕，只聽葉二娘不斷哄那小兒：「乖寶寶，媽媽拍拍乖寶寶，乖寶快睡覺。」語氣中充滿慈愛，心想南海鱷神之言未必是眞。

南海鱷神怒道：「你每天去搶一個嬰兒，玩上半天，弄得他死不死、活不活的，到晚上拿去送給了不相識的人家，累得孩子的父母牽肚掛腸，到處找尋不到，豈不囉唆。還是我給捽死了來得乾脆！」葉二娘柔聲道：「你別大聲吆喝，嚇驚了我乖孩兒。我愛他得緊，怎肯讓你弄死他？」

南海鱷神猛地伸手，疾向那小兒抓去，想抓過來捽死了，免得他啼哭不休，亂人心意。那知他出手極快，葉二娘卻比他更快，身如鬼魅般一轉，南海鱷神這一抓便落了空。葉二娘嗲聲嗲氣的道：「啊喲，三弟，你平白無端的欺侮我孩兒作甚？」南海鱷神喝道：「我要摔死這小鬼。」葉二娘柔聲哄那小兒道：「心肝寶貝，乖孩兒，媽媽疼你惜你，別怕這個醜八怪三叔，他鬥不過你媽。你白白胖胖的，多麼有趣，媽媽要玩你到晚上，這才抱去送人，這會兒可還眞捨不得。」

木婉清聽了這幾句話，不由得打個寒戰，心想：「她玩弄孩兒，弄得他半死不活，再去送給不相識的人家，叫孩子的父母一輩子傷心，這般毫沒來由的行兇作惡，確當排名在南海鱷神之上。這岳老三注定了要做『兇神惡煞』，一輩子也別想爬過她頭去。」

南海鱷神一抓不中，似知再動手也是無用，不住的走來走去，喃喃咒罵，突然大聲喝道：「滾過來！那小子呢？怎不帶他來拜我爲師？」

兩名黃衣漢子從山巖後畏畏縮縮的出來，遠遠站定，正是南海鱷神吩咐他們去揹段譽前來的那兩人。一人結結巴巴的道：「小……小人上得那邊山崖，不……不見有人。到處……到處都找不到。」木婉清大驚，心道：「難道他……他竟摔死了？」

只聽南海鱷神喝道：「是不是你們去得遲了，那小子沒福，在山谷中摔死了？」那兩人不敢走近，另一人道：「小人兩個在山……山谷中仔細看過，沒見到他屍首。」

南海鱷神喝道：「他還會飛上天去了不成？你們這兩個鬼東西膽敢騙我？」兩人立即跪下，砰砰砰的大力磕頭，哀求饒命。只聽得呼呼兩聲，南海鱷神擲了兩塊大石過去，登時將兩人砸死。

這兩人找不著段譽，木婉清也早恨極他們誤事，南海鱷神將他們砸死，她只覺一陣痛快，霎時間心思如潮：「他不在崖上，山谷中又沒屍首，卻到那裏去了？定是摔在偏僻之處，那兩人找尋不到，又或是那兩人明明見到屍首，卻不敢直說？」她早已拿定了主意，段譽若死，她也決不能活，何況自己落在南海鱷神手中，倘若不死，不知要受盡多少折磨荼毒。但不見段譽的屍首，總還存著一線指望，也不願就此胡裏胡塗的死去。

南海鱷神煩惱已極，不住咒罵：「老大、老四這兩個龜兒子到這時候還不來，我可不耐煩再等了。」葉二娘道：「你膽敢不等老大？」南海鱷神道：「老大叫我跟你說，咱們在這山頂上等他，要等足七天，七天之後他如仍不來，便叫咱們到萬劫谷鍾萬仇家裏等他，不見不散。」葉二娘淡淡的道：「我早說你給老大狠狠的揍過了，這可不能賴了罷？」南海鱷神怒道：「誰賴了？我打不過老大，那不錯，給他揍了，那也不錯，卻不是狠狠的。」

葉二娘道：「原來不是狠狠的揍……乖寶別哭，媽媽疼你……嗯，是輕輕的揍了一頓……乖寶心肝肉……」南海鱷神悻悻的道：「也不是輕輕的揍。你小心些，老大要揍你，你也逃不了。」葉二娘道：「我又不想做葉大娘，老大幹麼會跟我過不去？乖寶心肝……」南海鱷神怒道：「你別叫他媽的乖寶心肝了，成不成？」

葉二娘笑道：「三弟你別發脾氣，你知不知道老四昨兒在道上遇到了對頭，吃虧著實不小。」南海鱷神奇道：「甚麼？老四遇上了對頭，是誰？」

葉二娘道：「這小丫頭的模樣兒不對，她心裏在罵我不該每天搞走一個孩子。你先捏死了她，我再說給你聽。」南海鱷神道：「她是我徒兒的老婆，我如捏死了她，我徒兒就不肯拜師了。」葉二娘道：「你徒兒不是在山谷中摔死了嗎？」南海鱷神道：「那也未必，倘若摔死了，總有屍首。多半他躲了起來，過一會便來苦苦求我收他爲徒。」

葉二娘笑道：「那麼我來動手罷，叫你徒兒來找我便是。她這對眼睛生得太美，叫人見了好生羨慕，恨不得我也生上這麼一對，我先挖出她的眼珠子。」木婉清背上冷汗淋漓，卻聽南海鱷神道：「不成！我這就點了她昏睡穴，讓她睡這他媽的一天兩晚。」不待葉二娘答話，便伸指在木婉清腰間和脅下連點兩指。木婉清只感頭腦一陣昏眩，閉上雙眼，登時不省人事。

木婉清昏迷中不知時刻之過，待得神智漸復，只覺得身上極冷，耳中卻聽到一陣桀桀笑聲，這笑聲雖說是笑，其中卻無半分笑意，聲音忽爾尖，忽爾粗，難聽已極，木婉清知道自己只要稍有動彈，對方立時察覺，難免便有暴虐手段來對付自己，雖感四肢麻木，卻不敢運氣活血。

只聽南海鱷神道：「老四，你不用胡吹啦，三妹說你吃了人家的大虧，你還抵賴甚麼？到底有幾個敵人圍攻你？」那聲音忽尖忽粗的人道：「七個傢伙打我一個，個個都是第一流高手。我本領再強，也不能將這七大高手一古腦兒殺得精光啊。」木婉清心道：「原來老四『窮兇極惡』到了。」很想瞧瞧這「窮兇極惡」是怎麼樣一號人物，卻不敢轉頭睜眼。

只聽葉二娘道：「老四就愛吹牛，對方明明只兩人，另外又那裏鑽出五個高手來？天下高手眞有那麼多？」老四怒道：「你怎麼又知道了，你親眼瞧見的麼？」葉二娘輕輕一笑，道：「若不是我親眼瞧見，我自然不會知道。那兩人一個使根釣魚桿兒，另一個使對板斧，是不是？嘻嘻，你捏造出來的另外那五個人，可又使甚麼兵刃了？」老四大聲道：「當時你既在旁，怎不來幫我？你要我死在人家手裏才開心，是不是？」葉二娘笑道：「『窮兇極惡』雲中鶴，誰不知你輕功了得？鬥不過人家，還跑不過人家麼？」

木婉清心道：「原來老四叫作雲中鶴。」

雲中鶴更加惱怒，聲音越提越高，說道：「我雲老四栽在人家手下，你又有甚麼光采？咱們『四大惡人』這次聚會，所為何來？難道還眞是給鍾萬仇那膿包蛋賣命？他又沒送老婆女兒陪我睡覺。老大跟大理皇府仇深似海，他叫咱們來，大夥兒就聯手齊上，我出師不利，你卻隔岸看火燒，幸災樂禍，瞧我跟不跟老大說？」

葉二娘輕輕一笑，說道：「四弟，我一生之中，可從來沒見過似你這般了得的輕功，雲中一鶴，當眞名不虛傳。逝如輕煙，鶴翔九皋，那兩個傢伙固然望塵莫及，連我做姊姊的也追趕不上。否則的話，我豈有袖手旁觀之理？」似乎她怕雲中鶴向老大告狀，忙說些討好的言語。雲中鶴哼了一聲，似乎怒氣便消了。

南海鱷神問道：「老四，跟你爲難的到底是誰？是皇府中的狗腿子麼？」雲中鶴怒道：「九成是皇府中的人。我不信大理境內，此外還有甚麼了不起的能人。」葉二娘道：「你兩個老說甚麼大鬧皇府不費吹灰之力，要割大理皇帝的狗頭，猶似探囊取物，我總說別把事情瞧得太容易了，這會兒可信了罷？」

雲中鶴忽道：「老大到這時候還不到，約會的日期已過了三天，他從來不是這樣子的，莫非……莫非……」葉二娘道：「莫非也出了甚麼岔子？」南海鱷神怒道：「呸！老大叫咱們等足七天，還有整整四天，你心急甚麼？老大是何等樣的人物，難道也跟你一樣，打不過人家就跑？」葉二娘道：「打不過就跑，這叫做識時務者爲俊傑。我是躭心他眞的受到七大高手、八大好漢圍攻，縱然力屈，也不服輸，當眞應了他的外號，來個『惡貫滿盈』。」

南海鱷神連吐唾涎，說道：「呸！呸！呸！呸！老大橫行天下，怕過誰來？在這小小的大理國又怎會失手？他自稱『惡貫滿盈』，是說要幹盡了千樁萬件大惡事，這才自行無疾而終。他已做了多少惡事？目前萬萬不夠！他奶奶的，肚子又餓了！」拿起地下的一條牛腿，在身旁的一堆火上烤了起來，過不多時，香氣漸漸透出。

木婉清心想：「聽他們言語，原來我在這山峯上已昏睡了三天。段郎不知有訊息麼？」她已四日不食，腹中饑餓已極，聞到燒烤牛肉的香氣，肚中不自禁發出咕咕之聲。

葉二娘笑道：「小妹妹肚子餓了，是不是？你早醒啦，何必裝腔作勢的躺著不動？你想不想瞧瞧咱們『窮兇極惡』雲老四？」

南海鱷神知雲中鶴好色如命，一見到木婉清的姿容，便性命不要，也圖染指，不像自己是性之所至，這才強姦殺人，忙撕了一大塊半生不熟的牛腿，擲到木婉清身前，喝道：「你到那邊去，給我走得遠遠的，別偷聽我們說話。」

木婉清放粗了喉嚨，將聲音逼得十分難聽，問道：「我丈夫來過了麼？」

南海鱷神怒道：「他媽的，我到那邊山崖和深谷中親自仔細尋過，不見這小子的絲毫蹤跡。這小子定是沒死，不知給誰救去了。我在這兒等了三天，再等他四天，七天之內這小子倘若不來，哼哼，我將你烤來吃了。」

木婉清心下大慰，尋思：「這南海鱷神非是等閒之輩，他既去尋過，認定段郎未死，定然不錯。唉，可不知他是否會將我掛在心上，到這兒來救我？」拾起地下牛肉，慢慢走向山巖之後。她久餓之餘，更覺乏力，但靜臥了三天，背上傷口卻已愈合。

只聽葉二娘問道：「那小子到底有甚麼好？令你這般愛才？」南海鱷神笑道：「這

小子眞像我，學我南海一派武功，多半能青出於藍。嘿嘿，天下四大惡人之中，我岳老……岳老二雖甘居第二，說到門徒傳人，卻是我的徒弟排定了第一，無人可比。」

木婉淸漸走漸遠，聽得南海鱷神大吹段譽資質之佳，世間少有，心中又歡喜，又愁苦，又有幾分好笑：「段郎書獃子一個，會甚麼武功？除了膽子不小之外，甚麼也不行。南海鱷神如收了這個寶貝徒兒，南海派非倒大霉不可。」在一塊大巖下找了一個隱僻之處，坐下來撕著牛腿便吃，雖餓得厲害，但這三四斤重的大塊牛肉，只吃了小半塊也便飽了。暗自尋思：「等到第七天上，段郎若眞負心薄倖，不來尋我，我得設法逃命。」一想到此處，心中一酸：「我就算逃得性命，今後的日子又怎麼過？」

如此心神不定，一晃又是數日。度日如年的滋味，這幾天中當眞嘗得透了。日日夜夜，只盼山峯下傳上來一點聲音，縱使不是段譽到來，也勝於這般苦挨茫茫白日、漫漫長夜。每過一個時辰，心中的淒苦便增一分，心頭翻來覆去的只是想：「你若當眞有心前來尋我，就算翻山越嶺不易，第二天、第三天也必定來了，直到今日仍然不來，就決不會來了！你雖不肯拜這南海鱷神爲師，然而對我當眞沒絲毫情義麼？那你爲甚麼又來吻我抱我？答允娶我爲妻？」

她少女情竇初開，既認定了段譽是丈夫，一心一意便全放在他身上，越等越苦，師父所說「天下男子無不負心薄倖」之言儘在耳邊響個不住，自己雖說「段郎未必如此」，終於也知只是自欺而已。幸好這幾日中，南海鱷神、葉二娘和雲中鶴並沒向她囉唕。

那三人等候「惡貫滿盈」這天下第一惡人到來，心情之焦急雖及不上她，可也有如熱鍋上螞蟻一般，萬分煩躁。木婉清和三人相隔雖遠，三人大聲爭吵的聲音卻時時傳來。

到得第六天晚間，木婉清心想：「明日是最後一天，這負心郎是決計不來的了。今晚乘著天黑，須得悄悄逃走才是。否則一到天明，可就再也難以脫身。」她站起身來，活動了一下身子，將養了六日六夜之後，雖然精神委頓，傷處卻仗著金創藥靈效已好了七八成，尋思：「最好是待他們三人吵得不可開交之時，我偷偷逃出數十丈，找個山洞甚麼的躲了起來。這三人定往遠處追我，說不定會追出數十里外，決不會想到我仍然在此峯上。待三人追遠，我再逃走。」轉念又想：「唉，他們跟我無冤無仇，追我幹甚麼？我逃走也好，不逃也好，他們又怎會放在心上？」

幾次三番拔足欲行，總是牽掛著段譽：「倘若這負心郎明天來找我呢？明天如不能和他相見，此後便永無再見之日。他決意來和我同生共死，我卻一走了之，豈不是他沒負我，反而是我負了他？」思前想後，柔腸百轉，直到東方發白，仍下不了決心。

郁光標全身如欲虛脫，駭極大叫：「錢師弟，錢光勝！快來，快來！」錢光勝正在上茅廁，聽他叫聲惶急，雙手提著褲子趕來。

五　微步縠紋生

天色一明，倒爲木婉清解開了難題，反正是逃不走了，「這負心郎來也罷，不來也罷，我在這裏等死便是。」正想到淒苦處，忽聽得雲中鶴尖嗄的嗓音隔著山巖傳來：「二姊，你要去那裏？」葉二娘遠遠的道：「我這孩兒玩得厭了，要去送給人家，另外換一個來玩玩。」雲中鶴道：「老大來了怎麼辦？」葉二娘叫道：「你別多管閒事，我很快就回來。」

木婉清走向崖邊，只見一個人影捷如飛鳥般向山下馳去，一起一落，形如鬼魅，正是「無惡不作」葉二娘，她手臂中紅布飄動，還抱著那個娃兒。木婉清見她奔行這等神速，自己師父似也有所不及，霎時間百感叢生，坐倒在地。

驀地裏覺到背後微有涼氣襲體，木婉清左足急點，向前竄出。只聽一陣忽尖忽粗的笑聲發自身後，一人說道：「小姑娘，你老公撇下你不要了，不如跟了我罷。」正是「窮兇極惡」雲中鶴。

他人隨聲到，手爪將要搭到木婉清肩膀，斜刺裏一掌揮到，架開他手，卻是南海鱷神。他哇哇怒吼，喝道：「老四，我南海派門下，決不容你欺侮。」雲中鶴幾個起落，已避在十餘丈外，笑道：「你徒兒收不成，這姑娘便不是南海派門下。」木婉清見這人身材極高，卻又極瘦，便似根竹桿，一張臉也長得嚇人。

南海鱷神喝道：「你怎知我徒兒不來？是你害死了他，是不是？是了，定是你瞧我徒兒資質太好，將他捉了去，想要搶他爲徒。你壞我大事，先揑死了你再說！」他也不問雲中鶴是否眞的暗中作了手腳，便向他撲去。

雲中鶴叫道：「你徒兒是方是圓，是尖是扁，我從來沒見過，怎說是我捉了去？」說著迅捷之極的連避南海鱷神兩下閃電似的撲擊。南海鱷神罵道：「放屁！誰信你的鬼話？你定是打架輸了，一口冤氣出在我徒兒身上！」雲中鶴道：「你徒兒是男的還是女的？」南海鱷神道：「自然是男的，我收女徒弟幹麼？」雲中鶴道：「照啊！我雲中鶴只搶女人，從來不要男人，難道你不知麼？」

南海鱷神本已撲在空中，聽他這話倒也有理，猛使個「千斤墜」，落將下來，右足踏上一塊巖石，喝道：「那麼我徒兒那裏去了？爲甚麼到這時候還不來拜師？」雲中鶴笑道：「嘿嘿，你南海派的事，我管得著麼？」南海鱷神苦候段譽，早已焦躁萬分，一腔怒火無處發洩，喝道：「你膽敢譏笑我？」

木婉清大聲道：「不錯，你徒兒定是給這雲中鶴害了，否則他在那高崖之上，自己如何能下來？雲中鶴輕功了得，定是竄到崖上，將你徒兒帶到隱僻處殺了，以免南海派中出了個厲害人物，否則怎麼連屍首也找不到？」

南海鱷神伸手一拍自己腦門，對雲中鶴道：「你瞧，我徒弟的媳婦兒也這麼說，難道還能冤枉你麼？」

木婉清道：「我丈夫說道，他能拜到你這般了不起的師父，當眞三生有幸，定要用心習藝，使你南海鱷神的名頭更加威震天下，讓甚麼『惡貫滿盈』、『無惡不作』，都瞧著你羨慕得不得了。那知有個『窮兇極惡』妒忌你，害死了你的好徒兒！」她說一句，南海鱷神拍一下腦門。木婉清又道：「我丈夫的後腦骨長得跟你一模一樣，天資又跟你一般聰明，像這般十全十美的南海派傳人，世間再也沒第二個了。這雲中鶴偏偏跟你爲難，你還不爲你的乖徒兒報仇？」

南海鱷神聽到這裏，目中兇光大盛，呼的一聲，縱身向雲中鶴撲去。雲中鶴明知他受了木婉清的挑撥，但一時說不明白，自知武功較他稍遜，見他撲到，拔足便逃。南海鱷神雙足在地下一點，又撲了過去。

木婉清叫道：「他逃走了，便是心虛。若不是他殺了你的好徒兒，何必逃走？」南海鱷神吼道：「對，對！這話倒也有理！還我徒兒的命來！」兩人一追一逃，轉眼間便繞到了山後。木婉清暗暗歡喜，片刻之間，只聽得南海鱷神吼聲自遠而近，兩人從山後追逐而來。

雲中鶴的輕功比南海鱷神高強得多，他竹桿般的瘦長身子搖搖擺擺，東一晃，西一飄，南海鱷神老是落後了一大截。兩人剛過木婉清眼前，剎那間又已轉到了山後。待得第二次追逐過來，雲中鶴猛地轉折，飄到木婉清身前，伸手往她肩頭抓去。木婉清大驚，右手急揮，嗤的一聲，一枝毒箭向他射去。雲中鶴向左挪移半尺，避開毒箭，也不知他身形如何轉動，長臂竟又抓到了木婉清面門。木婉清急忙閃避，終於慢了一步，臉上斗然一涼，面幕已爲他抓去。

雲中鶴見到她秀麗的面容，不禁一呆，淫笑道：「妙啊，這小娘兒好標致。不過不夠風騷，不算十全十美……」說話之間，南海鱷神已然追到，呼的一掌，向他後心拍去。雲中鶴右掌運氣反擊，蓬的一聲大響，兩股掌風相碰，木婉清只覺一陣窒息，氣也透不過來，丈餘方圓之內，塵沙飛揚。雲中鶴借著南海鱷神這一掌之力，向前縱出二丈有餘。南海鱷神吼道：「再吃我三掌。」雲中鶴笑道：「你追我不上，我也打你不過。就再鬥一天一晚，也不過這樣。」

兩人追逐已遠，四周塵沙兀自未歇，木婉清心想：「須得設法攔住這雲中鶴，否則兩人永遠動不上手。」等兩人第三次繞山而來，木婉清縱身而上，嗤嗤嗤響聲不絕，六七枝毒箭向雲中鶴射去，大叫：「還我夫君命來！」雲中鶴聽著短箭破空之聲，知道厲害，竄高伏低，連連閃避。木婉清挺起長劍，唰唰兩劍向他刺去。雲中鶴知她心意，竟不抵敵，飄身閃避。但這樣一阻，南海鱷神雙掌已然拍到，掌風將他全身圈住。

雲中鶴獰笑道：「老三，我幾次讓你，只是爲了免傷咱們四大惡人的和氣，難道我當眞怕了你？」雙手在腰間一掏，兩隻手中各已握了一柄鋼抓，這對鋼抓柄長三尺，抓頭各有一隻人手，手指箕張，指頭發出藍汪汪的閃光，左抓向右，右抓向左，封住了身前，擺著個只守不攻之勢。南海鱷神喜道：「妙極，七年不見，你練成了一件古怪兵刃，瞧老子的！」解下背上包袱，取了兩件兵刃出來。

木婉清退開幾步，只見南海鱷神右手握著一把短柄長口的奇形剪刀，剪口盡是鋸齒，宛然是一隻鱷魚的嘴巴，左手拿著一條鋸齒軟鞭，成鱷魚尾巴之形。

雲中鶴斜眼向這兩件古怪兵刃瞧了一眼，右手鋼抓挺出，驀地向南海鱷神面門抓去。南海鱷神左手鱷尾鞭翻起，啪的一聲，盪開鋼抓。雲中鶴出手快極，右手鋼抓尚未縮回，左手鋼抓已然遞出。只聽得喀喇一聲響，鱷嘴剪伸將上來，夾住他左手鋼抓一絞。這鋼抓是精鋼打就，但鱷嘴剪的剪口居然更加鋒利，竟將鋼抓的五指剪斷了兩根。

總算雲中鶴縮手得快，保住了鋼抓上另外三指，但他所練抓法，十根手指每一指都有功用，少了兩指，威力登減，心下甚爲懊喪。南海鱷神狂笑聲中，鱷尾鞭疾捲而上。

突然間一條青影從二人之間輕飄飄的揷入，正是葉二娘到了。她左掌橫掠，貼在鱷尾鞭上，斜向外推，雲中鶴已乘機躍開。葉二娘道：「老三、老四，幹甚麼動起傢伙來啦？」一轉眼看到木婉淸的容貌，臉色登變。

木婉淸見她手中已換過一個男孩，約莫三四歲年紀，錦衣錦帽，唇紅面白，甚是可愛。只聽得那男孩大聲叫道：「爸爸，爸爸！山山要爸爸。」葉二娘柔聲道：「山山乖，爸爸待會兒就來啦。」木婉淸聽到她這般慈愛親切的撫慰言語，想起她用意不善，登時打個寒戰。

雲中鶴笑道：「二姊，老三新練成的鱷嘴剪和鱷尾鞭可了不起啊。適才我跟他練了幾手玩玩，當眞難以抵擋。這七年來你練了甚麼功夫？能敵得過老三這兩件厲害傢伙嗎？只怕你也不成罷。」他不提南海鱷神冤枉自己害死了他門徒，輕描淡寫的幾句話，便想引得葉二娘和南海鱷神動手。

葉二娘上峯之時，早已看到二人實是性命相搏，決非練武拆招，淡淡一笑，說道：「這七年來我勤修內功，兵刃拳腳上都生疏了，必定不是老三和你的對手。」

忽聽得山腰中一人長聲喝道：「兀那婦人，你搶去我兒子幹麼？快還我兒子來！」

聲音甫歇，人已竄上峯來，身法利落。這人五十來歲年紀，身穿古銅色緞袍，手提長劍。

南海鱷神喝問：「你這傢伙是誰？到這裏來大呼小叫。我的徒兒是不是你偷了去？」

葉二娘笑道：「這位老師是『無量劍』東宗掌門人左子穆先生。劍法倒也罷了，生個兒子卻挺肥白可愛。」木婉清登即恍然：「原來葉二娘在無量山中找不到小兒，竟將無量劍掌門人的小兒擄了來。」

葉二娘道：「左先生，令郎生得眞有趣，我抱來玩玩，明天就還給你。你不用著急。」說著在山山的臉頰上親了親，輕輕撫摸他頭髮，顯得不勝愛憐。左山山見到父親，大聲叫喚：「爸爸，爸爸！」左子穆伸出左手，走近幾步，說道：「小兒頑劣不堪，沒甚麼好玩的，請即賜還，在下感激不盡。」他見到兒子，說話登時客氣了，只怕這女子手上使勁，當下便捏死了他兒子。

南海鱷神笑道：「這位『無惡不作』葉三娘，就算皇帝的太子公主到了她手裏，也是決計不還的。」左子穆身子一顫，問道：「你……你是葉三娘？那麼葉二娘……葉二娘是尊駕何人？」他曾聽說「四大惡人」中有個排名第二的女子葉二娘，每日淸晨要搶一名嬰兒來玩弄，玩到傍晚便去送人，送得不知去向，第二天又另搶一個嬰兒來玩，嬰兒日後縱然找回，也已給折磨得半死不活。只怕這「葉三娘」和葉二娘乃姊妹妯娌之屬，性格差不多，那可糟了。

葉二娘格格嬌笑，說道：「你別聽他胡說八道的，我便是葉二娘，世上又有甚麼葉三娘了？」

左子穆一張臉霎時之間全無人色。他一發覺幼兒被擒，便全力追趕而來，途中已覺察她武功遠在自己之上，初時還想這婦人素不相識，與自己無怨無仇，不見得會難爲了兒子，一聽到她竟然便是「無惡不作」葉二娘，又想喝罵，又想求懇，言語塞在咽喉之中，竟說不出口。

葉二娘道：「你瞧這孩兒皮光肉滑，養得多壯！血色紅潤，晶瑩透明，畢竟是武學名家的子弟，跟尋常農家的孩兒大不相同。」一面說，一面拿起孩子的手掌對著太陽，察看他血色，嘖嘖稱讚，接著把小手掌拿近嘴邊，露出白森森的牙齒，在他小手指上輕輕咬落。左子穆見她一副饞涎欲滴的模樣，似乎轉眼便要將自己的兒子吃了，如何不驚怒交迸？明知不敵，也得拚命，當下使招「白虹貫日」，劍尖向她咽喉刺去。

葉二娘淺笑一聲，將山山的身子輕輕移過，左子穆這一劍倘若繼續刺去，首先便刺中了愛兒。幸好他劍術精湛，招數未老，陡然收勢，劍尖在半空中微微一抖，一個劍花，變招斜刺葉二娘右肩。葉二娘仍不閃避，將山山一移，擋在身前。霎時之間，左子穆上下左右連刺四劍，葉二娘以逸待勞，只將山山略加移動，這四下凌厲狠辣的劍招便都只使得半招而止。山山卻已嚇得放聲大哭。

雲中鶴給南海鱷神追得繞山三匝，鋼抓又斷了二指，一口憤氣無處發洩，突然間縱身而上，右手鋼抓疾往左子穆頭頂抓落。左子穆長劍上掠，使招「萬卉爭艷」，劍光亂顫，牢牢將上盤封住。噹的一聲輕響，兩件兵刃相交，左子穆一招「順水推舟」，劍鋒正要乘勢向敵人咽喉推去，驀地裏鋼抓手指合攏，竟將劍刃抓住了。

左子穆大驚，卻不肯就此撤劍，急運內力回奪，噗的一下，雲中鶴左手鋼抓已插入他肩頭。幸好這柄鋼抓的五根手指已給南海鱷神剪去了兩根，左子穆所受創傷稍輕，但也已鮮血迸流，三根鋼指拿住了他肩骨牢牢不放。雲中鶴上前補了一腳，將他踢倒，這幾下兔起鶻落，一個名門大派的掌門人竟全無招架餘地。

南海鱷神讚道：「老四，這兩下子不壞，還不算丟臉。」

葉二娘笑吟吟的道：「左大掌門，你見過我們老大沒有？」左子穆右肩骨為鋼指抓住，動彈不得，強忍痛楚，說道：「你老大是誰？我沒見過。」南海鱷神也問：「你見過我徒兒沒有？」左子穆又道：「你徒兒是誰？我沒見過。」南海鱷神怒道：「你既不知我徒兒是誰，怎能說沒見過？放你媽的狗臭屁！三妹，快將他兒子吃了。」葉二娘道：「你二姊是不吃小孩兒的。左大掌門，你去罷，我們不要你的性命。」

左子穆道：「那就多謝。葉……葉二娘，請你還我兒子，我去另外給你找三四個小孩兒來。左某永感大德。」葉二娘笑咪咪的道：「那也好！你去找八個孩兒來。我們這裏一共四人，每人抱兩個，夠我八天用的了。老四，你放了他。」

雲中鶴微微一笑，鬆了機括，鋼指張開。左子穆咬牙站起，向葉二娘深深一揖，伸手去抱孩兒。葉二娘笑道：「你也是江湖上的人物，怎地不明規矩？沒八個孩兒來換，我隨隨便便就將你孩子還你？」

左子穆見兒子給她摟在懷裏，雖萬分不願，但格於情勢，只得點頭道：「我去挑選八個最肥壯的孩子給你，請你好好待我兒子。」葉二娘不再理他，口中又低聲哼起兒歌來，只道：「乖孫子，你奶奶疼你。」左子穆既在眼前，她就不肯叫孩子爲「孩兒」了。

左子穆聽這稱呼，她竟是要做自己老娘，當眞啼笑皆非，向兒子道：「山山，乖孩子，爸爸馬上就回來抱你。」山山大聲哭叫，掙扎著要撲到他懷裏。左子穆滿臉戀戀不捨，向兒子瞧了幾眼，左手按著肩頭傷處，轉過頭來，慢慢向崖邊走去。

木婉清見到那孩兒淒苦的情狀，心想：「這葉二娘沒來由的強要他們父子分離，又不爲了甚麼，只是硬要令別人心中悲傷，也眞惡得可以了。」

突然間山峯後傳來一陣尖銳的鐵哨子聲，連綿不絕。南海鱷神和雲中鶴同時喜道：「老大到了！」兩人縱身而起，一溜煙般向鐵哨聲來處奔去，片刻間便已隱沒在巖後。

葉二娘卻漫不在乎，仍慢條斯理的逗弄孩兒，向木婉清斜看一眼，笑道：「木姑娘，你這對眼珠子挺美啊，生在你這張美麗的臉上，更加不得了。」提高聲音道：「左大掌門，你幫個忙，給我挖了這小姑娘的眼珠出來。」

左子兒子在人掌握，不得不聽從吩咐，回轉身來，說道：「木姑娘，你還是順從葉二娘的話罷，也免得多吃苦頭。」說著挺劍便向木婉清刺去。木婉清叱道：「無恥小人！」仗劍反擊，劍尖直指左子穆的左肩，三招過去，身子斜轉，突然間左手向後微揚，嗤嗤嗤，三枝毒箭向葉二娘射去，要攻她個出其不意。左子穆大叫：「別傷我孩兒！」

不料這三箭去得雖快，葉二娘左手衫袖一拂，已捲下三枝短箭，甩在一旁，隨手除了山山右腳的一隻小鞋，向她後心擲去。木婉清聽到風聲，回劍擋格，但重傷之餘，出劍不準，鞋子順著劍鋒滑溜而前，噗的一聲，打在她右腰。葉二娘在鞋上使了陰勁，木婉清急運內力相抗，一口氣提不上來，登時半身酸痲，長劍嗆啷落地，便在此時，山山的第二隻鞋子又已擲到，這一次正中胸口。她眼前一黑，再也支持不住，一交坐倒。左子穆劍尖斜處，已抵住她胸口，伸出左手便去挖她右眼。

木婉清低叫一聲：「段郎！」身子前撲，往劍尖上迎去，寧可死在他劍下，勝於受這挖目之慘。左子穆縮劍向後，猛地裏手腕劇痛，長劍脫手上飛，勢頭帶得他向後跌出兩步。三人都是一驚，不約而同的抬頭向長劍瞧去。

只見劍身給一條細長軟索捲住，軟索盡頭是根鐵桿，持在一個身穿黃衣的軍官手中。這人約莫三十來歲年紀，英氣勃勃。葉二娘認得他於七日前曾與雲中鶴相鬥，武功頗爲不弱，然而比之自己尚差一籌，也不怕他，只不知他的同伴是否也到了，斜目瞧去，果見另一個黃衣軍官站在左首，這人腰間插著一對板斧。

葉二娘正要開言，忽聽得背後微有響動，當即轉身，只見東南和西南兩邊角上，各自站著一人，所穿服色與先前兩人相同，黃衣褚色幞頭，武官打扮。東南角上的手執一對判官筆，西南角上的則手執熟銅齊眉棍，四人分作四角，隱隱成合圍之勢。

左子穆朗聲道：「原來宮中褚、古、傅、朱四大護衛都到了，在下無量劍左子穆這廂有禮。」說著向四人團團一揖。那持判官筆的護衛朱丹臣抱拳還禮，其餘三人並不理會。

那最先趕到的護衛褚萬里抖動鐵桿，軟索上所捲的長劍在空中不住晃動，陽光照耀下閃閃發光。他冷笑一聲，說道：「『無量劍』在大理也算是名門大派，沒想到掌門人竟是這般行止。段公子呢？他在那裏？」

木婉清本已決意一死，忽來救星，自是喜出望外，聽他問到段公子，更加情切關心。

左子穆道：「段……段公子？是了，數日之前，曾見過段公子幾面……現今卻不知……卻不知到那裏去了。」木婉清道：「段公子已給這婆娘的兄弟害死了。」說著手指葉二娘，又道：「那人叫做『窮兇極惡』雲中鶴，身材高瘦，好似根竹桿……」

褚萬里大驚，喝道：「當眞？便是那人？」那手持熟銅棍的護衛傅思歸聽得段譽給人害死，悲怒交集，叫道：「段公子，我給你報仇。」熟銅棍向葉二娘當頭砸落。

葉二娘閃身避開，叫道：「啊喲，大理國褚古傅朱四大護衛我的兒啊，你們短命而死，我做娘的好不傷心！你們四個短命的小心肝，黃泉路上，等一等你的親娘葉二娘啊。」褚、古、傅、朱四人年紀也小不了她幾歲，她卻自稱親娘，「我的兒啊」、「短命的小心肝啊」叫將起來。

傅思歸大怒，一根銅棍使得呼呼風響，霎時間化成一團黃霧，將她困住。葉二娘抱著左子穆的幼兒，在銅棍之間穿來插去的閃避，銅棍始終打她不著。那孩兒大聲驚叫哭喊。左子穆急叫：「兩位停手，兩位停手！段公子現下沒死！」

另一個護衛從腰間抽出板斧，喝問：「段公子在那裏？」左子穆急道：「先救了我兒，這就去救段公子。」那護衛道：「好，待我古篤誠先殺了『無惡不作』再說。」身子著地捲去，出手便是「盤根錯節十八斧」，左一斧、右一斧的砍她下盤。

葉二娘笑道：「這孩子礙手礙腳，你先將他砍死了罷！」將手中孩子往斧頭上迎去。古篤誠一驚，急忙收斧，不料葉二娘裙底右腿飛出，正中他肩頭，幸好他軀體粗壯，挨了這一腿只略一踉蹌，並沒受傷，撲上又打。葉二娘以小孩爲護符，古篤誠和傅思歸兵刃遞出去時便大受牽制。

左子穆急叫：「小心孩子！這是我的孩兒，小心！傅兄，你這一棍打得偏高了。古兄，你的斧頭別……別往我孩兒身上招呼。」

正混亂間，山背後突然飄來一陣笛聲，清亮激越，片刻間便響到近處，山坡後轉出一個寬袍大袖的中年男子，三綹長鬚，形貌高雅，雙手持著一枝鐵笛，兀自湊在嘴邊吹著。朱丹臣快步上前，走到他身邊，低聲說了幾句。那人吹笛不停，曲調悠閒，緩步向正自激鬥的三人走去。猛地裏笛聲急響，只震得各人耳鼓中一痛。他十根手指一齊按住笛孔，鼓氣疾吹，鐵笛尾端飛出一股勁風，向葉二娘臉上撲去。葉二娘忙轉臉相避，鐵笛一端已指向她咽喉。

這兩下快得驚人，饒是葉二娘應變神速，也不禁手忙腳亂，百忙中腰肢微擺，上半身硬生生的讓開尺許，將左山山往地下拋落，伸手便向鐵笛抓去。寬袍客不等孩兒落地，大袖揮出，已捲起了孩兒。葉二娘剛抓到鐵笛，只覺笛上燙如紅炭，吃了一驚：「笛上敷有毒藥？」急忙撒掌放笛，躍開幾步。寬袍客大袖揮出，將左山山穩穩的擲向左子穆。

葉二娘一瞥眼間，見到寬袍客左掌心殷紅如血，又是一驚：「原來笛上並非敷有毒藥，是他以上乘內力，燙得鐵笛如同剛從鎔爐中取出來一般。」不由自主的又退了數步，笑道：「閣下武功好生了得，想不到小小大理，竟有這般高人。請問尊姓大名？」

那寬袍客微微一笑，說道：「葉二娘駕臨敝境，幸會，幸會。大理國該當一盡地主之誼才是。」左子穆抱住了兒子，正自驚喜交集，衝口而出：「尊駕是高……高君侯麼？」那寬袍客微笑不答，問葉二娘道：「段公子在那裏？還盼見告。」

葉二娘冷笑道：「我不知道，便知道了，也不會說。」突然縱身而起，向山峯飄落。寬袍客道：「且慢！」飛身追去，驀地裏眼前亮光閃動，七八件暗器連珠般擲來，分打他頭臉數處要害。寬袍客揮動鐵笛，一一擊落。只見她一飄一晃，去得已遠，再也追不上了。再瞧落在地下的暗器時，每一件各不相同，均是懸在小兒身上的金器銀器，或爲長命牌，或爲小鎖片，他猛地想起：「這都是遭她搶去玩弄的衆小兒之物。此害不除，大理國中不知更將有多少小兒遭殃。」

褚萬里揮動鐵桿，軟索上捲著的長劍托地飛出，倒轉劍柄，向左子穆飛去。左子穆伸手挽住，滿臉羞慚，無言可說。褚萬里跟著問道：「到底段公子怎樣了？」

木婉淸心想：「這些人看來都是段郎的朋友，我還是跟他們說了實話，好一齊去那邊山崖上仔細尋訪。」正待開言，忽聽得半山裏有人氣急敗壞的大叫：「木姑娘……木姑娘……你還在這兒麼？南海鱷神，我來了，你千萬別害木姑娘，她是我的媳婦兒！拜不拜師父，咱們慢慢商量……木姑娘，木姑娘，你沒事罷？」

寬袍客等一聽，齊聲歡呼：「是公子爺！」

木婉清苦等他七日七夜，早已心力交瘁，此刻驀地裏聽到他聲音，驚喜之下，眼前一黑，便即暈去。

昏迷之中，耳邊只聽有人低呼：「木姑娘，木姑娘，你快醒來！」她神智漸復，覺得自己躺在一人懷中，給人抱著肩背，便欲跳起，但隨即想到：「是段郎來了。」心中又甜蜜，又酸苦，緩緩睜眼，只見一雙眼睛清淨如秋水的凝視自己，卻不是段譽是誰？只聽他喜道：「啊，你終於醒轉了。」木婉清淚水滾滾而下，反手一掌，重重打了他個耳光，身子卻仍躺在他懷裏，一時無力掙扎躍起。

段譽撫著自己臉頰，笑道：「你動不動的便打人，眞夠橫蠻的了！」問道：「南海鱷神呢？他不在這裏等我麼？」木婉清道：「人家已等了你七日七夜，還不夠麼？他走啦！」段譽登時神采煥發，喜道：「妙極，妙極！我正好生躭心。他若硬要逼我拜他爲師，可不知如何是好了。」

木婉清道：「你既不願做他徒兒，又到這兒來幹麼？」段譽道：「咦！你落在他手中，我如不來，他定要難爲你，那怎麼得了？」木婉清心頭一甜，道：「哼！你這人良心壞極，我恨不得一劍殺了你。幹麼你遲不來，早不來，直等他走了，你有了幫手，這才來充好人？這七天七晚之中，你又不來尋我？」

段譽嘆了口氣，道：「我一直爲人所制，動彈不得，日夜牽掛著你，眞是焦急死了。我一得脫身，立即趕來。你是我媳婦兒，可不會賴罷？」木婉清微笑道：「我幹麼要賴？」段譽大喜，抱得她更加緊了。

那日南海鱷神擄了木婉清而去，段譽獨處高崖，焦急萬狀：「我若不趕去求這惡人收我爲徒，木姑娘性命難保。可是要我拜這惡人爲師，學那喀喇一聲、扭斷脖子的本事，終究是幹不得的。他教我這套功夫之時，多半還要找些人來讓我試練，試了一個又一個，那可糟糕之極。好在這惡人雖然兇惡，倒也講理，我怎地跟他辯駁一場，叫他既放了木姑娘，又不必收我爲徒。」

在崖邊徘徊徬徨，肚中又隱隱作痛，突然想到：「啊喲，不好，胡塗透頂，我怎地忘了？我在那山洞之中，早已拜了神仙姊姊爲師，已算是『逍遙派』門徒。『逍遙派』的弟子，又怎能改投南海鱷神門下？對了，我這就跟這惡人說去，理直氣壯，諒他非連說『這話倒也有理』不可。」

轉念又想：「這惡人勢必叫我露幾手『逍遙派』的武功來瞧瞧，我一點也不會，他自然不信我是『逍遙派』弟子。」跟著想起：「神仙姊姊吩咐，叫我每天朝午晚三次，練她那個卷軸中的神功，這幾天搞得七葷八素，可半次也沒練過，當眞該死。」心下歉仄，正要伸手入懷去摸那卷軸，忽聽得身後腳步聲響，他轉過身來，吃了一驚，只見崖邊陸陸續續的上來數十人。

當先一人便是神農幫幫主司空玄，其後卻是無量劍東宗掌門左子穆、西宗掌門辛雙清，此外則是神農幫幫衆、無量劍東西宗的弟子，數十人混雜在一起。段譽心道：「怎地雙方不打架了？化敵爲友，倒也很好。」只見這數十人分向兩旁站開，恭恭敬敬的躬身，顯在靜候甚麼大人物上來。

片刻間綠影晃動，崖邊竄上八個女子，一色的碧綠斗篷，斗篷擋胸上繡著黑鷲。段譽暗暗叫苦：「我命休矣！」這八個女子四個一邊的站在兩旁，跟著又有一個身穿綠色斗篷的女子走上崖來。這女子二十來歲年紀，容貌清秀，眉目間卻隱含煞氣，向段譽瞪眼道：「你是甚麼人？在這裏幹甚麼？」

段譽一聽此言，心中大喜：「她不知我和木姑娘殺過她四個姊妹，又冒充過甚麼靈鷲宮聖使。幸好我的斗篷已裹在那胖老太婆平婆婆身上，木姑娘的斗篷又飄入了瀾滄江。死無對證，跟她推個一乾二淨便了。」說道：「在下大理段譽，跟著朋友到這位左先生的無量宮中作客……」

左子穆插口道：「段朋友，無量劍已歸附天山靈鷲宮麾下，無量宮改稱『無量洞』，那無量宮三字，今後是不能叫的了。」

段譽心道：「原來你打不過人家，認輸投降了，這主意倒也高明。」說道：「恭喜，恭喜。左先生棄暗投明，好得很啊。」左子穆心想：「我本來有甚麼『暗』？現下又有甚麼『明』了？」但這話自然是不能說的，惟有苦笑。

段譽續道：「在下見到司空幫主跟左先生有點誤會，一番好意上前勸解，卻不料弄得一團糟。本是奉司空幫主之命去取解藥，豈知卻遇上一個大惡人，叫作南海鱷神岳老三，說我資質不錯，要收我爲徒。我說我不學武功，可是這南海鱷神不講道理，將我抓到了這裏，高高擱起，非要我拜他爲師不可。在下手無縛鷄之力，」說著雙手一攤，又道：「這般高峯險崖，說甚麼也下不去。姑娘問我在這裏幹甚麼？那便是等死了。」他這番話倒無半句虛言，前段屬實，後段也不假，只不過中間漏去了一大段，心想：「孔夫子筆削《春秋》，述而不作。刪削刪削，不違聖人之道；撒謊便非君子了。」

那女子「嗯」了一聲，說道：「四大惡人果是到了大理。岳老三要收你爲徒，你的資質有甚麼好？」也不等段譽回答，眼光向司空玄與左子穆兩人掃去，問道：「他的話不假罷？」左子穆道：「是。」司空玄道：「啓稟聖使，這小子不會半點武功，卻老是亂七八糟的瞎搗亂。」

那女子道：「你們說見到那兩個冒充我姊妹的賤人逃到了這山峯上，卻又在那裏？段相公，你可見到身穿綠色斗篷、跟我們一般打扮的兩個姑娘沒有？」

段譽道：「沒有啊，沒見到跟姊姊一樣打扮的兩個姑娘。」心道：「穿了綠色斗篷冒充你們的，是一個男子和一個姑娘。我沒照鏡子，瞧不見自己；木姑娘是『一個姑娘』，不是『兩個姑娘』。」

那女子點點頭，轉頭問司空玄道：「你在靈鷲宮屬下，時候不少了罷？」司空玄戰戰兢兢的道：「有……有八年啦。」那女子道：「連我們姊妹也認不出，這麼胡塗，還能給童姥她老人家辦甚麼事？今年生死符的解藥，不用指望了罷。」司空玄臉如土色，跪倒在地，不住磕頭，求道：「聖使開恩，聖使開恩。」

段譽心想：「這山羊鬍子倒還沒死，難道木姑娘給他的假解藥管用，還是靈鷲宮給了他甚麼靈丹妙藥？那『生死符的解藥』，卻又是甚麼東西？」

那女子對司空玄不加理睬，對辛雙清道：「帶了段相公下去。四大惡人若來囉唕，叫他們上縹緲峯靈鷲宮來找我。擒拿那兩個冒牌小賤人的事，著落在你們無量洞頭上。哼哼，好大的膽子！還有，干光豪、葛光珮兩個叛徒，務須抓回來殺了。見到我那四位姊妹，說我叫她們逕行回靈鷲宮，我不等她們了。」她說一句，辛雙清答應一句，眼光竟不敢和她相接。那女子說罷，再也不向衆人多瞧一眼，逕自下峯，她屬下八名女子跟隨在後。

司空玄一直跪在地下，見九女下峯，忙躍起身來奔到崖邊，叫道：「符聖使，請你上覆童姥，司空玄對不起她老人家。」奔向高崖的另一邊，踴身向瀾滄江中跳了下去。

眾人齊聲驚呼。神農幫幫眾紛紛奔到崖邊，但見濁浪滾滾，洶湧而過，幫主已然落入江中，給江水沖得不知去向，有的便搥胸哭出聲來。

無量劍眾人見司空玄落得如此下場，面面相覷，盡皆神色黯然。

段譽心道：「這位司空玄幫主之死，跟我的干係可著實不小。」心下甚覺歉咎。

辛雙清指著無量劍東宗的兩名男弟子道：「你們照料著段相公下去。」那兩人一個叫郁光標，一個叫錢光勝，一齊躬身答應。

段譽在郁錢二人攙扶拖拉之下，好不辛苦的來到山腳，吁了一口長氣，向左子穆和辛雙清拱手道：「多承相救下山，這就別過。」眼望南海鱷神先前所指的那座高峯，心想：「要上這座山峯，可比適才下峯加倍艱難，看來無量劍的人也不會這麼好心，又將我拉上峯去。爲了相救木姑娘，那也只有拚命了。」

不料辛雙清道：「你不忙走，跟我一起去無量洞。」段譽忙道：「不，不。在下有要事在身，不能奉陪。恕罪，恕罪。」辛雙清哼了一聲，做個手勢。郁錢兩人各伸一臂，挽住了段譽雙臂，逕自前行。

段譽叫道：「喂，喂，辛掌門，左掌門，我段譽可沒得罪你們啊。剛才那位聖使姊姊吩咐你們帶我下山，現今山已下了，我也已謝過了你們，又待怎地？」

辛雙清和左子穆均不理會。段譽在郁錢兩人左右挾持之下，抗拒不得，只有跟著他們，腳下七高八低，口中氣喘吁吁，來到了無量洞。

郁錢兩人帶著他經過五進屋子，又穿過一座大花園，來到三間小屋之前。錢光勝打開房門，郁光標將他推進門內，關上木門，只聽得喀喇一聲響，外面已上了鎖。

段譽大叫：「你們無量劍講理不講？這可不是把我當作了犯人嗎？無量劍又不是官府，怎能胡亂關人？」可是外面聲息闃然，任他大叫大嚷，沒一人理會。

段譽嘆了口長氣，心想：「既來之，則安之。那也只有聽天由命了。」適才下峯行路，實已疲累萬分，眼見房中有床有桌，躺在床上放頭便睡。

睡不多久，有人送飯進來，飯菜倒也不惡。段譽向送飯的僕役道：「你去稟告左辛兩位掌門，說我有話……」一句話沒說完，郁光標在門外粗聲喝道：「姓段的，你給我安安靜靜的，坐著也罷，躺著也罷，再要吵吵嚷嚷，莫怪我們不客氣。你再開口說一句話，我就打你一個耳括子。兩句話，兩個耳光，三句三個。你會不會計數？」

段譽當即住口，心想：「這些粗人說得出，做得到。給木姑娘打幾個耳光，痛在臉上，甜在心裏。給你老兄打上幾下，滋味可大不相同。」吃了三大碗飯，倒在床上又睡，心想：「木姑娘這會兒不知怎麼樣了？最好是她放毒箭射死了那南海鱷神，脫身逃走，再來救我出去。唉，我怎地盼望她殺人？」胡思亂想一會，便睡著了。

這一覺睡到次日清晨才醒。只見房中陳設簡陋，窗上鐵條縱列，看來竟然便是無量劍關人的所在，幸得房間寬敞，尚無局促之感，心想第一件事，須得遵照神仙姊姊囑咐，練她的「北冥神功」，於是從懷中摸出卷軸，放在桌上，一想到畫中的裸像，一顆心便怦怦亂跳，面紅耳赤，忙正襟危坐，心中默告：「神仙姊姊，我是遵你吩咐，修習神功，可不是想偷看你的貴體，褻瀆莫怪。」

緩緩展開，將第一圖後的小字看了幾遍。這等文字上的功夫，在他自是如家常便飯一般，看一遍即已明白，第二遍已然記住，讀到第三遍後便有所會心。他不敢多看圖中女像，記住了像上的經脈和穴位，便照著卷軸中所記的法門練了起來。

文中言道：本門內功，適與各家各派之內功逆其道而行，是以凡曾修習內功之人，務須盡忘已學，專心修習新功，若有絲毫混雜岔亂，則兩功互衝，立時顛狂嘔血，諸脈俱廢，最是凶險不過。文中反覆致意，說的都是這個重大關節。段譽從未練過內功，於這最艱難的一關竟可全然不加措意，倒也方便。

只小半個時辰，便已依照圖中所示，將「手太陰肺經」的經脈穴道存想無誤，不過身上內息全無，自也無法運息通行經脈。跟著便練「任脈」，此脈起於肛門與下陰之間的「會陰穴」，自曲骨、中極、關元、石門諸穴直通而上，經腹、胸、喉，而至口中下齒縫間的「斷基穴」。任脈穴位甚多，經脈走勢卻是筆直一條，十分簡易，段譽頃刻間便記住了諸穴的位置名稱，伸手在自己身上逐個穴道的摸過去。此脈仍是逆練，由斷基、承漿、廉泉、天突一路向下至會陰而止。

圖中言道：「手太陰肺經暨任脈，乃北冥神功根基，其中拇指之少商穴、及兩乳間之膻中穴，尤爲要中之要，前者取，後者貯。人有四海：胃者水穀之海，衝脈者十二經之海，膻中者氣之海，腦者髓之海是也。食水穀而貯於胃，嬰兒生而即能，不待練也。以少商取人內力而貯之於我氣海，惟逍遙派正宗北冥神功能之。人食水穀，不過一日，盡洩諸外。我取人內力，則取一分，貯一分，不洩無盡，愈積愈厚，猶北冥天池之巨浸，可浮千里之鯤。」

段譽掩卷凝思：「這門功夫純係損人利己，將別人辛辛苦苦練成的內力，取來積貯於自身，豈不是如同食人之血肉？又如重利盤剝，搜刮旁人錢財而據爲己有？我已答應了神仙姊姊，不練是不成的了，但我此生決不取人內力。」

轉念又想：「伯父常說，人生於世，不衣不食，無以爲生，而一粥一飯，半絲半縷，盡皆取之於人。取人之物，殆無可免，端在如何報答。取之者寡而報之者厚，那就是了。取於爲富不仁之徒，用於貧困無依之輩，非但無愧於心，且是仁人義士的慈悲善舉，儒家佛家，其理一般。取民脂民膏以奉一己之窮奢極欲，是爲殘民以逞；以之兼善天下，博施濟衆，則爲聖賢。是以不在取與不取，而在用之爲善爲惡。」想明白了此節，倒也不覺修習這門功夫是如何不該了。

心下坦然之餘，又想：「總而言之，我這一生要多做好事，不做壞事。巨象可負千斤，螻蟻僅曳一芥，力大則所做好事亦大，做起壞事來可也厲害。以南海鱷神的本領，倘若專做好事，豈非造福不淺？」想到這裏，覺得就算拜了南海鱷神為師，只要專扭壞人的脖子，似乎「這話倒也有理」。

卷軸中此外諸種經脈修習之法甚多，皆是取人內力的法門，段譽雖自語寬解，總覺習之有違本性，單就貪多務得，便非好事，當下暫不理會。

捲到卷軸末端，又見到了「凌波微步」那四字，登時便想起〈洛神賦〉中那些句子來：「凌波微步，羅襪生塵……轉眄流精，光潤玉顏。含辭未吐，氣若幽蘭。華容婀娜，令我忘餐。」曹子建那些千古名句，在腦海中緩緩流過：「穠纖得衷，修短合度。肩若削成，腰如約素。延頸秀項，皓質呈露。芳澤無加，鉛華弗御。雲髻峨峨，修眉聯娟。丹唇外朗，皓齒內鮮。明眸善睞，靨輔承權。瓌姿艷逸，儀靜體閒。柔情綽態，媚於語言……」這些句子用在木婉清身上，「這話倒也有理」；但如用之於神仙姊姊，只怕更為適合。想到神仙姊姊的姿容體態，「皎若太陽升朝霞，灼若芙蓉出綠波」，但覺依她吩咐行事，實為人生至樂，心想：「我先來練這『凌波微步』，此乃逃命之妙法，非害人之手段也，練之有百利而無一害。」

卷軸上既繪明步法，又詳註《易經》六十四卦的方位，他熟習《易經》，學起來自不爲難。但有時卷軸上步法甚怪，走了上一步後，無法接到下一步，直至想到須得憑空轉一個身，這才極巧妙自然的接上了；有時則須躍前縱後、左竄右閃，方合於卷上的步法。他書獃子的勁道一發，遇到難題便苦苦鑽研，一得悟解，樂趣之大，實在難以言宣，不禁覺得：「武學之中，原來也有這般無窮樂趣，實不下於讀書誦經。」

如此一日過去，卷上的步法已學得了兩三成，晚飯過後，再學了十幾步，便即上床。迷迷糊糊中似睡似醒，腦子中來來去去的不是少商、膻中、關元、中極諸穴道，便是同人、大有、歸妹、未濟等易卦方位。

睡到中夜，猛聽得「江昂、江昂、江昂」幾下巨聲，登時驚醒，過不多久，又聽得「江昂、江昂、江昂」幾下大吼，叫聲似是牛鳴，卻又多了幾分淒厲之意，不知是甚麼猛獸。他知無量山中頗多奇禽怪獸，聽得吼聲停歇，便也不以爲意，著枕又睡。

卻聽得隔室有人說道：「這『莽牯朱蛤』已好久沒出現了，今晚忽然鳴叫，不知主何吉凶？」另一人道：「咱們東宗落到這步田地，吉是吉不起來的，只要不凶到家，就已謝天謝地了。」段譽知是那兩名男弟子郁光標與錢光勝，料來他們睡在隔壁，奉命監視，以防自己逃走。

只聽那錢光勝道：「咱們無量劍歸屬了靈鷲宮，雖然從此受制於人，不得自由，卻也得了個大靠山，可說好壞參半。我最氣不過的，西宗明明不及咱們東宗，幹麼那位符聖使卻要辛師叔作無量洞之主，咱們師父反須聽她號令。」郁光標道：「誰教靈鷲宮中自天山童姥以下個個都是女人哪？她們說天下男子沒一個靠得住。聽說這位符聖使倒是好心，派辛師叔做了咱們頭兒，靈鷲宮對無量洞就會另眼相看。你瞧，符聖使對神農幫司空玄何等辣手，對辛師叔的臉色就好得多。」錢光勝道：「郁師哥，這個我可又不明白了。符聖使對隔壁那小子怎地又客客氣氣？甚麼『段相公』、『段相公』的，叫得好不親熱。」段譽聽他們說到自己，更凝神傾聽。

郁光標笑道：「這幾句話哪，咱們可只能在這裏悄悄的說。一個年輕姑娘，對一個小白臉客客氣氣，『段相公』、『段相公』的叫……」他說到「段相公」三字時，壓緊了嗓子，學著那靈鷲宮姓符聖使的腔調，自行再添上幾分嬌聲嗲氣，「……你猜是甚麼意思？」錢光勝道：「難道符聖使瞧中了這小白臉？」郁光標道：「小聲些，別吵醒了小白臉。」接著笑道：「我又不是符聖使肚裏的聖蛔蟲，又怎明白她老人家的聖意？我猜辛師叔也是想到了這一著，因此叫咱們好好瞧著他，別讓走了。」

錢光勝道：「那可要關他到幾時啊？」郁光標道：「符聖使在山峯上說：『辛雙清，帶了段相公下去，四大惡人若來囉唕，叫他們上縹緲峯靈鷲宮找我。』……」這幾句話又是學著那綠衣女子的腔調，「……可是帶了段相公下山怎麼樣？她老人家不說，別人也就不敢問。要是符聖使有一天忽然派人傳下話來：『辛雙淸，把段相公送上靈鷲宮來見我。』咱們卻已把這姓段的小白臉殺了、放了，豈不是糟天下之大糕？」錢光勝道：「要是符聖使從此不提，咱們難道把這小白臉在這裏關上一輩子，以便隨時恭候符聖使號令到來？」郁光標笑道：「可不是嗎？」

段譽心裏一連串的只叫：「苦也！苦也！」心道：「這位姓符的聖使姊姊尊稱我一聲『段相公』，只不過見我是讀書人，客氣三分，你們歪七纏八，又想到那裏去啦？你們就把我關到鬍子白了，那位聖使姊姊也決不會再想到我這個老白臉。」

正煩惱間，只聽錢光勝道：「咱二人豈不是也要……」突然「江昂、江昂、江昂」三響，那「莽牯朱蛤」又吼了起來。錢光勝立即住口。隔了好一會，等莽牯朱蛤不再吼叫，他才又說道：「莽牯朱蛤一叫，我總是心驚肉跳，瘟神爺不知這次又要收多少條人命。」郁光標道：「大家說莽牯朱蛤是瘟神爺的坐騎，那也不過說說罷啦。文殊菩薩騎獅子，普賢菩薩騎白象，太上老君騎青牛，這莽牯朱蛤是萬毒之王，神通廣大，毒性厲害，故老相傳，就說他是瘟神菩薩的坐騎，其實也未必是眞。」

錢光勝道：「郁師兄，你說這莽牯朱蛤到底是甚麼樣兒。」郁光標笑道：「你想不想瞧瞧？」錢光勝笑道：「還是你瞧過之後跟我說罷。」郁光標道：「我一見到莽牯朱蛤，毒氣立時沖瞎了眼睛，跟著毒質入腦，只怕也沒性命來跟你說這萬毒之王的模樣兒了。還是咱哥兒倆一起去瞧瞧罷。」說著只聽得腳步聲響，又是拔下門閂的聲音。

錢光勝忙道：「別……別開這玩笑。」話聲發顫，搶過去上回門閂，郁光標笑道：「哈哈，我難道眞有這膽子去瞧？瞧你嚇成了這副德性。」錢光勝道：「這等玩笑還是別開的爲妙，莫要當眞惹出甚麼事來。太太平平的，這就睡罷！」

郁光標轉過話題，說道：「你猜干光豪跟葛光珮這對狗男女，是不是逃得掉？」錢光勝道：「隔了這麼久還是不見影蹤，只怕當眞給他們逃掉了。」郁光標道：「干光豪有多大本事，我可知道得一淸二楚，這人貪懶好色，練劍又不用心，就只甜嘴蜜舌的騙女人倒有幾下散手。大夥兒東南西北都找遍了，連靈鷲宮的聖使也親自出馬，居然仍給他們溜了，老子就是不信。」錢光勝道：「你不信可也得信啊。」

郁光標道：「我猜這對狗男女定是逃入深山，撞上了莽牯朱蛤。」錢光勝「啊」的一聲，大有驚懼之意。郁光標道：「這二人定是儘揀荒僻的地方逃去，一見到莽牯朱蛤，毒氣入腦，全身化爲一攤膿血，自然影蹤全無。」錢光勝道：「這倒也有幾分道理。」郁光標道：「哼，哼！若不是遇上了莽牯朱蛤，那就豈有此理。」錢光勝道：「說不定他二人耐不住啦，就在荒山野嶺裏這個那個起來，昏天黑地之際，兩人來一招『鯉魚翻身』，啊喲，乖乖不得了，掉入了萬丈深谷。」兩人都吃吃的淫笑起來。

段譽尋思：「木姑娘在那小飯鋪中射死了干葛二人，無量劍的人不會查不到啊。

嗯，是了，定是那飯鋪老闆怕惹禍，快手快腳的將兩具屍身埋了。無量劍的人去查問，市集上的人見到他們手執兵器，兇神惡煞的模樣，誰也不敢說出來。」

只聽錢光勝道：「無量劍東西宗逃走了一男一女兩個弟子，也不是甚麼大事。皇帝不急太監急，靈鷲宮的聖使又幹麼這等著緊，非將這二人抓回來不可？」

郁光標道：「這你就得動動腦筋，想上一想了。」錢光勝沉默半晌，道：「你知道我的腦筋向來不靈，動來動去，動不出甚麼名堂來。」郁光標道：「我先問你：靈鷲宮要佔咱們的無量宮，那爲了甚麼？」錢光勝道：「聽唐師哥說，多半是爲了後山的無量玉壁。符聖使一到，三番四次的，就是查問無量玉壁上的仙影啦、劍法啦這些東西。對啦！咱們都遵照符聖使的吩咐，立下了毒誓，玉壁仙影的事，以後誰也不敢洩漏，可是干光豪與葛光珮呢，他們可沒立這個誓，既然叛離了本派，那還有不說出去的？」一拍大腿，叫道：「對，對！靈鷲宮是要殺了這兩個傢伙滅口。」

郁光標低聲喝道：「別這麼嚷嚷的，隔壁屋裏有人，你忘了嗎？」錢光勝忙道：「是，是。」停了一會，說道：「干光豪這傢伙倒也眞艷福不淺，把葛光珮這白白嫩嫩的小厤皮摟在懷裏，這麼剝得她白羊兒似的，嘖嘖嘖……他媽的，就算後來化成了一攤膿血，那也……那也……嘿嘿！」

兩人此後說來說去，都是些猥褻粗俗的言語，段譽便不再聽，可是隔牆的淫猥笑話不絕傳來，不聽卻不行，於是默想「北冥神功」中的經脈穴道，過不多時，便潛心內想，隔牆之言說得再響，卻一個字也聽不到了。

次日他又練那「凌波微步」，照著卷中所繪步法，一步步的試演。這步法左歪右斜，沒一步筆直進退，雖在室中，只須挪開了桌椅，也儘能施展得開，又學得十來步，驀地心想：「待會送飯之人進來，我只須這麼斜走歪步，立時便繞過了他，搶出門去，他未必能抓得我著。豈不是立刻便可逃走，不用在這屋裏等到變成老白臉了？」想到此處，喜不自勝，心道：「我可要練得純熟無比，只要走錯了半步，便給他一把抓住。說不定從此在我腳上加一副鐵鐐，再用根鐵鍊鎖住，那時凌波微步再妙，步來步去總是給鐵鍊拉住了，欲不爲老白臉亦不可得矣。」說著腦袋擺了個圈子。

當下將已學會了的一百多步從頭至尾默想一遍，心道：「我可要想也不想，舉步便對。唉，我段譽這麼個臭男子，卻去學那洛神宓妃嫋嫋娜娜的凌波微步，我又有甚麼『羅襪生塵』了？光屁股生塵倒是有的。」哈哈一笑，左足跨出，踏上「中孚」，立轉「既濟」。不料甫上「泰」位，一個轉身，右腳踏上「蠱」位，突然間丹田中一股熱氣衝將上來，全身痲痺，向前撞出，伏在桌上，再也動彈不得。

他一驚之下，伸手撐桌，想站起身來，不料四肢百骸沒一處再聽使喚，便要移動一根小指頭兒也是不能，就似身處夢魘之中，愈著急，愈使不出半點力道。

他可不知這「凌波微步」乃是一門極上乘的武功，所以列於卷軸之末，原是要待人練成「北冥神功」，吸人內力，自身內力已頗爲深厚之後再練。「凌波微步」每一步踏出，全身行動與內力息息相關，決非單是邁步行走而已。段譽全無內功根基，走一步，想一想，退一步，又停頓片刻，血脈有緩息的餘裕，自無阻礙。他想熟之後，突然一氣呵成的走將起來，體內經脈錯亂，登時癱瘓，幾乎走火入魔。幸好他沒跨得幾步，步子又不如何迅速，總算沒到絕經斷脈的危境。

他驚惶之中，出力掙扎，可是越使力，胸腹間越難過，煩惡欲嘔，卻又嘔吐不出。他長嘆一聲，惟有不動，這一任其自然，煩惡之感反而漸消，便這麼一動不動的伏在桌上。眼見那卷軸兀自展在面前，百無聊賴之中，再看卷上未學過的步法，心中虛擬腳步，一步步的想下去。大半個時辰後，已想通了二十餘步，胸口煩惡之感竟然大減。

未到正午，所有步法已盡數想通。他心下默念，將卷軸上所繪的六十四卦步法，自「明夷」起始，經「賁」、「既濟」、「家人」，一共踏遍六十四卦，恰好走了一個大圈而至「无妄」，自知全套步法已然學會，大喜之下，跳起身來拍手叫道：「妙極，妙極！」這四個字一出口，才知自身已能活動。原來他內息不知不覺的隨著思念運轉，也走了一個大圈，膠結的經脈便此解開。

他又驚又喜，將這六十四卦的步法翻來覆去的又記了幾遍，生怕重蹈覆轍，極緩慢的一步步踏出，踏一步，呼吸幾下，待得六十四卦踏遍，腳步成圓，只感神清氣爽，全身精力瀰漫，再也忍耐不住，大叫：「妙極，妙極，妙之極矣！」

郁光標在門外粗聲喝道：「大叫小呼的幹甚麼？老子說過的話，沒有不算數的，你說一句話，吃一個耳光。」說著開鎖進門，說道：「剛才你連叫三聲，該吃三個耳光。姑念初犯，三折一，讓你吃一個耳光算了。」說著踏上兩步，右掌便往段譽臉上打去。

這一掌並非甚麼精妙招數，但段譽仍沒法擋格，腦袋微側，足下自然而然的自「井」位斜行，踏到了「訟」位，竟然便將這一掌躲開了。郁光標大怒，左拳迅捷擊出。段譽步法未熟，待得要想該走那一步，砰的一聲，胸口早著，一拳正中「膻中穴」。

「膻中」是人身大穴，郁光標此拳既出，便覺後悔，生怕出手太重，闖出禍來，不料拳頭打在段譽身上，手臂立時酸軟無力，心中更有空空蕩蕩之感，微微一怔，便即無事，見段譽並未受傷，登即放心，說道：「你躲過耳光，胸口便吃一拳好的，一般算法！」反身出門，又將門鎖上了。

段譽給他一拳打中，聲音甚響，胸口中拳處卻全無所感，不禁暗自奇怪。他自不知郁光標這一拳所含的內力，已盡數送入了他的膻中氣海，積貯了起來。

那也是事有湊巧，這一拳倘若打在別處，他縱不受傷，也必疼痛非凡，膻中氣海卻正是積貯「北冥眞氣」的所在。他修習神功不過數次，可說全無根基，要他以拇指的少商穴去吸人內力，經「手太陰肺經」送至任脈的天突穴，再轉而送至膻中穴貯藏，莫說他絕無這等能爲，縱然修習已成，也不肯如此吸他人內力以爲己有。但對方自行將內力打入他的膻中穴，他全無抗拒之能，一拳中體，內力便入，實是自天外飛進他袋中的橫財，他自己卻兀自渾渾噩噩，全不知情，只想：「此人好生橫蠻，我叫幾聲『妙極』，又礙著他甚麼了？平白無端的便打我一拳。」

這一拳的內力在他氣海中不住盤旋抖動，段譽登覺胸口窒悶，試行存想任脈和手太陰肺經兩路經脈，只覺有股淡淡的暖氣在兩處經脈中巡行一周，又再回入膻中穴，窒悶之感便消。他自不知只這麼短短一個小周天的運行，這股內力便已永存體內，再也不會消失了。段譽自全無內力而至微有內力，便自胸口給郁光標這麼猛擊一拳而始。

也幸得郁光標內力平平，又未曾當眞全力搏擊，倘若給南海鱷神這等好手出力一拳打正膻中要穴，段譽全無內力根基，膻中氣海不能立時容納，非經脈震斷、嘔血身亡不可。郁光標內力所失有限，也就未曾察覺。

午飯過後，段譽又練「凌波微步」，走一步，吸一口氣，走第二步時將氣呼出，六十四卦走完，四肢全無麻痺之感，料想呼吸順暢，便無害處。第二次再走時連走兩步吸一口氣，再走兩步始行呼出。這「凌波微步」是以動功修習內功，腳步踏遍六十四卦一個周天，內息自然而然的也轉了一個周天。因此他每走一遍，內力便有一分進益。

他卻不知這是在修練內功，只盼步子走得越來越熟，越走越快，心想：「先前那郁老兄打我臉孔，我從『井』位到『訟』位，這一步是不錯的，躲過了一記耳光，跟著便該斜踏『蠱』位，胸口那一拳也就可避過了。可是我只想上一想，沒來得及跨步，對方拳頭便已打到。這『想上一想』，便是功夫未熟之故。要憑此步法脫身，不讓他們抓住，務須練得純熟無比，出步時想也不想。『想也不想』與『想上一想』，兩字之差，便有生死之別。」

當下專心致志的練習步法，每日自朝至晚，除了吃飯睡覺、大便小便之外，竟然足不停步。有時想到：「我努力練這步法，只不過想脫身逃走，去救木姑娘，並非遵照神仙姊姊的囑咐，練她的『北冥神功』。」這時思念活色生香的木婉清竟然較多，而念及山洞中肌膚若冰雪的神仙姊姊反而少了。想想過意不去，就練一練手太陰肺經和任脈，敷衍了事，以求心之所安。

這般練了幾天，「凌波微步」已走得頗爲純熟，不須再數呼吸，縱然疾行，氣息也已毫無窒滯。心意旣暢，跨步時漸漸想到〈洛神賦〉中那些與「凌波微步」有關的句子：「髣髴兮若輕雲之蔽月，飄飄兮若流風之回雪」，「竦輕軀以鶴立，若將飛而未翔」，「體迅飛鳧，飄忽若神」，「動無常則，若危若安。進止難期，若往若還」。

最後這十六個字，似乎更是這套步法的要旨所在，但腳步中要做到「動無常則，若危若安，進止難期，若往若還」，可不知要花多少功夫的苦練。有心再練上十天半月，以策萬全，但屈指算來和木婉清相別已有七日，懸念她陪著南海鱷神度日如年的苦處，憐惜之念大起，決意今日闖將出去，心想那送飯的僕人無甚武功，要避過他料來也不甚難。就算給郁光標、錢光勝他們抓住了，也不過捱幾下老拳而已，這是爲木姑娘而捱，也說得上是「痛在身上，甜在心裏」。

坐在床沿，心中默想步法，耐心等候。待聽得鎖啓門開，腳步聲響，那僕人托著飯盤進來，段譽慢慢走過去，突然在飯盤底下一掀，飯碗菜碗登時乒乒乓乓的向他頭上倒去。那僕人大叫：「啊喲！」段譽三腳兩步，搶出門去。不料郁光標正守在門外，聽到僕人叫聲，急奔進門。門口狹隘，兩人登時撞了個滿懷。段譽自「豫」位踏「觀」位，正待閃身從他身旁繞過，不料左足這一步卻踏在門檻之上。

這一下大出他意料之外，「凌波微步」的注釋之中，可沒說明「要是踏上門檻，腳下忽高忽低，那便如何？」一個踉蹌，第三步踏向「比」位這一腳，竟重重踹上了郁光標的足背，「要是踏上別人足背，對方哇哇叫痛，沖沖大怒，那便如何？」這個法門，卷軸的步法秘訣中更無記載，料想那洛神「翩若驚鴻，婉若遊龍」的在洛水之中凌波微步，多半也不會踏上門檻，踹人腳背。段譽慌張失措之際，只覺左腕一緊，已給郁光標抓住，拖進門來。

數日計較，不料想事到臨頭，如意算盤竟打得粉碎。他心中連珠價叫苦，忙伸右手去扳郁光標的手指，同時左手出力掙扎。但郁光標五根手指牢牢抓住了他左腕，又怎扳得開？

突然間郁光標「咦」的一聲，只覺手指一陣酸軟，忍不住便要鬆手，急忙運勁，再行緊握，但立時又即酸軟。他罵道：「他媽的！」再加勁力，轉瞬之間，連手腕、手臂也酸軟起來。他自不知段譽伸手去扳他手指，恰好是以大拇指去扳他大拇指，以少商穴對準了他少商穴，他正用力抓住段譽左腕，這股內力卻源源不絕的給段譽右手大拇指吸了過去。他每催一次勁，內力便消失一分。

段譽自也絲毫不知其中緣故，但覺對方手指一陣鬆、一陣緊，自己只須再加一把勁，似乎便可扳開他手指而脫身逃走，當此緊急關頭，揷在他拇指與自己左腕之間的那根大拇指，又如何肯抽將出來？

郁光標那天打他一拳，拳上內力送入了他膻中氣海。單是這一拳，內力自也無幾，但段譽以此爲引，走順了手太陰肺經和任脈間的通道。此時郁光標身上的內力，便順著這條通道緩緩流入他的氣海，那正是「北冥神功」中百川匯海的道理。兩人倘若各不使勁，兩個大拇指輕輕相對，段譽不會「北冥神功」，自也不能吸他內力。但此時兩人各自拚命使勁，又已和郁光標早幾日打他一拳的情景相同，郁光標以自身內力硬生生的逼入對方少商穴中，有如酒壺斟酒，酒水傾來，酒杯欲不受而不可得。

初時郁光標的內力尚遠勝於他，倘若明白其中關竅，立即鬆手退開，段譽也不過奪門而出、逃之夭夭而已。但郁光標奉命看守，豈能讓這小白臉脫身？手臂酸軟，便即催勁，漸覺一隻右臂抓他不住，於是左臂也伸過去抓住自己右腕加力。這一來，內力流出更加快了，不多時全身內力竟有近半數轉到了段譽體內。

僵持片刻，此消彼長，勁力便已及不上段譽，內力越流越快，到後來更如江河決堤，一瀉如注，再也不可收拾，只盼放手逃開，但拇指給段譽五指抓住了，掙扎不脫。此時已成反客爲主之勢，段譽卻絲毫不知，還是在使勁扳他手指，慌亂之中，渾沒想到「扳開他手指」早已變成了「抓住他手指」。

郁光標全身如欲虛脫，駭極大叫：「錢師弟，錢光勝！快來，快來！」錢光勝正在上茅廁，聽得郁師兄叫聲惶急，雙手提著褲子趕來。郁光標叫道：「小子要逃。我……我按他不住。」錢光勝放脫褲子，待要撲將上去幫同按住段譽。郁光標叫道：「你先拉開我！」叫聲幾乎有如號哭。

錢光勝應道：「是！」伸手扳住他雙肩，要將他從段譽身上拉起，同時問道：「你受了傷嗎？」心想以郁師兄的武功，怎能奈何不了這文弱書生。他一句話出口，便覺雙臂一酸，好似沒了力氣，忙催勁上臂，立即又是一陣酸軟。原來此時段譽已吸乾了郁光標的內力，跟著便吸錢光勝的，郁光標的身子倒成了傳遞內力的通路。

段譽見對方來了幫手，郁光標抓住自己左腕的指力又忽加強，心中大急，更加出力去扳他手指。錢光勝只覺手酸腳軟，連叫：「奇怪，奇怪！」卻不放手。

那送飯的僕役見三人纏成一團，郁錢二人臉色大變，似乎勢將不支，忙從三人背上爬出門去，大叫：「快來人哪，那小白臉要逃走啦！」

無量劍弟子聽到叫聲，登時便有二人奔到，接著又有三人過來，紛紛呼喝：「怎麼啦？那小子呢？」段譽給郁錢二人壓在身底，後來者一時瞧他不見。

郁光標這時已上氣不接下氣，再也說不出話來。錢光勝的內力也已十成中去了七成，氣喘吁吁的道：「郁師兄給……給這小子抓住了，快……快來幫手。」

當下便有兩名弟子撲上，分別去拉錢光勝的手臂，只一拉之下，手臂便即酸軟，兩人的內力又自錢光勝而郁光標、再自郁光標注入了段譽體內。其時段譽膻中穴內已積貯了郁錢二人大部分內力，再加上後來二人的部分內力，已勝過那二人合力。那二人一覺手臂酸軟無力，自然而然的催勁，一催勁便成爲硬送給段譽的禮物。段譽體內積蓄內力愈多，吸引對方內力便愈快，內力的傾注初時點點滴滴，漸而涓涓成流。

餘下三人大奇。一名弟子笑道：「你們鬧甚麼把戲？疊羅漢嗎？」伸手拉扯，只拉得兩下，手臂也似黏住了一般，急叫：「啊喲，黏住啦！」其餘兩名弟子同時去拉。三人一齊使力，剛拉得鬆動了些，隨即臂腕俱感乏力。

無量劍七名弟子重重疊疊的擠在一道窄門內外，只壓得段譽氣也透不過來，眼見難以逃脫，只有認輸再說，叫道：「放開我，我不走啦！」對方的內力又源源湧來，只塞得他膻中穴內鬱悶難當，胸口如欲脹裂。他已不再去扳郁光標的拇指，可是自己拇指給他的拇指壓住了，難以抽動，忍不住大叫：「壓死我啦，壓死我啦！」

郁光標和錢光勝此時固已氣息奄奄，先後趕來的五名弟子也都倉皇失措，驚駭之下拚命使勁，但越使勁，內力湧出越快。八個人疊成一團，六個人大聲叫嚷，誰也聽不見旁人叫些甚麼。過得一會，變成四個人呼叫，接著只賸下三人。到後來只段譽一人大叫：「壓死我啦，快放開我，我不逃了！」他每呼叫一聲，胸口鬱悶便似稍減，當下不住口的呼叫，聲雖嘶而力不竭，越叫越響亮。

忽聽得有人大聲叫道：「那婆娘偷了我孩兒去啦，大家快追！你們四人截住大門，你們三人上屋守著，你們四人堵住東邊門，你們五個堵住西邊門。別……別讓這婆娘抱我孩子走了！」雖是發號施令，語音中卻充滿了驚惶。

段譽依稀聽得似是左子穆的聲音，腦海中立時轉過一個念頭：「甚麼女人偷了他的孩兒去啦？啊，是木姑娘救我來啦，偷了他兒子，要換她的丈夫。來個走馬換將，這主意倒也不錯。」當即住口不叫。一定神間，便覺郁光標抓住他手腕的五指已然鬆了，用力抖了幾下，壓在他身上的七人紛紛跌開。

他登時大喜：「他們師父的兒子給木姑娘偷了去，大家心慌意亂，再也顧不得捉我了。」當即從人堆中爬出，心下詫異：「怎地這些人爬在地下不動？是了，定是怕他們師父責罰，索性假裝受傷。」一時也無暇去想這番推想太也不合情理，拔足便即飛奔，做夢也想不到，七名無量劍弟子的內力已盡數注入他體內，七人幾乎成了廢人。

段譽三腳兩步，搶到屋後，甚麼「既濟」、「未濟」的方位固然盡皆拋到腦後，「輕雲蔽月，流風回雪」的神姿更加只當是曹子建的滿口胡柴，當眞急急如喪家之犬，忙忙似漏網之魚，眼見無量劍羣弟子手挺長劍，東奔西走，大叫：「別讓那婆娘走了！」「快奪回小師弟回來！」「你快去那邊！」心想：「木姑娘這『走馬換將』之計變成了『調虎離山』，更加妙不可言。我自然要使那第三十六計了。」鑽入草叢，爬出十餘丈遠，心道：「我這般手腳同時落地，算是『凌波微爬』，還是甚麼？」

耳聽得喊聲漸遠，無人追來，便站起身來，向後山密林中發足狂奔。奔行良久，竟絲毫不覺疲累，暗暗奇怪，尋思：「我可別怕得很了，跑脫了力。」便坐在一棵樹下休息，可是全身精力充沛，惟覺力氣太多，又用得甚麼休息？

心道：「人逢喜事精神爽，到後來終究會支持不住的。『震』卦六二：『勿逐，七日得。』今天可不正是我被困的第七日嗎？『勿逐』兩字，須得小心在意。」便將積在膻中穴的內力緩緩向手太陰肺經脈送去，但內力實在太多，來來去去，始終不絕，運到後來，不禁害怕起來：「此事不妙，只怕大有凶險。」反正胸口窒悶已滅，便停了運息，站起身來又走，只想：「我怎地去和木姑娘相會，告知她我已脫險？左子穆的孩兒可以還他了，也免得他掛念兒子，提心吊膽。」

行出里許，乍聽得吱吱兩聲，眼前灰影晃動，一隻小獸迅捷異常的從身前掠過，依稀便是鍾靈的那隻閃電貂，不過牠奔得實在太快，看不清楚，但這般奔行如電的小獸，定然非閃電貂不可。段譽大喜，心道：「鍾姑娘到處找你不著，原來你這小傢伙逃到了這裏。我抱你去還給你主人，她一定歡喜得不得了。」學著鍾靈吹口哨的聲音，噓溜溜的吹了幾下。

灰影一閃，一隻小獸從高樹上急速躍落，蹲在他身前丈許之處，一對亮晶晶的小眼骨碌碌地轉動，瞪視著他，正便是那隻閃電貂。段譽又噓溜溜的吹了幾下，閃電貂上前兩步，伏在地下不動。

段譽叫道：「乖貂兒，好貂兒，我帶你去見你主人。」吹幾下口哨，走上幾步，閃電貂仍然不動。段譽曾摸過牠的背脊，知牠雖來去如風，齒有劇毒，但對主人卻十分順馴，見牠靈活的小眼轉動不休，甚是可愛，吹幾下口哨，又走上幾步，慢慢蹲下，說道：「貂兒眞乖。」緩緩伸手去撫牠背脊，閃電貂仍伏著不動。段譽輕撫貂背柔軟光滑的皮毛，柔聲道：「乖貂兒，咱們回家去啦！」左手伸過去抱起貂兒。

突然之間，雙手一震，跟著左腿一下劇痛，灰影閃動，閃電貂已躍在丈許之外，仍蹲在地下，一對小眼亮溜溜的瞪著他。段譽驚叫：「啊喲！你咬我。」只見左腿褲腳管破了一個小孔，急忙捋起褲筒，見左腿內側給咬出了兩排齒印，鮮血正自滲出。

他想起神農幫幫主司空玄自斷右手的慘狀，只嚇得魂不附體，只叫：「你……你……怎麼不講道理？我是你主人的好朋友啊！哎唷！」左腿一陣酸麻，跪倒在地，雙手忙牢牢按住傷口上側，想阻毒質上延，但跟著右腿酸麻，登時摔倒。他大驚之下，雙手撐地，想要站起，可是手臂也已麻木無力。他向前爬了幾步，閃電貂仍一動不動的瞧著他。

段譽暗暗叫苦，心想：「我可實在太也鹵莽，這貂兒是鍾姑娘養熟了的，只聽她一人的話。我這口哨多半也吹得不對。這……這可如何是好？」明知既給閃電貂咬中，該當立即學司空玄的榜樣，揮刀斬斷左腿，但手邊既無刀劍，也沒司空玄這般當機立斷的剛勇，再者剛學會了「凌波微步」，少了一腿，只能施展「凌波獨腳跳」，那跟神仙姊姊的囑咐可相去太遠了。

只自怨自艾得片刻，四肢百骸都漸漸僵硬，知劇毒已延及全身，到後來眼睛嘴巴都合不攏來，神智卻仍淸明，心想：「我如此死法，模樣實在太不雅觀，這般張大了嘴，是白痴鬼還是饞癆鬼？不過百害之中也有一利，木姑娘見到我這個光屁股大嘴殭屍鬼，心中作嘔，悲戚思念之情便可大減，於她身子頗有好處。」

猛聽得「江昂、江昂、江昂」三聲大吼，跟著噗、噗、噗聲響，草叢中躍出一物，段譽大驚：「啊喲，萬毒之王『莽牯朱蛤』到了。那兩人說一見此物，全身便化為膿血，那便如何是好？」跟著便想：「胡塗東西！一攤膿血跟光屁股大嘴殭屍相比，那個模樣好看些？當然是寧為膿血，毋為醜屍。」但聽「江昂、江昂」叫聲不絕，只是那物在己之右，頭頸早已僵直，沒法轉頭去看，卻是欲化膿血而不可得。好在噗、噗、噗響聲又作，那物向閃電貂躍去。

段譽一見，不禁詫異萬分，躍過來的只是一隻小小蛤蟆，長不逾兩寸，全身殷紅勝血，眼睛閃閃發出金光。牠嘴一張，頸下薄皮震動，便「江昂」一聲牛鳴般的吼叫，如此小小身子，竟能發出偌大鳴叫，若非親見，說甚麼也不能相信，心想：「這名字取得倒好，聲若牯牛，全身朱紅，果然是莽牯朱蛤。但既然如此，一見之下化為膿血的話便決計不對。『莽牯朱蛤』這個名字，定是見過牠的人給取的。一攤膿血又怎想得出這個貼切的名字？」

閃電貂見到朱蛤，似頗有畏縮之意，轉頭想逃，卻又不敢逃，突然間縱身撲起。朱蛤嘴一張，「江昂」一聲叫，一股淡淡的紅霧向閃電貂噴去，閃電貂正躍在空中，給紅霧噴中，當即翻身摔落，一撲而上咬住了朱蛤背心。段譽心道：「畢竟還是貂兒厲害。」不料心中剛轉過這個念頭，閃電貂已仰身翻倒，四腿挺了幾下，便即一動不動了。

段譽心中叫聲：「啊喲！」這閃電貂雖咬「死」了他，他卻知純係自己不會馴貂、鹵莽胡爲之故，倒也沒怨怪這可愛的貂兒，眼見牠斃命，心下痛惜：「唉，鍾姑娘倘若知道了，可不知有多難過。」

只見朱蛤躍上閃電貂屍身，在牠頰上吮吸，吸了左頰，又吸右頰。段譽心道：「莽牯朱蛤號稱萬毒之王，倒是名不虛傳。貂兒齒有劇毒，咬在牠身上反而毒死了自己。閃電貂固然活潑可愛，莽牯朱蛤紅身金眼，模樣更美麗之極，誰又想得到外形絕麗，內裏卻具劇毒。神仙姊姊，我可不是說你，更不是說我的媳婦兒木姑娘。」

那朱蛤從閃電貂身上跳下，「江昂、江昂」的叫了兩聲。草叢中簌簌聲響，遊出一條紅黑斑爛的大蜈蚣來，足有七八寸長。朱蛤撲將過去，那蜈蚣遊動極快，迅速逃命。朱蛤接連追撲幾下，竟沒撲中，牠「江昂」一聲叫，正要噴射毒霧，那蜈蚣忽地筆直對準了段譽的嘴巴遊來。

段譽大驚，苦於半點動彈不得，連合攏嘴巴也是不能，心中只叫：「喂，這是我嘴巴，老兄可莫弄錯了，當作是蜈蚣洞……」簌簌細響，那蜈蚣竟老實不客氣的爬上他舌頭。段譽嚇得幾欲暈去，但覺咽喉、食道自上向下的一股痲癢，蜈蚣已鑽入了他肚中。

豈知禍不單行，莽牯朱蛤縱身一跳，便也上了他舌頭，但覺喉頭一陣冰涼，朱蛤竟也鑽入他肚中追逐蜈蚣去了，朱蛤皮膚極滑，下去得更快。段譽聽得自己肚中隱隱發出「江昂、江昂」的叫聲，但聲音鬱悶，只覺天下悲慘之事，無過於此，而滑稽之事亦無過於此，只想放聲大哭，又想縱聲大笑，但肌肉僵硬，又怎發得出半點聲音？眼淚卻滾滾而下，落上泥土。

頃刻之間，肚中便翻滾如沸，痛楚難當，也不知朱蛤捉住了蜈蚣沒有，心中只叫：「朱蛤仁兄，快快捉住蜈蚣，爬出來罷，在下這肚子裏可沒甚麼好玩。」過了一會，肚中居然不再翻滾，「江昂、江昂」的叫聲也不再聽到，疼痛卻更加厲害。

又過半晌，他嘴巴突然合攏，牙齒咬住了舌頭，一痛之下，舌頭便縮進嘴裏。他又驚又喜，叫道：「朱蛤仁兄，快快出來。」張大了嘴讓牠出來，等了良久，全無動靜。他張口大叫：「江昂、江昂、江昂！」想引朱蛤爬出。豈知那朱蛤不知是聽而不聞，還是聽得叫聲不對，不肯上當，竟在他肚中全不理睬。

段譽焦急萬狀，伸手到嘴裏去挖，又那裏挖得著，但挖得幾下，便即醒覺：「咦，我的手能動了。」一挺腰便即站起，全身四肢痲木之感不知已於何時失去。他大叫：「奇怪，奇怪！」心想：「這位萬毒之王在我肚裏似有久居之計，這般安居樂業起來，如何了得？非請牠來個喬遷之喜不可。」當下雙手撐地，頭下腳上的倒轉過來，兩隻腳撐在一株樹上，張大了嘴巴，猛力搖動身子，搖了半天，莽牯朱蛤全無動靜，竟似在他肚中安土重遷，打定主意要老死是鄉了。

段譽無法可施，隱隱也已想到：「多半這位萬毒之王和那條蜈蚣都已做到了我肚中的食物，以毒攻毒，反而解了我身上的貂毒。我吃了這般劇毒之物，居然此刻肚子也不痛了，當眞希奇古怪。」他可不知一般毒蛇毒蟲的毒質混入血中，立即致命，倘若吃在肚裏，只須口腔、喉頭、食道和腸胃並無內傷，那便全然無礙，是以有人若遭毒蛇咬中，可用口吮出毒質。只天下毒質千奇百怪，自不能一概而論。這莽牯朱蛤雖具奇毒，入胃也是無礙，反而自身爲段譽的胃液所化。就這朱蛤而言，段譽的胃液反是劇毒，竟將牠化成了一團膿血。

段譽站直身子，走了幾步，忽覺肚中一團熱氣，有如炭火，不禁叫了聲：「啊喲！」這團熱氣東衝西突，無處宣洩，他張口想嘔它出來，但說甚麼也嘔吐不出，深深吸一口氣，用力噴出，只盼莽牯朱蛤化成的毒氣隨之而出，那知一噴之下，這團熱氣竟化成一條熱線，緩緩流入了他的任脈，心想：「好罷，咱們一不做，二不休，朱蛤老兄你陰魂不散，纏上了區區在下，我的膻中氣海便作了你葬身之地罷。你想幾時毒死我，段譽隨時恭候便了。」依法呼納運息，暖氣果然順著他運熟了的經脈，流入了膻中氣海，就此更無異感。

鬧了這半天，居然毫不疲累，當下捧些土石，蓋在閃電貂的屍身之上，默默禱祝：「閃電貂小弟弟，下次我帶你主人鍾姑娘來你墳前祭奠，捉幾條毒蛇給你上供。你剛才咬了我一口，出於無心，這事我不會跟你主人說，免得她怪你，你放心好啦。」

出得林來，不多時見到左子穆仗劍急奔，心想：「他是在追木姑娘，我可不能置身事外。」悄悄跟隨在後。此時他身上已有七名無量劍弟子的內力，殊不吃力的便跟著他一路上峯。左子穆掛念兒子安危，也沒留神有人跟隨。段譽怕他轉身動蠻，又抓住自己來跟木婉清「走馬換將」，和他相距甚遠，來到半山腰時，想到即可與木婉清相會，心中熱切，又怕南海鱷神久等不耐，傷害了她，忍不住縱聲大呼。